KB0034576

길버트
【Gilbert】

이네스
【 Ines 】
pin up 02

1

나는 모든 것을【패리】한다

~역착각의 세계 최강은 모험가가 되고 싶다~

나베시키 · 지음 카와구치 · 일러스트

I WILL "PARRY" ALL

- The world's strongest man wanna be an adventurer -

I Will "PARRY" All
- The world's strongest man wanna be an adventurer -

Contents

01 재능 없는 소년 11

02 모험가 길드 29

03 염원의 모험가 생활 43

04 나는 소를 패리한다 51

05 왕녀 암살 65

06 의뢰 완료 보고 79

07 왕도의 중앙 광장 87

08 린의 집 95

09 알현장과 『흑색의 검』 103

10 신순(神盾) 이네스 113

Volume ONE

11 창성(槍聖) 길버트 121
12 왕녀의 소망 139
13 『재능 없는 소년』 153
14 왕자의 우울 165
15 첫 번째 고블린 퇴치 173
16 마수의 숲 181
17 고블린 엠퍼러 193
18 나는 고블린을 패리한다 199
19 불온한 동향 213
20 토벌 보고 225
21 산간 도시로 마차 여행 239
22 흑사룡(黑死竜) 249
23 저주받은 아이 267
24 나는 개구리를 패리한다 277
25 마족 아이 289
26 왕녀의 소임 299
27 검은 붕대의 남자 309
28 【사망자】 자두 317
29 은빛의 칼 329
30 왕도로 345
후기 351

01 재능 없는 소년

나는 어머니와 둘이 산속의 오두막집에서 밭을 일구며 자랐다.

몸이 약했던 아버지는 내가 어린 시절에 죽었고— 그 이후 잠시간은 평온한 생활이 이어졌지만, 내가 열두 살이 되었을 때 어머니도 병들어 쓰러졌다.

나는 지극정성으로 간병했으나 어머니는 점점 더 수척해지다가 어느 날 입을 열었다.

"아무것도 못 해줘서 미안하구나. 하다못해 내가 원하는 삶을 살아가렴."

저 한마디와 함께 얼마간 돈이 든 가죽 주머니를 내게 건넸다.

어머니의 마지막 말이었다.

다음 날 아침, 어머니의 몸은 이미 차가웠다.

—그렇게 나는 홀로 남겨졌다.

나는 아버지의 묘 옆에 어머니의 묘를 다 만들고 산을 내려가서 도시로 가겠다고 결심했다.

물론 지금 이대로도 생활은 가능할 것이다.

이곳은 의사도 못 부르는 시골이지만, 기름진 밭도 있고 가축도 있다.

숲에 들어가면 식용 가능한 나무 열매도 풍부하게 있고 산토끼 같은 사냥감도 많이 있다.
먹고사는 데 지장은 없다.
하지만—.
나는 오래도록 살아온 작고 정든 우리 집을 떠나기로 했다.
꼭 하고 싶은 게 있어서다.
나는『모험가』가 되고 싶었다.
어릴 적 아버지가 자주 들려주었던 영웅담 속 주인공 같은 모험가가.
동료와 함께 거대한 용을 쓰러뜨리고, 재보를 획득하고, 다음 단계의 모험에 도전한다.
노마술사에게 마법을 배우고, 숲에 걸린 저주를 풀고, 정령의 왕에게서 만병을 치유한다는 영약을 손에 넣는다.
그렇게 가슴 설레는 수많은 모험 이야기를 아버지는 몇 번이고 몇 번이고 들려주었다.
—만병을 치유하는 영약.
혹여나 저런 물건이 정말 있었다면 아버지도 어머니도 안 죽고 같이 계시지 않았을까. 괜히 상상을 해보기도 했다.
그러나 실제 존재한다는 보증은 어디에도 없다.
모든 것은 단지 어렸던 내가 즐거워할 수 있게 아버지가 지어낸 이야기인지도 모른다.

확인하고 싶었다.
아버지의 말에서 어디까지가 진실이며 어디까지가 동화 속 이야기인지를.

아니. 사실은 진실 따위야 아무래도 상관없던 게 아니었을까.

나는 단지 이야기 속 등장인물을 동경했을 뿐이다.

아버지가 들려준 이야기 속『주인공』.

어떤 곤경과 맞닥뜨려도 동료를 위해, 약자를 위해 검을 휘두르고— 결국에는 기필코 승리하여 이야기를 해피엔드로 이끌어 간다.

그런 사람이 되고 싶었다.

나는 다만 오로지 그런 영웅(히어로)상에 대한 동경을 억누를 수 없었을 뿐이다.

그렇게 나는 며칠에 걸쳐 산을 내려와서 도시에 있는『모험가 길드』로 향했다.

그곳에 가면『모험가』가 될 수 있다는 말을 들어서였다.

길드 건물을 찾아 도착하기는 간단했다.

위병 형에게 위치를 물었더니 바로 안내해주었던 덕분이다.

그래, 그곳을 찾아가기까지는 간단했다.

다만 모험가 길드에 들어가자 험상궂은 얼굴의 아저씨가 나와서 내게 이렇게 말했다.

“여기는 어린애가 올 데가 아니다. 집에 돌아가거라.”

집에 돌아가 봤자 딱히 맞이해줄 가족도 없다.

나는 이래저래 자기 사정을 설명했다.

“뭐냐, 부모님이 벌써……? 어쩔 수 없군. 그러면 너,【직업(클래스)】『양성소』에 가볼 테냐? 너처럼 어린아이가 간 전례는 없었지만……. 너에게 뜻이 있다면 방법을 마련해주마.”

아저씨는 머리를 긁적거리며 더 자세하게 설명을 시작했다.

이 도시— 왕도의『모험가 길드』에 등록을 지원하는 사람은 왕립 양성소에서 몇몇 분류의【직업】훈련을 받을 수 있다고 한다.

신입 모험가의 사망 사고를 방지하기 위해서 이번 대 왕이 법률로 정했다던가.

게다가 누구든 무료로 훈련받을 수 있다.

그뿐 아니라 해당 기간 중에는 의식주를 보장한다.

비용은 전액 세금으로 처리해준다.

내 처지에서는 바라 마지않게 고마운 곳이다.

물론 나는 당장에 제안을 받아들였다.

"진심으로 모험가가 되고 싶다면 양성소에 가서 우선은 뭐든 상관 없으니까【스킬】을 습득하고 와라."

그때의 나는 무슨 뜻으로 한 말인지 잘 알지 못했지만, 길드 직원 아저씨는 저렇게 말했다.

—【스킬】.

이때 나는 처음으로 그 존재를 알았다.

그것이 세간에서 흔히 말하는 강함과 유능함의 증거라고 한다.

길드 아저씨의 이야기에 따르면 어떤 인간이든 간에 반드시 하나나 둘은 빼어난【스킬】의 재능을 간직하고 있다고 했다.

그【스킬】의 재능을 판단하기 위한 기관이 양성소이다.

이 나라에는 기본이 되는 여섯 계통의 직업 양성소가 있다.

누구든 희망하면 원하는 직업 훈련을 받을 수 있고 훈련을 쌓으면 어떤 【스킬】의 재능이 있는가, 아울러 어떤 직업에 적성이 있는가 금세 판가름된다고 했다.

그래서 나는 모험가 길드 아저씨의 조언을 따라 훈련을 받기로 했다.

길드 접수원 아저씨에게 위치를 물어본 뒤 인사하고 나는 제일 먼저 어느 직업 양성소로 향했다.

—【검사(소드맨)】.

내가 쭉 동경했었던 직업이다.

무척 좋아하는 모험담 속 영웅은 한 자루 검으로 산처럼 큰 용을 베어 넘기곤 했다.

자신도 언젠가는 검을 든 영웅처럼 되고 싶다고 생각했다.

물론 이야기 속 표현에 불과하다는 것은 잘 알았지만, 어쩌면 나 또한 그렇게 강해질 수도 있잖은가.

아니, 기필코 강해질 테다.

굳은 각오로 훈련소의 문을 두드렸다.

하지만—.

몇 개월 동안 훈련 교관에게 지도를 받아 알게 된 것.

나에게 검의 재능은 없다고 한다.

게다가 절망적인 지경으로.

검사는 공격에 나서는 것이 가장 큰 임무다.

철저한 섬멸력— 즉, 공격에 적합한 【스킬】이 가장 우선적으로 요구된다.

하지만 나는 양성 기간을 한도까지 꽉 채워 훈련해도 공격에 유효한 스킬이 전혀 생겨나지 않았다.

그뿐 아니라 다른 사람들은 평범하게 노력하면 습득 가능한 스킬이 아무것도 생기지 않는다.

그대로 규정된 훈련 기간이 끝날 처지였기에 미련을 버리지 못했던 나는 교관에게 훈련 기간의 연장을 요청했다.

다만.

"스킬도 없이 단순히 검만 휘둘러 봤자 검사로서 동료에게 전혀 도움이 되지 못하네. 네 시간만 헛되이 쓸 뿐이지."

퇴출 통보를 받아 낙담하면서도 나는 다음 직업 훈련을 받기로 했다.

—【검사(소드맨)】가 안 된다면.

다음으로 찾아간 곳은 【전사(워리어)】 양성소였다.

【전사】는 몸을 던져서 동료들의 방패가 되어주고, 온갖 무기를 사용하며 전선에 나가 활약하는 직업이다.

이것도 검사만큼은 아니지만 내가 상상했던 모험가상에 가깝다.

내게는 검의 재능이 없는 것 같다.

그렇다면 특별히 검이 아니더라도 괜찮겠지.

무엇이든 괜찮으니까 모험가로서 살아갈 수 있는 힘을 원한다.

그렇게 나는 전사 훈련소에 발을 들인 뒤 억센 어른들 틈에 섞여서 피를 토하는 심정으로 몇 개월 동안 훈련을 했다.

하지만 죽기 살기로 훈련을 따라가서 훈련 기간이 끝날 무렵에야 간신히 생겨난 것은 신체 능력을 조금 올려주고 끝나는 스킬, 누구나 다 사용할 수 있는 지극히 흔한 기초 스킬이었다.

이래서는 한 사람 몫을 하는【전사】로 인정해줄 수 없다고 했다.

아마도 나에게는 전사의 재능도 없는 것 같았다.

훈련 교관은 무척 진정성 있게 나를 상대해주었지만「이렇게 억지로 버텨 봐야 넌 금세 목숨을 잃어버릴 것이다」라며 다른 직업으로 바꾸기를 권했다.

나는 다시금 의기소침하면서도 거듭 희망을 이어 나가며 다른 직업을 갖기 위해서 양성소에 들어갔다.

다음으로 향했던 곳은【사냥꾼(헌터)】양성소이다.

근접 전투직이 안 된다면 활로 싸우는 것도 나쁘지 않다고 생각해서였다.

게다가 사냥이라면 산에서 제법 경험도 쌓았다.

함정을 설치하거나 돌을 던져서 새를 잡는 정도는 가능하다.

그러니까 나도 어쩌면 자질이 있지 않을까, 그런 생각으로 훈련을 시작했다.

—하지만 이쪽도 결국 소용없었다.

내가 아무리 죽기 살기로 노력해도【투석】이라는 정말 아무나 습득 가능한 스킬밖에 생겨나지를 않았다.

그뿐 아니라 가장 중요한 활조차 제대로 다루지 못한 채 훈련 기간이 끝났다.

교관이 말하기를.

"섬세한 도구를 다루는 감각이 절망적으로 없다."

이런 평가를 했다.

시냥꾼 양성소를 나온 뒤 나는 몹시도 의기소침했다.

상상했던 모험담 속 주인공처럼 활약하는 것은 나에게는 불가능한 듯싶다.

무기를 들고 화려하게 싸우는 직업에는 전혀 적성이 없다.

그렇다면…… 나는 생각을 바꾸기로 했다.

모험을 따라나설 수 있다면 무엇이든 좋다.

주인공이 아니더라도 보조 역할을 맡아 도움이 될 수 있다면 괜찮다고 생각하기로 했다.

모험담의 영웅처럼 되지 못해도 좋다.

무엇이든 해줄 테다.

그리고 반쯤 자포자기해서 나는【도적(시프)】직업의 양성소에 들어갔다.

어쩌면, 이곳에서라면 나도 활약할 수 있지 않을까 하는 옅은 기대를 가진 채.

하지만— 결국 그것도 생각이 허술했다.

결국 나에게 생겨난 것은 발소리를 조금 줄여주는 정도의 스킬뿐이었다.

훈련을 담당해준 도적 직업의 남자는 이렇게 말했다.

「함정이 설치된 보물 상자의 자물쇠도 못 따고, 기척 감지 스킬도 없는 척후(스카우트)는 허수아비도 되지 못한다」라고. 전혀 재능이 없으니 다른 직업을 찾으라며 분명하게 말해주었다.

나는 이곳이 마지막 희망이라고 생각했던 터라 끝까지 버텼으나 결국 쫓겨났다.

나는 망연자실했다.

정말로 도적 양성소가 마지막이었기 때문이다.

내게 가능하리라 기대할 수 있었던 곳은.

남은 역할은『마법직』뿐.

그러나 맨 처음 길드 아저씨에게 설명을 듣고 저기는 무리라고 애당초 포기했었다.

마법은 타고난 마법력(마나)의 성질과 방대한 지식, 착실한 단련이 모두 맞아떨어져야 비로소 제 역할을 할 수 있다고 한다.

마법직으로 자리 잡는 것은 절대 쉽지가 않다는 뜻이다.

검사와 전사와 같은 직업보다 훨씬 더 어렵다는 말까지 있다.

그러니까 스스로도 무리라고 생각한 탓에 선택지에서 제외했었다.

—그렇지만 할 수밖에 없다.

나에게는 이미 다른 길이 남아 있지 않았다.

나는 아직껏 본 적도 없으며 동화 속 이야기로 어설프게 짐작만 하는 마법의 세계에 발을 들여놓기로 했다.

무모하다는 것은 나 역시 잘 알았다.

다만 어쩌면 이른바 숨겨진 재능이 혹시 있을지도 모른다.

그런 기대를 갖고 【마술사(매지션)】 양성소의 문을 두드렸다.

결과부터 말하면— 아무 소용도 없었다.

전부 헛짓이었다.

양성소의 문을 두드리자 얼굴을 내민 노마술사가 「뭐, 할 만큼 해보거라」라며 안에 받아주기는 했지만, 결국 습득한 것은 손가락에 촛불만 한 불꽃을 피워 올리는 스킬뿐.

이것은 아무리 재능 없는 사람이어도 사흘쯤 지도받으면 대강 습득할 수 있다는 극히 초보적인 스킬이며, 나는 단순한 습득에만 모든 훈련 기간을 소모했다.

한마디로 말하면 마법의 재능이 전혀 없었다.

지도를 맡아준 노마술사는 말했다.

"이렇게까지 마법에 재주가 박한 인물도 드물 테지."

그동안 무척 흥미롭다는 듯 나를 돌봐준 사람이었지만.

"이곳은 네가 있을 곳이 아니구나. 무언가 다른 길을 찾아보거라."

역시나 마지막에는 친절하게 타일러줬다.

나는 더 이상 아무런 말없이 그날부로 마술사가 되는 길을 포기하기로 했다.

그렇게— 그때까지 나의 훈련은 전부가 실패로 끝났다.

모험가 길드의 알선으로 체험할 수 있는 직업은 이제 단 하나만 남아버렸다.

더욱 무모한 마법직, 【승려(클레릭)】 직업이다.

승려는 마술사 이상으로 아무나 할 수 있는 직업이 아니었다.

치유술은 날 때부터 신의 은총을 받은 인물이 어릴 적부터 긴 수행을 쌓은 끝에 수행할 수 있는 직책이다.

길드 아저씨에게도 「【승려】 계열만큼은 되고 싶다고 될 수 있는 게 아니다」라는 설명을 들었다.

나도 당시에는 납득했었다.

하지만—.

나는 검사도, 전사도, 사냥꾼도, 마술사도— 도적조차 될 수 없었다.

더 이상 달리 희망도 없다.

그러니까 마지막 희망을 붙잡고 【승려】 직업을 가져보고자 양성소로 향했다.

도착한 곳은 커다랗고 중후한 석조 신전이었다.

문을 두드리자 안에서 키가 큰 신관이 나왔고 내가 자신의 희망을 설명하자 딱 잘라서 「애당초 소질이 없다면 무리이니까 관두거라」라며 타일렀다.

그런 사실이야 나도 잘 알았다.

다만 포기하고 싶지 않았다.

문전박대를 고수하는 신관 상대로 「훈련을 받게 해줄 때까지 문 앞에서 한 발자국도 움직이지 않겠다」라고 선언한 뒤 실제 꿈쩍하지 않았다.

그렇게 하루가 지나고 이틀이 지나고 사흘째가 되었을 때야 마침

내 끈기에 꺾인 신관이 「수업은 해주겠다」라며 허락해줬다.

그렇게 나는 승려 수행을 시작하게 되었다.

하지만 훈련 기간을 가득 채우며 피맺히도록 단련한 끝에 습득한 것은 【로우 힐】, 승려의 최하급 주문 【힐】의 하위 계통에 해당하는 스킬뿐. 본인이 입은 찰과상을 약간 치유하는 것이 고작이라서 승려직을 수행하기에는 있으나 마나 한 스킬이다. 지독하게 노력한 결과가 이뿐이라니.

즉, 이곳에서도 나에게 재능이 없단 사실이 증명된 셈이었다.

훈련 교관을 맡은 신관은 「어린 시절에 축복을 받지도 않고 이렇게 힐을 구사하는 것은 굉장한 성과입니다」라고 말하며 위로해주었지만 또래의 훈련생들은 이미 더욱더 굉장한 스킬을 다수 습득한 데다가 성장 속도가 무척이나 차이 났다.

내가 쓸모없는 녀석이라는 것은 명백했다.

결국 전부가 헛짓이었다.

그렇게 나는 유용한 스킬을 습득하지 못한 채 모든 직업에서 『적성 없음』 판정을 받았다고 길드 직원 아저씨에게 보고했다.

"제대로 된 스킬을 하나도 못 익혔다고? 그럼 억지로 모험가를 해봤자 곧바로 객사나 하고 끝장이다. 관두고 얌전히 산에 돌아가거라. 아니면 내가 다른 취직자리를 찾아주랴?"

길드 아저씨는 당연히 모험가의 길을 포기하라고 말했다.

모험가는 위험한 직업이다.

그런 사실이야 나도 잘 알았다.
아저씨의 말은 올바르고 현명한 조언이었다.
하지만 나는 끝까지 포기할 수 없었다.
그래서 말없이 도시를 뒤로했다.

나에게는 재능이 없다.
정말 아무런 재능도 없다.
분명히 알게 된 사실이다

—하지만, 그렇다면.
나는 불현듯 떠올렸다.
재능이 없다면 없는 대로 더 많이, 더 힘껏 노력해서 훈련하면 되는 게 아닌가?
그런 생각이 머릿속을 스치고 갔다.
나는 끝까지 포기하고 싶지 않았다.
왜냐하면 『검사』 훈련 교관이 언젠가 「일단 습득한 스킬을 무척 긴 시간 동안 단련하면 새로운 스킬을 습득하는 경우가 극히 드물게 있다」라고 가르쳐줬으니까.

—그렇다, 그 방법뿐이다.
나는 저 한마디 말에 매달렸다.
교관의 말은 나에게 마지막 희망이었다.
분명히 나는 자질을 판단하는 데 썼던 기간이 짧고 모자랐을 것이다.

더욱 단련하면 나 또한.

기필코 좋은 스킬이 생겨나서 모험가도 될 수 있을 것이다.

좋아, 특훈을 시작하자.

산에 돌아가면 철저하게 자신을 단련하며 훈련을 하자.

이러한 사연으로, 역시 검사가 되고 싶었던 나는 집에 돌아가서 우선 즉석으로 목검을 만들고 집 주위의 여러 나무에 밧줄로 매달아 둔 나무 막대를 때리는 훈련을 시작했다.

오로지 때리고 친다. 그저 오로지 공중에서 흔들거리는 나무 막대를 목검으로 때리고 치는 단 하나의 단련을.

"패리."

— 내가【검사】양성소에서 유일하게 습득한 검술 스킬 — 아무도 필요로 하지 않는 가장 밑바닥의 스킬을 써서.

그로부터 나는 침식도 잊은 채 아침부터 밤까지 오직 나무 막대를 때렸다.

그렇게 1년 후.

"패리."

나는 마침내 단숨에 나무 막대를 열 개 동시에 쳐낼 수 있게 되었다.

스스로도 성장했음을 알 수 있었다.

—그러나 아직껏 다음 스킬이 습득되려는 낌새는 없다.
언제쯤이면 다음 스킬을 얻을 수 있을까.
그래도 분명, 언젠가는.
이렇듯 노력하며 쭉 버텨 나간다면.
새로운 스킬을 습득해서 당당한 모험가가 될 수 있을지도 모른다.
나의 모험은 그때부터 시작될 것이다.
그렇게 생각하면 가슴이 뛰어오른다.
미래에 대한 희망을 가슴에 품자 하루하루가 못 견디게 즐거워졌다.

그로부터 3년의 세월이 흘렀다.
나는 생활에 필요한 밭일과 사냥 시간 이외에 줄곧 아침부터 밤—지쳐서 쓰러지다시피 잠들 때까지 단련을 계속해왔다.

매달아 둔 나무 막대는 꽤 이전부터 자작 목검으로 바꿨다.
그래야 더 좋은 연습이 될 것 같아서다.
그렇게 오로지 치고 때린다.
공중을 날아다니는 목검을 쳐내며 단련한다. 반복에 반복.
그리고—.
"패리."
지금은 단숨에 일백의 목검마저도 쳐낼 수 있게 되었다.
이제는 눈을 감고 있어도 여유롭다.

그러나 다음 스킬이 습득되려는 낌새는 아직도 없다.

"아직, 아직도 단련이 부족한 건가—."

스스로 돌아보면 조금이나마 강해진 것 같기도 한데 예전에 산을 내려갔을 때 이 세계에서는 스킬이 전부라는 사실을 배웠었다.

아직껏 나는 수련을 시작하고 스킬을 획득하지 못했다.

지금 이대로는 신출내기 모험가 수준에도 못 미치리라.

이런 실력으로 모험에 나서겠다는 것은 꿈속에서 또 꿈을 꾸는 셈이다.

나는 마음을 다잡으며 더욱 혹독한 단련을 스스로에게 부과하기로 결심했다.

—그로부터 다시 10년의 세월이 흘러갔다.

나는 하루도 거르지 않고 혹독한 단련을 계속해왔다.

매일 아침마다 공중을 날아다니는 목검의 수가 늘어났는데 몇 년 전 일천을 넘긴 이후부터는 헤아리지 않았다.

무작정 때리고 친다.

오로지 공중에 매달아 놓은 목검을 쳐내는 단련.

단 하나의 수행을 줄곧 마음을 비운 채 반복해왔다.

"패리."

이제 나는 검을 휘두르지 않고도 일천의 목검마저도 쳐낼 수 있게 되었다.

그러나 다음 스킬을 획득할 수 있다는 예감은 아직도 없다.

"이 세상의 검사들은 전부 도대체 얼마나 힘든 단련을 감수했던 걸까."

도무지 상상조차 할 수가 없다.

지금 와서는 아예『모험가』라는 존재가 마치 구름 위쪽을 거니는 존재라는 생각마저 드는 지경이었다.

나에게는 재능이 티끌만큼도 없다.

그런 사실이야 잘 알고 있다.

그래서 더더욱 모자란 재능을 보충하려는 각오로 이제까지 수행에 힘써왔지만— 결국 스스로에게 한계가 있음을 느끼기 시작했다.

나는 스물일곱 살이 되었다.

나도 이제는 젊은 나이가 아니다.

그때 길드의 아저씨가 모험가가 되고 싶다면 스킬을 습득해라, 라고 말해주었는데 결국 이후로 쭉 어떠한 스킬 하나도 획득하지 못했다.

아무리 발버둥 쳐도「평범한 모험가」가 되는 데 필요한 스킬에는 손이 닿질 않는다.

그럼에도 모험가가 되어 드넓은 세계 곳곳을 돌아보겠다는 꿈은 포기할 수 없는 것 같다.

"무모한 꿈, 인가."

스스로도 결론은 내려졌다는 생각이 든다.

이제는 슬슬 다른 방식의 삶을 찾을 시기인지도 모르겠다.

그럼에도 끝내 미련을 떨치지 못했던 나는 다시 산을 내려가 왕도에 있는『모험가 길드』의 문을 두드리게 된다.

02 모험가 길드

나는 십수 년 만에 왕도의 모험가 길드를 방문했다.

이런저런 꾸밈새는 거의 달라지지 않았지만, 어린 시절에는 무척이나 넓은 인상이었던 내부가 작고, 전체적으로 기억 속 광경보다 어딘가 낡은 분위기였다.

"저희 길드에는 어떤 용건이 있어 오셨을까요?"

내가 별생각 없이 내부를 둘러보던 때 접수대 안쪽에 있는 젊고 조그마한 여성— 아니군, 10대 중반의 소녀가 말을 걸어왔다.

접수 카운터 앞에 앉아 있는 사람은 저 소녀 한 명뿐이고 예전에 나를 맞이해줬던 아저씨는 없는 것 같았다.

"모험가 등록을 하고 싶다만."

그렇게 말한 나에게 접수원 소녀는 곧 한 장의 용지를 꺼내 내밀었다.

"그러면 이 서류에 이름과 보유하고 계신 스킬을 기입해주세요. 혹시 글자를 쓰지 못하시면 직접 말씀해주시고요. 대필도 가능하답니다."

일단 문자를 읽고 쓰는 방법은 아버지와 어머니에게 대강 배워 두었다.

건네받은 용지를 쭉 훑어봤는데 모험가 등록용 성명과 보유 스킬만 잘 기입하면 끝이었다.

나는 꾸밈없이 자신이 보유하고 있는 스킬을 기입했다.

◇————————————————————◇

〈모험가 등록 용지〉

【이름】노르

〈소지 스킬 신고란〉

【검사】계통 —— 패리

【전사】계통 —— 신체 강화

【사냥꾼】계통 — 투석

【도적】계통 —— 도둑 걸음

【마술사】계통 — 프티 파이어

【승려】계통 —— 로우 힐

◇————————————————————◇

각 계통에서 가장 초보적인 스킬을 하나씩.

합계 여섯 개의 스킬.

이것이 나의 전부였다.

"이렇게 쓰면 되나?"

"네, 감사합니다. 바로 확인할 테니 잠시만 기다려주시…… 앗?"

접수원 소녀는 내가 건넨 용지를 확인하며 카운터 위에 놓아둔 두꺼운『스킬 성능 평가 사전』이라는 책을 한 손에 든 채 적잖이 당황하는 모습이었다.

그리고 잠시 후 조금 머뭇머뭇하는 말투로 내게 질문했다.

"저기요, 정말 이 내용에 틀린 부분은 없는 걸까요? 혹시 기입을 빠뜨린 부분이 있으시면—."

"그게 전부야."

"……네?"

나의 간결한 답변에 소녀가 표정을 당혹감에서 조바심으로 바꾸며 허둥지둥 수중의 수첩 비슷한 소책자의 페이지를 넘기기 시작했다. 아마도 대응 지침서 같은 항목을 살펴보는 것 같았다.

"시, 실례했습니다……! 그, 그러면…… 혹시 왕도의 『양성소』 제도를 알고 계실까요? 이곳 왕도에서는 누구든 훌륭한 교관님들께 여섯 계통의 기본 직업 훈련을 받을 수 있어 새로운 스킬을—."

"다 아는 곳이야. 전부 받아봤거든. 그런데도 스킬 구성이 이렇게 됐어."

"네……?!"

접수원 소녀는 놀라며 작게 소리를 냈다.

다만 곧 「실례했습니다, 자, 잠시만 기다려주세요」라고 말한 뒤 재차 수중의 지침서 비슷한 수첩 페이지를 거듭거듭 넘기며 잠깐 확인한 뒤에 무척 미안해하며 나를 올려다봤다.

"저, 저기요……. 그러시면…… 말씀드리기가 무척 어렵습니다만."

"역시 모험가 등록은 안 되는 건가?"

"……네. 길드가 정한 모험가 등록 기준의 『최저 요건』을 채우지 못하셔서……. 정말 죄송합니다."

"괜찮아, 네가 사과할 문제는 아니지."

나의 스킬 구성으로 모험가 등록은 불가능하다. —이미 아는 사실이었다.

나의 대답에 소녀는 조금 안심하는 기색이었는데, 다음 한마디에 또 낯빛이 바뀌었다.

"하지만, 그래도 꼭 모험가 등록을 하고 싶어. 뭔가 방법이 없을까?"

"……네……?"

내가 질문하자 지침서를 든 소녀의 손이 떨리고 눈은 황망하게 내 얼굴과 지침서를 왕복하고 있다.

반쯤 울상에 가까운 얼굴은 새빨갛게 물들었다.

……그렇게 난처한 요청이었을까.

"역시 안 되는 건가?"

"아, 으으…… 그, 그치만……!! ……자, 잠시만 기다려주세요……!!"

내가 점점 더 차마 못할 짓을 저지른 기분이 들 때 접수원 소녀는 자리에서 일어나 소리 높이며 길드 안쪽으로 달려갔다.

"마, 마스터어~!"

"뭐냐, 아리아……. 무슨 일이냐, 얼굴은 왜 이리 시뻘겋고……?"

"저기……! 저분이—."

뭔가 내 이야기를 마스터라고 부른 누군가에게 설명하는 것 같았다.

그렇게 안쪽에서 훌쩍 나타난 사람은 몸집이 큰 험상궂은 얼굴의 남자였다.

언뜻 온화한 표정을 짓고 있지만, 뺨과 팔에서 큼지막한 흉터가 다수 보인다.

……나는 이 인물을 알고 있다.

예전과 비교하여 두발에 흰 머리카락이 섞여 있기는 한데 무척이나 반갑고 낯익은 얼굴이었다.

“이봐, 우리 신입을 너무 괴롭히지 말게나……. 그래, 넌 누구냐? 못 보던 얼굴인데?”

남자는 아쉽게도 나를 기억하지 못하나 보다.

수상한 사람이라 생각한 걸까, 예리한 눈빛으로 노려보는데 오히려 나는 오랜만에 본 얼굴이 반가워서 무심코 말을 건넸다.

“아저씨. 오랜만이군.”

“엉? 네가 누군데? 나는 네 녀석을 알지 못하— 아니, 잠깐만, 어라.”

남자는 턱수염에 손을 가져다 대고 고개를 갸웃거리다가 내 얼굴을 빤히 쳐다보던 중 무언가 깨달은 것 같았다.

“너 설마. 키는 훌쩍 자랐지만……. 혹시 옛날에 왔던 꼬마……노르냐?”

“그래, 맞아.”

기쁘게도 아저씨 역시 나를 떠올려줬다.

게다가 이름까지.

대화 나누는 우리를 지켜보던 접수원 소녀는 불안한 기색으로 나와 아저씨를 번갈아 바라볼 뿐 당황하는 듯하다.

“저, 저기…… 마스터. 아는 분이세요?”

“그래. 뭐, 대강 안면이 있지. 이제 됐다, 아리아. 이 녀석은 내가 대응하마. 너는 다른 일이나 처리해라.”

“네, 네에!”

소녀가 다른 접수대 자리에 앉아서 다른 손님의 응대를 시작하는 것을 바라보며 길드 아저씨는 아까와는 확 달라진 분위기로 희색을 띠고 나에게 말을 걸어왔다.

"미안하구나. 우리 같은 사람들은 손님 얼굴을 잘 기억해주는 것도 장사의 일부인데 말이야……. 그래도 너무 변해버려서 깜빡 못 알아봤다. 키가 참 많이도 커졌구나."

"괜찮아, 못 알아볼 만하지. 그때 이후로 10년은 훌쩍 지났잖아. 그런데 이름까지 기억해준다는 게…… 정말 기쁜걸."

"허, 누가 잊어버리겠냐. 잊고 싶어도 못 잊는다고. 그 나이에 어른도 버거워하는 양성소 훈련을 기간 꽉 채워서 여섯 곳 전부를 수료했고, 게다가 스킬을 하나도 습득하지 못한 신기한 녀석은 이전에도 이후에도 너 하나뿐일 테니 말이다. 갑자기 휙 사라져서 아무 소식도 없으니까 틀림없이 죽은 줄로만 알았다. ……대체 지금껏 뭘 하며 살았던 거냐? ……이런, 아니다. 따져 묻자는 건 아니었다만."

아저씨는 머리를 긁적거리며 내가 도시를 떠난 이후의 사연을 물었다.

특별히 숨길 일도 아닌지라 나는 산속에 있는 집에 돌아가서 혼자 훈련에 열중했었다고 대답을 했다.

"……뭐라? 설마 15년 넘게 혼자서 쭉 스킬을 습득하기 위해 훈련을 계속했단 말이냐? 그런 미련한 짓을 하는 녀석이 진짜 있다는 말은 들어보지도……. 아니, 너라면 해내고도 남지. ……그래, 스킬은 어떻게 됐나?"

"결국 스킬은 아무것도 못 익혔어."

조금 주뼛주뼛하며 질문한 아저씨에게 나는 이번에도 솔직하게 답했다.

교관들에게 재능 없다는 말을 들었던 것은 사실이다.

"뭐, 그랬을 테지. 왕립 훈련소의 훈련 교관이 허수아비 노릇으로 앉을 자리는 아니니까. 모험가의 성지라고 불리는 왕도에서도 일류가 잔뜩 모인 곳이다. 어지간해선 틀린 판단을 내리지는 않아. 녀석들이 안 된다고 말했다면, 뭐, 안 될 수밖에. 너한테는 미안하지만 말이다."

"그래, 그 말이 맞았어. 죽기 살기로 애써봤는데 말이지, 결국 안 되더라."

스킬을 습득한 순간에 어떤 특별한 감각이 있다.

다른 사람은 몰라도, 본인은 명백하게 「무언가 달라졌다」라고 느끼는 감각이다.

나는 훈련소에 가서 초보 스킬을 습득했을 때 그 감각을 알았다.

하지만 왕도를 뒤로했던 이후 이제껏 한 번도 같은 감각을 느껴보지 못했다.

요컨대 나는 끝끝내 아무 스킬을 습득하지 못했다는 뜻이다.

꽤 많은 노력을 했다 자신한다만…….

"뭐, 너무 낙심하지 마라. 매사가 다 원하는 대로 흘러가진 않는 법이다. 모험가가 아니어도 살아갈 길은 얼마든지 있지. ―아니, 잠깐만, 뭐냐. 너, 본인도 잘 알면서 『모험가 길드(여기)』에는 굳이 무슨 볼일이 있어 온 거냐? 설마, 이 책상 위쪽에 있는 모험가 등록 용지는 네가 쓴 건가……?"

"맞아, 역시 난『모험가』가 되고 싶거든. 억지 부탁이라는 것은 잘 알아. 그래도 뭔가 방법이 없을까?"

"이 녀석아, 진심이냐……?"

아저씨는 얼굴을 찌푸리며 잠시간 나를 쳐다보다가 포기한 듯 고개를 가로저었다.

"어쩔 수 없군……. 나도 업무니까 차근차근 알려주기는 할 텐데 말이다."

흰 머리털 섞인 머리를 긁적이며 설명을 시작한다.

"일단 모험가들은 말이야, 하이 리스크 하이 리턴을 원하면서 위험을 아주 좋아하는 별난 녀석들이나 어지간히 실력에 자신 있는 녀석들이 좋아서 하는 일이다. 마물이 서식하는 구역을 굳이 헤집고 들어간다거나 범죄자의 아지트 정찰 임무를 수주하거나 가끔은 토벌까지 맡기도 하고……. 수입이 높은 일거리에는 반드시 위험이 따라붙는 직업이지. 말하자면『모험가』는 항상 죽음의 위험과 함께 살아가는 족속이다. ……여기까지는, 뭐, 이해했지?"

"그래, 괜찮아."

물론 나 또한 충분히 잘 아는 사실이었기에 곧장 대답하며 고개를 끄덕거렸다.

"—뭐, 요컨대 말이다.『모험가』는 구태여 직접 나서서 위험한 곳에 머리를 들이미는 게 직업이나 다름없다고. 그러니까 얼마 전부터 인명 보호의 관점으로 전 세계의 인증 길드에서 공통된『랭크』기준을 만들었다. 자기 분수도 모른 채 덤벼들었다가 객사하는 얼간이를 조금이나마 줄이자는 목적에서지."

그렇게 말한 뒤 아저씨는 길드 책상에서 『랭크 인증표』를 꺼내 나에게 보여줬다.

〈모험가 랭크 인정 기준〉

랭크S ─【백금(플래티나) 등급】 모험가 길드 협회가 파격적인 능력을 보유했다고 인정하는 자

랭크A ─【금(골드) 등급】 지정 기관에서 특별히 유능하다고 인정받았으며 실적을 보유한 자

랭크B ─【은(실버) 등급】 지정 기관에서 특별히 유능하다고 인정받는 역량을 보유한 자

랭크C ─【동(브론즈) 등급】 모험가 길드 협회가 유능하다고 인정하는 역량을 보유한 자

랭크D ─【철(아이언) 등급】 모험가로서 우수한 역량을 보유한 자

랭크E ─【초급(비기너)】 모험가로서 최저한의 역량을 보유한 자

"모험가 랭크는 기본적으로 『A』부터 『E』까지 다섯 개다. 예외로 S랭크 【백금 등급】이라는 서열도 있지만, 진짜 예외에 또 예외니까. 특례가 아니면 인증받을 수 없는 명예 랭크이니 신경 안 써도 된다. 보통은 『E』부터 시작하고 가장 높은 『A』까지 의뢰 실적에 따라 능력을 평가받아서 랭크가 올라가기 마련이지만……. 우선 기준을 달성해서 「모험가로서 최저한의 역량」을 보유한 녀석이라고 인증부터

받아야 한단 뜻이지. 그 이후에야 비로소 랭크『E』 모험가, 즉【초급】이 될 수 있다."

같은 설명을 분명 어렸던 시절에도 들은 것 같다.

"그리고 가장 낮은『E』의 인증 조건은【유용한 스킬】이『하나 이상』이다. 이게 본래는 무척 수월한 기준일 텐데……. 하필 너한테는 높은 장벽이 되어버리는군. 그래도 왕도뿐 아니라 각국의 모험가 길드 사이에서 맺은 협정에 따라 결정된 규칙이라서 말이다. 내가 어떻게 해주고 싶어도 딱히 방법이 나올 수가 없구나. ……미안하다."

그렇게 말하고 아저씨는 무척 미안해하며 머리를 긁적였다.

"그런가. 그렇다면 어쩔 수 없겠군."

나도 포기하고 어른스럽게 물러나야 할 때이다.

머리는 분명 잘 알아들었는데도……. 실제 예전에 들었던 말을 확인하러 온 셈이니까 말이다.

그렇다 해도 역시 충격이 컸다.

나는 지금껏 쭉『모험가』가 되자는 목표를 갖고 살아온 사람이었다.

거의 불가능함은 알았어도 심정까지 불쑥 바뀌지는 않는다.

하지만— 역시 불가능한 목표는 불가능한 목표구나.

"역시 포기할 수밖에, 없단 말이구나."

무의식중에 어깨를 축 늘어뜨리며 한숨을 쉬게 된다.

그런 나의 모습을 한동안 말없이 지켜보고 있다가 아저씨가 턱수염을 긁적거리며 불쑥 말을 꺼냈다.

"—뭐, 모험가가 되고 싶다는 게 **전부**라면 아예 방법이 없는 건 아니다."

"방법이 있어?"

"있다는 말이 아니야. 단지, 아주 없지는 않군."

"—부탁할게, 가르쳐줘."

아저씨는 작게 한숨을 쉬고 천천히 입을 열었다.

"방금 설명한 대로 넌 최저 랭크라고 불리는 『E』 랭크의 조건을 충족하지 못한다. 다만 엄밀하게 따지면 『E』보다 더 아래 기준의 랭크가 존재하지."

"더 아래?"

"관계자들 사이에서도 거의 알려지지 않는 제도인데 **열외 랭크** 『F』— 다른 명칭은 『무명(노비스)』, 일반적으로 최하위라 알려진 비기너보다 **더욱** 하위에 위치하는 랭크다. 이곳 왕도 한정의 **특별** 랭크라서 말이지. 이거라면 『유용한 스킬』 없이도 일단 등록은 가능하군. 스킬 유무가 규정에 없으니까. 다만—."

"그, 그거라면—!"

나는 흥분해서 무심코 길드 접수 카운터에 몸을 내밀었다.

어른스럽지 못한 행동임은 알아도 자제가 되지 않는다.

한 가닥 희망이 나타났으니까.

"뭐, 조금 진정하고 들어라. 이제부터 할 이야기가 중요하거든."

"알았어."

"이 랭크가 사실상 「없는 것」이라 간주되는 데는 이유가 있다. 『무명』은 확실히 누구든 등록이 가능하지. 제대로 된 스킬이 없는 너라도 말이다. 다만 조건이 하나 딸려 있군."

"조건? 그게 뭔데?"

“그게 말이다, 모든 『토벌계 의뢰』와 도시 **바깥**의 『채집 퀘스트』는 **수주 금지**, 이게 조건이다. 소재 채집도 스스로 자기 몸 지키는 재주가 없는 녀석에게는 위험한 일거리잖냐. 대신 『도시 안 잡무 퀘스트』만이 허가된다. 즉 다시 말하자면 도시 안 하수구 청소라거나 건설 현장의 흙 운반이라거나 집 나간 고양이 찾기라거나……. 『무명』은 저런 자질구레한 의뢰**만** 받을 수 있는 **특별 랭크**다.”

“도시 안 잡무 퀘스트가 전부…….”

“그래, 맞다. 정말 그게 전부다. 하지만 굳이 잡일 의뢰를 받으려고 모험가 등록까지 하는 바보가 어디 있겠냐? 일을 알선하는 모험가 길드(우리) 쪽에다가 중개 수수료나 듬뿍 떼일 바에야 차라리 평범하게 일자리를 구해서 일하는 게 훨씬 이득이지. 옛날에는 이 제도를 도시에서 구걸을 하는 녀석들에게 억지로 일을 시키기 위해 이용했다던데……. 그럭저럭 경제가 안정된 지금 와서는 아무도 안 쓰는 그냥 과거의 제도에 불과하지. 법률도 먼 옛날에 만들어 놓았을 뿐 적어도 최근 100년은 사용된 전례가 없다. 실제 이 방법으로 등록을 할 이점이 없고 말이다. 그러니까 더 이상 군소리는 안 할 테니 평범하게 일자리를—.”

“나는 좋아. 곧바로 등록해줘.”

내가 즉각 수락하자 아저씨는 말을 멈추고 내 얼굴을 쳐다봤다.

“……엉? 잠깐만, 뭐냐……. 너, 내 얘기 제대로 들었냐?”

“그래. 토벌 의뢰와 채집 의뢰……. 즉 도시 바깥으로 나가야 하는 위험한 의뢰는 받을 수 없다는 뜻이잖아? 난 좋아. 등록해줘.”

"……정말 내 이야기 제대로 들은 게 맞나? 너 말이다, 연장자가 조언해주면 듣는 시늉이라도— 아니, 넌 일단 말을 꺼내면 다른 사람이 뭐라 참견하든 고분고분 듣는 녀석이 아니었지."

아저씨는 재차 거하게 한숨을 쉬며 머리를 긁적거렸다.

"—별수 없군, 어쨌든 내가 가르쳐준 방법이니까. 일단 등록증은 발행해주마. ……다만, 알겠냐? 그만두고 싶어지거든 곧장 말해라. 이럴 바에야 평범하게 일자리를 찾는 게 무조건 이득이라니까? 직장이야 내가 언제든 소개해주마……. 알겠나, 알아들었나?"

그렇게 말하며 모험가 길드 아저씨는 안쪽 방에서 먼지를 뒤집어쓴 작은 상자를 끄집어내다가 그 안에서 꺼내 든 새카만 카드에 서명한 뒤 내게 내밀었다.

"잘 알아들었으면 받아 가라."

"이거야?"

"그래, F랭크 등록증, 일단은『모험가 면허』다. 방금 말했던 대로 제한이 딸려 있지만 말이지. 괜히 우쭐대면서 다른 사람한테 보여주진 마라? 별로 자랑거리도 못 되니까."

"알았어, 고마워. —이 은혜는 안 잊을게, 아저씨!"

그렇게 나는 염원하던 꿈을 이루기 위한 첫걸음, F랭크의『무명』모험가 면허를 손에 넣었다.

03 염원의 모험가 생활

"매번 미안하구나, 노르! 덕분에 살았어~!"

"나야말로, 항상 의뢰를 맡겨줘서 고마워, 스텔라 아주머니."

나는 평소처럼 『하수구 청소』 의뢰(퀘스트)를 처리한 뒤 의뢰자 아주머니에게 달성 서명을 받고 다음 의뢰자가 있는 곳으로 달려간다.

처음 스텔라 아주머니의 집을 방문했던 날은 잘 기억하고 있다.

내가 모험가로서 처음으로 받은 기념할 만한 의뢰였기 때문이다.

스텔라 아주머니가 살고 있는 곳은 『구거주구』라고 불리는 옛날부터 있던 지역이다.

왕도의 시가지 중 한 구역에 위치하는 곳이지만, 상당히 바깥 지역에 가까운지라 구석구석까지 국가에 의한 청소 및 관리가 이루어지는 중앙 지역과 달리 이 주변에서는 주민들이 스스로 집 주변을 청소해야 한다.

하지만 나의 의뢰자 스텔라 아주머니는 다리도 눈도 안 좋은 데다가 남편과도 아들과도 사별하고 독신 생활 중. 의지할 만한 인물이 주위에 없는지라 매일 청소를 한다는 게 쉽지 않았다.

그 탓에 오래도록 청소하지 못했던 집 주변의 도랑은 언젠가부터 쉰내를 풍기게 됐다.

직접 청소하고 싶어도 스텔라 아주머니는 몸이 좋지가 않다.

무척 난감해하던 아주머니는 문득 결심을 하고 모험가 길드에 의뢰를 냈다.

누군가 일손을 빌려달라, 도와달라, 라고.

하지만 아주머니의 의뢰를 받아주는 인물은 좀처럼 나타나지 않았다고 한다.

평범한 모험가에게 아주머니가 제시했던 보수는 별로 매력적이지 않았으니까.

길드는 보통 마물의 토벌이나 긴급 채집 의뢰 등등을 우선해서 알선할뿐더러 많은『모험가』들은 저러한 수익이 높은 의뢰를 선호한다.

도시 안 하수도 청소 따위야 아무나 손이 빈 사람이 한가할 때 하면 그만이라는 생각일 테지.

그러니까 줄곧 방치되어왔다.

그래서 아주머니가 어찌할 바를 몰라 하던 중 때마침 나타난 게 나였다고 한다.

처음 의뢰를 마친 뒤 감사의 말을 잔뜩 들었다.

그 이후 나를 지명해서 의뢰를 주는 단골손님이다.

청소를 마치면 항상 무척이나 기뻐해준다.

그러니까 자꾸자꾸 의뢰받지 않은 일까지 해치워버린다.

실제 청소에 익숙해지자 의뢰받은 범위의 하수구 청소는 금세 끝나버리는지라 매번 조금씩 범위를 넓혀 가면서 더욱 신경을 써주게 됐다.

이웃의 주민들도 고마워해주는 만큼 기분이 썩 나쁘지는 않다.

이 일거리는 분명 보수는 많지 않았다.

그러나 나는 보람을 느끼고 있다.

사람들 웃는 얼굴을 보면 기분이 좋고, 무엇보다 도시가 자신의 손으로 조금씩이나마 깨끗해진다는 것이 기분 좋았다.

—그렇다 해도 오늘은 좀 지나치게 열심이었나 보다.

청소에 힘을 과하게 들이며 시간도 잊어버려서 다음 현장으로 출발하는 시간이 꽤 늦어졌다.

"……지각은 면하려나……?"

나는 서둘러 도시의 거리를 달려 나간다. 모퉁이를 두 번 돌아서 목적지 공사 현장에 도착하자 여느 때처럼 현장 감독이 맞이해줬다.

오늘의 두 번째 의뢰자다.

"오, 제시간에 딱 왔군, 노르. 오늘도 잘 부탁한다."

아침 하수도 청소 후 나는 대체로 이곳 공사 현장에서 매일같이 『흙 운반』 작업을 한다.

이곳 왕도는 옛날부터 거대한 미궁이 있는 곳으로 유명했기에 『모험가의 성지』라고도 불린다고 한다.

최근 미궁 앞 도로를 확장하는 대규모 공사가 진행 중이라서 상당히 많은 인원을 필요로 하고 있는데 일손이 부족했는지 모험가 길드에도 의뢰가 온 것 같았다.

하지만 『하수도 청소』와 마찬가지로 도시 안에서 하는 공사 현장 잡역꾼도 평범한 모험가에게는 딱히 매력이 있는 일거리는 아니었다.

기꺼이 일을 받아줄 만한 사람은 나 이외에는 딱히 없었다던데 이것도 나에게는 바라 마지않을 만큼 괜찮은 일거리였다.

이곳에서는 누구라도 수행한 작업의 양에 따라서 평가받는다.

완전 보합제라서 흙을 운반하면 운반하는 만큼 수입이 되어주니까.

나는 【전사】 훈련을 받던 시절에 습득했던 【신체 강화】로 평범한 사람이 옮기는 다섯 배의 양을 가볍게 운반할 수 있었다.

게다가 항상 【승려】 계통 하급 미만의 스킬 【로우 힐】로 살짝살짝 회복하고 있기 때문에 별반 피로를 느끼지도 않는다.

한 명의 당당한 모험가로서 등록을 하는 데 필요하다는 유용한 스킬에는 못 들어가는 나의 스킬도 지금 생활에서는 무척 큰 도움이 되어준다.

【도적】 훈련으로 습득한 【도둑 걸음】은 집 나간 고양이의 수색과 포획에는 제격이고 【마술사】의 【프티 파이어】도 불붙일 때 편리하다.

【사냥꾼】의 【투석】은 그다지 쓴 적은 없지만, 멀리 있는 물체에 돌을 던져서 맞히는 것을 아이들에게 보여주면 굉장하다고 말해준다.

유일하게 정말이지 죽기 살기로 특훈에 매진했던 【패리】는 아무 활용법도 발견하지 못했다만.

아직껏 훈련은 계속하고 있다.

훈련은 지난 15년 동안 쭉 계속했던 만큼 당장에 습관이 사라지지는 않고, 아울러 혹시나 하는…… 엷은 기대도 남아 있는지라 관둘 생각도 없다.

비록 가능성은 한없이 낮을지라도.

내가 평범한 모험가가 될 수 있는 가능성은 제쳐 놓더라도 이 덕분에 왕도 생활에서 쓰는 비용은 충분히 벌어들이고 있다.

따라서 지금껏 노력했던 자주 훈련이 완전히 쓸모없는 짓은 아니었다고 생각하고 싶지만— 아직도 난 평범한 모험가, 『초심자(비기너)』가 되려면 한참 멀었다.

이런 처지에 「영웅담 속 주인공처럼 살고 싶어」라는 큰 꿈을 꾸다니— 자신이 세상 물정에 얼마나 캄캄했는지를 잘 알겠다.

가끔, 차라리 이렇게 쭉 살아가도 괜찮지 않나?

이만 포기하자는 생각도 떠오른다.

왜냐하면 내가 가슴에 품었던 「모험가가 되어 사람들을 도와주고 싶다」라는 소망은, 지난날의 꿈은 이미 이렇듯 이루어졌으니까.

의뢰받은 작업을 수행하고, 감사의 말을 듣고, 제법 괜찮은 보수를 받는다.

그렇게 하루하루 생활을 한다—.

이미 나는 충분한 만족감을 느끼고 있다.

더욱 높은 곳을 원하는 마음은 지나치게 과분한 것이 아닐까.

게다가 나에게는 지켜야 할 가족이 없어서 썩 많은 돈도 필요치 않다.

구태여 위험한 의뢰를 받아 일확천금을 노리며 거금을 벌 필요도 없는 입장이다.

"그냥, 죽을 때까지 이렇게 쭉 살아가도 괜찮을 것 같군."

그런 생각을 하며 왕도의 이런저런 장소에서 일한 기간이 어느덧 세 달이다.

지금 도시 안에는 나의 삶터가 제대로 마련되어 있다.

길드 아저씨에게 염가 숙소를 소개받았는데 마음에 들어서 쭉 그 곳에서 숙박하고 있다.

염가인 탓에 식사는 안 나오지만, 지금껏 줄곧 자기 식사는 스스로 준비했었기에 딱히 힘들지 않다.

숙소에 욕실은 없어도 이 도시에는 공중목욕탕이 다수 있다.

조금 걸으면 많은 종류의 욕탕이 있어서 그날그날 기분에 따라 어디든 골라서 들어갈 수 있다.

땀을 쭉 빼고 몸을 깨끗하게 씻은 뒤 이따금 맛있는 음식을 파는 노점에서 식사하는 시간도 즐겁다.

—그런 느낌으로 나는 쾌적하게 이곳 왕도에서 하루하루의 생활을 누리고 있었다.

"정말로 일을 잘하는군……. 노르, 모험가로 놔두기에는 너무 아깝다. 진짜 우리 업체에 취직할 마음은 없나? 평범한 일꾼보다 적어도 세 배…… 아니, 다섯 배는 번다니까? 자네가 원하면 더 많이도 벌 테고. 작업량을 더 늘려도 괜찮지 않나?"

이 공사 현장의 감독은 나를 마음에 들어 하면서 매일같이 이렇게 제안을 한다.

하지만—.

“그렇게 말해주는 건 무척 고마운데 나는 지금 이대로도 딱히 곤란할 게 없거든.”

이 같은 말로 거절하는 것이 일상이었다.

“정말로 아깝다니까…….”

매번 똑같이 한숨을 쉬고 유감이라는 표정을 짓는 현장 감독에게는 미안한 마음이 든다.

하지만 역시 오래도록 가졌던 꿈은 쉽게 버려지지 않았다.

이 역시 습관과 비슷한 것 같다.

나는 역시 『모험가』가 되고 싶으니까.

작업 동료들에게 놀림받아도 영웅담 속 이야기처럼 여행을 떠나 모험하고 싶은 마음이 있다.

사실상 거의 불가능한 꿈임을 알더라도.

그렇게, 그 후에도 열심히 흙 운반 작업을 하며 눈 깜짝할 새에 해가 기울었다.

깨달았을 때는 어느덧 작업 종료 시간이었다.

“오늘 작업은 끝이다. 자네 덕분에 공사 기간에 꽤 여유가 생겼어. 그럼 내일 또 보자고, 노르. 잘 부탁한다.”

“그래, 내일도 잘 부탁하지.”

나는 평소처럼 의뢰서에 의뢰자의 서명을 받았다.

길드에 의뢰 완료 보고를 하고 보수를 받으면 목욕탕에서 개운하게 씻고, 또 공터에 가서 평소처럼 훈련을 하도록 하자.

그런 생각을 하며 현장을 뒤로하려던 때.

내가 일하는 공사 현장의 안쪽, 『불귀(不歸)의 미궁』 입구 방향에서 무엇인가가 일순간 빛난 듯 보였다.

"뭐지?"

잘못 보았나?

아니, 분명하게 보인 것 같은데.

적자색의 강한 빛이다. 또한 동시에―.

"―누가 ―살려, 주세요―."

어딘가에서 누군가의 꺼져 들어가는 비명 소리가 들린 것 같았다.

04 나는 소를 패리한다

한순간 목격했던 기묘한 적자색의 빛.

누군가의 비명과 같은 말소리가 귀에 들렸을 때 나는 곧장 소리가 난 방향으로 달렸다.

모퉁이를 돌아들자 미궁의 입구 주변에 뭔가 거대한 생물이 서 있는 광경이 보였다.

"저게, 뭐지?"

—거대한 소가 두 다리로 서 있다.

그것이 맨 처음 받은 인상이었다.

다만 나는 그다지 소를 본 적이 없었다.

단독 주택의 지붕에 머리가 닿을 것 같은 거구.

그런 짐승이 몸뚱이보다 큰 거대한 흑색의 금속 도끼를 들어 휘두르고 있었다.

그리고 저 소를 에워싸서 상대하고 있는 몇 명의 인영.

누군가는 검을 들었고, 또 누군가는 창을 들었고, 은색 갑옷을 껴입고 있다.

저 차림새는 본 적이 있다.

분명히 이곳 왕도의 위병들이다.

위병들은 진형을 짜서 누군가를 지키려는 듯 소의 앞쪽을 막고 서 있다.

소는 저들을 노리고 거대한 도끼를 휘둘렀다.

'위험하다. —안 피하면, 죽는다.'

내가 머릿속으로 떠올리는 동시에 위병 몇 사람의 신체가 터져 나갔다.

언뜻 보아도 거대하며 묵직한 도끼의 일격.

무참하게 피보라를 흩날리며 허물어지는 저 위병들 사이에서 아직 나이도 어린 소녀의 모습이 보였다.

소녀는 소를 올려다보며 단지 멍하니 지면에 주저앉아 있다.

"—의 습격이다—! —를 지켜라—!"

아마 위병들은 저 어린 소녀를 지키려고 하는 것 같다.

하지만 소가 도끼를 한 차례 휘두를 때마다 위병들은 무참하게도 피보라를 쏟아 내며 차례차례 허물어졌다.

위병들이 또 뭐라고 고함질렀지만 그동안 소의 도끼가 휘둘러지며 한 사람, 또 한 사람이 목숨을 잃어버린다.

갑옷째 몸이 찢겨 나간 위병의 검이 튕겨서 내 발밑까지 날아왔다.

그럼에도, 저들은 사력을 다해 제 뒤에 주저앉은 소녀를 지키고자 한다.

하지만—.

"저래서는, 당할 뿐이야."

나는 곧바로 직감했다.

잘 알지는 못하겠는데 저 갑옷을 입은 위병들은 척 봐도 움직임이 무척 둔하다.

훈련을 거의 안 받은 채 동원되어 나온 신병이나 훈련병일까.

저들은 죽기 살기로 소와 싸우고 있지만, 이대로 가면 전멸이다—. 그렇게 생각하던 중 마지막 위병이 죽어 나갔다.

나머지는 가만히 주저앉아 있는 저 소녀뿐.

소녀도 이대로 가만 놓아두면 위험하다.

그리고 소는 도끼를 머리 위 높이 휘둘러 올려서 곧 눈앞의 소녀를 깨부수고자 하고 있다.

"—위험하다."

그 순간, 나는 전력으로 【신체 강화】를 발동하며 발밑에 떨어져 있는 위병의 검을 주워 들고 소에게 곧장 달음박질쳤다.

곧이어 지면을 낮게 달리며 손에 잡히는 자갈을 주워다가 손가락으로 힘껏 튕겨서 날렸다.

"【투석】."

나는 즉각 사냥꾼이 되려다가 실패했을 때 습득한 스킬을 썼다.

내가 날린 자갈은 쭉 날아가서 겨냥한 대로 소의 안구에 명중했다.

갑자기 눈에 날아든 공격에 소는 다소 당황했지만, 아마도 대미지는 전혀 없었던 듯 단지 화를 낼 뿐이었다.

"음메에에에에에에!!"

땅이 흔들릴 정도로 우렁찬 고함소리가 주위에 울려 퍼지며 거대한 소가 소녀에게서 나에게로 주의를 돌린다.

하지만— 이러면 된다.

저 소의 적의가 이쪽을 향한다면 일단 저 여자아이의 생명은 무사할 테니.

소녀는 아직껏 가만 주저앉아 있지만, 내가 주의를 끄는 동안에어서 일어나서 도망쳐주기를 기원할 수밖에 없다.

남은 문제는 내가 이 소에게 어찌 대처하느냐.

"음머어어어어어어어!!"

소는 도끼를 재차 휘둘러 올리더니 있는 힘껏 나에게 내려찍기 위해서 지면을 밟아 부수며 돌진해 온다.

척 봐도 근력이 넘쳐 남아도는지라 터무니없이 빨랐다.

눈 깜짝할 새에 거리가 줄어들었고, 고개를 들어 올려다봐야 할 높이에서 거대한 도끼가 나를 노리고 휘둘러진다.

저 공격에 맞으면 아까 위병들처럼 나도 틀림없이 고기 조각 신세다.

하지만—.

"패리."

나는 나의 유일한 검술 스킬, 《패리》로 머리를 노리고 떨어지는 소의 도끼를 있는 힘껏 측면으로 쳐서 튕겼다.

―순간, 흩날리는 불꽃.

그리고 둔탁한 금속음과 함께 묵직한 도끼가 내 옆에 떨어져서 돌바닥을 설탕 공예처럼 부숴 놓았다.

충격으로 내 다리에도 격한 진동이 전해져서 살짝 비틀거릴 뻔했다.

고개 돌리면 소의 도끼가 바닥에 깊숙이 파고들어서 꽂혀 있었다.

"음메에에에에에에에에에에!!!"

소는 돌바닥에 박힌 도끼를 냅다 힘줘서 뽑아내더니 나를 죽이고자 계속해서 횡으로 휙휙 휘두른다.

사람의 키를 넉넉하게 넘어가는 거대한 칼날이 나의 신체로 곧장 들이닥쳤다.

저 검은색 도끼는 언뜻 보기만 해도 터무니없는 질량(무게)임을 알 수 있었다.

칼날 끝에 닿기만 해도 나의 신체는 고기 조각으로 박살 날 테지.

방금 전 위병들처럼 내장까지 죄다 싹 날아가서 죽는다.

하지만―.

"패리."

나는 이번에는 있는 힘껏 세로로 검을 쳐올려서 거대한 도끼를 튕겼다.

앞선 공방보다도 한층 더 격하게 불꽃이 흩날리고, 위로 쳐냈던 거대 도끼는 허공을 가르며 내 머리 위쪽을 날았다.

뒤늦게 강풍이 얼굴에 불어닥친다.
정말 굉장한 힘이다.
나는 산속의 오두막집에서 꽤 열심히 단련했다고 자신할 수 있는데 팔이 마비될 뻔했다.
그렇게 사람 신체의 몇 배는 될 법한 두꺼운 팔을 움직이며 거듭거듭 휘둘러 대는 거대한 도끼.
마구 들이닥치는 폭풍과 같은 공격에는 끝이 없었다.
난 단지 어렵게 피하기만 해도 버거웠다.

"—정말, 무시무시하군."
소의 일격을 쳐낼 때마다 세상 물정 몰랐던 나 자신의 무지함을 절감하게 된다.
이 소는 나의 입장에서야 강적이며 상당히 강한 듯 보인다만— 아마도 마물조차 아닐 것이다.
비교적 안전하다는 도시 안쪽에 나타나는 녀석 아닌가.
일반 시민이라면 모를까, 모험가 직업을 가진 강자가 손을 쓴다면 눈 깜짝할 사이에 퇴치 완료될 생물임이 틀림없겠다.

도대체 바깥 세계에는 얼마나 강력한 생물이 있단 말인가?
나는 상상도 할 수가 없다.
모험가 길드 아저씨가 모험가의 길을 포기하도록 타일렀던 것은 당연하다고도 말할 수 있지 않을까.
나 따위, 그야말로 우물 안 개구리였다.

일격, 또 일격, 소의 공격을 튕겨 낼 때마다 생각한다.

"—세상은, 넓군."

거듭 절감할 뿐.

나도 조금은 강해졌다고 생각했다.

다만 현실은 역시나 쉽지 않았다.

나의 실력으로는 태어나 자란 장소에서 가장 가까운 도시 안쪽에 있는 생물조차도 위협이었으니까.

이 같은 깨달음에 몸을 떨면서, 그럼에도 아직껏 꿈을 포기하지 못하는 자신의 마음을 의식하고 전율한다.

진정 구질구질한 녀석이잖은가, 나는.

"음무어어어어어!!!"

나의 반성 따위야 알아줄 리가 없는 저 소는 거대 도끼를 마구 휘두르며 들이닥쳤다.

소의 일격은 한결같이 묵직하고 빠르다.

죽기 살기로 공격에 대응하는 나에게 소는 거듭거듭 도끼를 내리찍었다.

어디에도 반격의 틈이 없다.

—아니.

만약 저 녀석에게 틈이 있을지라도 내게는 만에 하나의 승산조차 없을 것이다.

내게는 공격 수단이 없으니까.

정작 타격을 줄【스킬】이 없는 처지이니까.

"—역시, 무모했던 걸까."

소가 휘둘러 대는, 단 일격을 허용해도 분명 죽음과 이웃하게 될 공격을 튕겨 내면서 생각한다.

소를 상대하는 이 싸움은 애당초 승산이 아예 없었던 것 같다.

—나에게는 아무 재능도 없다.

노력해도 실력이 따라붙지 않았다.

그랬던 내가 누군가를 구해 내겠다니.

제 분수를 모른 채 나섰는지도 모르겠다.

그래도, 그럼에도.

"패리."

하다못해, 영웅이 되겠다는 꿈은 못 이루더라도.

눈앞에 주저앉은 채 두려워 떠는 여자아이 한 명은 지키고 싶기 마련이다.

왜냐하면— 어떤 상황에서도 몸을 던져서 약한 사람을 지키는— 그것이야말로 어린 시절의 내가 동경했던 모험가의 자세이니까.

나는 아무리 긴 시간이 걸리더라도 저런 사람이 되고 싶다.

이 꿈은 버려지지 않는다.

만약 이곳에서 소녀를 외면한다면— 앞으로 난 대체 어떻게 꿈을 이루어 낼 수 있겠는가.

"패리."

나는 일념으로 소가 휘둘러 대는 공격을 쳐낸다.

그것이 지금 내게 가능한 전부였다.

"음무어어어어어!!!"

소가 또 도끼를 내리 휘둘렀다.

다만 이번에는 나를 노리는 것이 아니었다.

여태껏 소녀는 전혀 움직이려고 하지 않는다.

단지 멍하니 이쪽을 바라볼 뿐, 아마도 몸을 피할 만한 기력조차 없는 것 같았다.

그 사실을 깨달은 소는 소녀부터 먼저 처리하고자 마음먹었을 테지.

방해되는 나를 피해서 소녀 한 명을 깨부숴 죽일 수 있는 궤도로 도끼가 곧장 내리 휘둘러진다.

하지만—.

"패리."

나는 소녀의 앞쪽에 몸을 밀어넣고 다시금 소의 도끼를 튕겨 냈다.

아슬아슬하게나마 늦지 않아서 도끼가 번쩍 들려 올라갔고, 소는 살짝 비틀거렸다.

"키와오오오오오오오오오오오오!!!"

소는 격노했다.

도끼의 기세가 한층 더 격해진다.

지금 저 녀석은 나를 골칫거리 방해꾼이라 생각하고 있을 테지.

도끼를 한 번, 두 번 휘두를 때마다 분노가, 흥분이 전해진다.

방금 전보다도 일격이 훨씬 묵직하다.

검을 쥔 팔은 아까부터 비명을 지르고 있다.

—하지만, 몇 번을 휘두르더라도.

몇 번이든 쳐낸다.

절대 끝까지 휘두를 수 없다.

내가 살아 있는 한 몇 번이든 튕겨 내겠다.

이기지는 못하더라도 내가 죽을 때까지는, 적어도 이 아이를 지켜 내겠다.

끝까지 지킬 생각이었다.

다만 한계는 곧 다가들었다.

내 손에 들린 검이 도리어 먼저 비명을 지른다.

위병이 놓아버린 검은 내가 산에서 훈련할 때 썼던 목검보다 훨씬 훌륭한 물건이었지만, 소의 도끼와 비교하면 역력한 질량 차이가 있다.

빠각, 소리를 내면서 검이 산산조각 부서졌다.

이 순간을 호기회로 판단했을까, 곧바로 내 목을 노리고 소가 도끼를 내리 휘두른다.

이 공격에 당하면 나는 등 뒤에 있는 소녀와 한꺼번에 박살 나 죽을 것임에 틀림없다.

하지만—.

"—아직이다."

아직 내가 쥔 검에는 자루와 칼날 부분이 조금 남아 있다.

이 부분을 사용하면 나는 단 한 번이나마 도끼를 또 튕겨 낼 수 있을 것이다.

그것이 이 검을 써서 도끼를 쳐낼 수 있는 마지막 기회.

최후를 각오하며 의식을 극한까지 집중시켜서— 이 한순간에 자신의 모든 것을 담아서 전심전력으로 검을 휘둘렀다.

일순간, 시간이 멈춘 듯 느껴졌다.

내가 쥔 검은 소가 휘두른 도끼에 겨냥한 대로 정확한 지점 깊숙이 파고들었고, 나는 곧장 노렸던 곳에 소의 도끼가 떨어지도록 궤도를 뒤틀기 위해 전력으로 검을 휘둘러 쳤다.

"패리."

내가 튕겨 낸 도끼는 소의 수중을 벗어나서 세차게 회전했고, 도끼의 날은 똑바로 소의 목을 향하여 박혀 들어갔다.

또한 도끼는 그대로 소의 목을 뚫고 지나가서 허공을 날다가— 뒤쪽 건물에 박히더니 굉음과 함께 그 안쪽으로 빨려 들어갔다.

"—해냈나."

잠시간의 정적.

도끼를 잃어버린 소는 조용히 제자리에 서서 굳어 있었다.

그러다가 곧 소의 목이 묵직한 소리를 내며 지면에 떨어지고 몸체도 뒤이어 허물어졌다.

소가 더 이상 일어나지 못함을 확인한 뒤 나는 겨우 가슴을 쓸어내렸다.

손에 들려 있었던 검은 방금 전 일격에 무참하게 부서져 떨어졌다.

칼자루마저 못 남기고 산산조각으로.

그게 정말로 최후의 일격이었다.

"……위험했군. 더 이상은 도저히 버티지 못했을 거야."

아니, 검뿐이 아니다. 나의 신체도 이미 한계였다.

깨달았을 때는 두 팔이, 두 다리가, 온몸이 비명을 지르고 있다.

서 있기만 해도 현기증이 날 만큼 지독한 피로.

—정말 한심하구나. 도시 안에서 나온 소 한 마리를 상대로 이런 꼴이라니.

고작 이 실력으로 세계를 여행하며 모험에 나서겠다는 것은 터무니없는 헛꿈일 테지.

—아직 단련이 더 많이 필요하다.

"……감사드립니다, 덕분에 살았습니다. —저기, 당신은 대체—."

내가 자기 자신을 돌아보던 때 뒤쪽에 있던 소녀가 일어나서 비틀거리며 내게 감사의 말을 꺼냈다.

다행이다, 저 소녀도 이제는 몸이 움직여지나 보다.

"그래, 무사해서 다행이야."

나는 짤막하게 답했다.

그런데 이 처지를 정말 무사하다고 말할 수 있을까.

주위에 흩어져 있는 병사들의 시체를 본다.

저들의 생명은 무참하게도 스러지고 말았다.

"저기요……. 괜찮으시다면 이름을 가르쳐주실 수 있으실까요? 혹시나 폐가 아니라면, 꼭 보답을—."

내가 소녀에게 뭐라고 대답해야 할까 망설이던 중 저쪽 뒤에서 이곳으로 달려오는 위병들의 모습이 보였다.

"—아니, 보답은 필요 없어. 그냥 지나가는 길에 도왔을 뿐이니까."

굳이 이름을 밝혀 잘난 체하기도 부끄러웠던 나는 뒷일을 위병들에게 맡기기로 하고, 곧바로 자리를 떠서 공사 현장 의뢰의 완료 보고를 하러 모험가 길드로 걸음을 재촉했다.

05 왕녀 암살

그날, 클레이스 왕국은 충격에 휩싸였다.

왕도 최고(最古)의 미궁에 있는 『불귀의 미궁』 최심층 구역, 통칭 【심연(어비스)】의 마물 『미노타우로스』가 느닷없이 도시 안쪽에서 출현했다는 소식이 전해졌으니까.

중층 구역의 탐색을 갔다가 막 돌아왔던 『재희(才姫)』가 공격당했다.

마물이 출현한 때와 거의 동시에 강력한 『결계』가 발동되어 린네부르크 왕녀는 몸을 구속당했고, 거의 무방비한 상태에서 습격을 받았다.

미궁 입구의 경비를 담당하던 정예 『문지기(게이트 키퍼)』는 전원이 사망.

다만 그곳에 달려왔던 한 명의 민간인에 의하여 미노타우로스는 토벌되었다.

그 도움이 아니었다면 왕녀 본인도 목숨을 잃기 직전이었다고 한다.

“……확실한 건가? 『미노타우로스』가 도시 안쪽에 소환되었다는 말은.”

“네. 발생을 목격했던 유일한 생존자, 린네부르크 님의 증언으로도 틀림없습니다. 누군가가 작동시켰던 소환 마술에 의한 공격이었겠지요.”

왕립 기사단의 참모장 다르켄에게 보고를 받은 왕자는 이를 갈았다.

"—그러면 역시 『미노타우로스』의 출현은 인위적인 수작이라는 말인가."

"가능성이 높습니다. 소환 마술은 현장에 유체가 남아 있었던 한 상인이 몸에 지닌 『마술사의 반지』에서 발동되었을 겁니다. 출신지는 『상업 자치구 사렌차』이고요. 마술 병단장 【마성(魔聖)】 오켄이 조사한 바, 해당 반지에는 극히 고순도의 마석이 사용되었습니다. 시판품이라면 절대 있을 수 없는 상식 바깥의 물건이라고 합니다."

참모장 다르켄은 차근차근 말한 뒤 적자색의 보석 파편을 꺼내 들었다.

"그런가."

소환 마술은 대단히 고도의 기술이며 고위 마술사에 의해 각인된 정밀한 마법진과 고순도의 마석을 필요로 한다.

더욱이 위험도 특A 【재해급】으로 분류되는 『미노타우로스』를 봉인할 만한 수준의 마석이라면 도저히 어지간한 자산가가 동원 가능한 금전으로 매입할 수 있는 물건이 아니었다.

저것들 전부를 준비할 수 있는 유력자라면 저절로 범위가 좁아지기 마련이다.

"마석에 남은 마법문의 흔적을 보아 출처는 아마도 마도황국 델리더스이리라 짐작됩니다. 그 나라의 최첨단 마도구 제조 시설에서 제조된 물건과 무척 비슷하다는군요. 또한 미슬라 교국에서 보유한 『악마의 심장(데몬즈 하트)』에 버금가는 초고순도의 마석을 사용하면 『미노타우로스』를 반지 크기의 공간에 넣어 가두기는 충분히 가능하다는 의견이었습니다."

보고를 들은 왕자는 얼굴이 흐려졌다.

클레이스 왕국을 둘러싸고 있는 주변의 삼국, 모든 나라의 이름이 언급되었기 때문이다.

—서쪽의 신성 미슬라 교국.

—동쪽의 마도황국 델리더스.

—남쪽의 상업 자치구 사렌차.

개중에서도 왕국의 동쪽에 위치하는 『마도황국 델리더스』는 현재 대륙에서 첫째가는 강국이다.

아울러 최근 들어서 클레이스 왕국에 가장 큰 압력을 가하고 있는 나라이기도 하다.

"의도를 짐작하자면 보복인가……?"

마도황국 델리더스는 지난 몇 년간 급격하게 발달한 마도구 제조 기술을 배경으로 무력을 확대하고 있다. 동시에 주변 소국을 침공하여 영토를 넓히는 와중이기도 하다.

우리나라에 대해서도 「무력을 빌려주는 대신 미궁의 권리를 넘겨라」라고 요구했었다. 절대로 받아들일 수 없는 사안임을 잘 알면서도.

우리나라는 풍부한 미궁 자원과 그 주위에 모여드는 인적 자원만을 의지하고 있는 소국이다. 그 근간을 빼앗긴다면 애당초 국가 운영이 성립되지 못한다.

당연히 아버지는 「우리나라의 방어는 우리나라에서 감당할 수 있다」라고 딱 잘라 거절했다.

다만 마도황국의 현 황제는 순순히 납득할 만한 인물이 아니다.

우리나라의 거절 의사에 대하여 이번 소동으로 보복과 협박의 뜻을 전했다.

그렇게 생각하면 일단 설명은 된다.

"아니지, 이리 단순하게 단언할 순 없겠어."

지금까지도 뻔한 심술은 여러 번 있었다.

다만 이번 소동은 의미의 크기가 다르다.

여동생(린)은 지금 왕국의 법에 준하여 한창 『왕위 계승 의식』의 시련을 치르는 중이다.

상황에 따라서는 혼자가 되거나 무방비해진다.

놈들은 그 틈을 노려서 린의 생명을 빼앗고자 했다.

게다가 『미노타우로스』를 소환함과 동시에 왕녀를 강력한 행동 저해 『결계』로 묶어 놓는 정성까지 들이며.

명백하게 말살하려는 의도가 있었다. 상당히 면밀하게 계획되어 실행으로 옮겨졌다고 생각해도 되겠다.

그런데도 놈들은 여봐란듯이 증거품을 남겨 두었다. 그것도 상당히 부자연스럽다.

마치 설령 발각되어도 상관없다 말하는 듯 당당하게 수작을 부린 모양새다.

요컨대—.

"여동생을 노린 암살(테러) 공작은 우리나라를 협박하려는 의도보다도 우리나라에서 먼저 **전쟁**을 개시하도록 도발하는 것이 목적이라는 뜻이 되는가."

"아마도…… 짐작하신 바가 옳으실 겁니다."

만약 여동생 린네부르크 제1왕녀가 암살당했다면 클레이스 왕국은 국력을 총동원하여 범인 검거에 나설 수밖에 없다. 물론 마치 누가 저지른 짓인가 알아달라는 것처럼 뻔뻔하리만큼 증거가 다수 남아 있기 때문에 손을 쓴 범인을 특정하는 것은 간단하다.

스스로 이름을 밝힌 것이나 마찬가지니까.

다만 그것을 이유로 상대 국가를 추궁한다면 틀림없이 전쟁의 불길을 피우는 행동이 된다.

분명 상대가 바라는 결과이리라.

"대놓고 도발해서 반발하기를 기다렸다가 정면으로 박살을 내고 적당히 이유를 붙여 미궁 자원을 빼앗겠다는— 의도인가."

상대의 입장에서는 암살이 달성되든 못 되든 똑같은 결과.

알기 쉬운 증거를 남겨 두고서 반격이 가능하다면 어디 해보라는 듯 노골적인 우리나라에 대한 도발.

이런 공작은 최근 십수 년…… 아니, 백 년의 역사를 거슬러 올라가도 전례가 없다.

명백하게 부당한 간섭이며 침략 행위에 가깝다.

어떻게 생각해봐도 잘못은 상대에게 있다.

다만 이 같은 주장을 다른 주변국에 알려 봤자—.

"소용없는, 짓이 되겠지."

미궁 자원을 보유한 클레이스 왕국은 현재 세 개의 대국에 둘러싸여 있다.

마법 광물을 비롯한 산악 자원을 대량 보유하여 『마도 과학』이라는 독자적인 기술로 국가의 토대를 세운 동쪽의 마도황국 델리더스.

신탁으로 전해져 내려오는, 도시 전체를 방어할 수 있는 수준의 『대규모 결계 기술』을 지닌 서쪽의 신성 미슬라 교국.

그리고 대륙 외부와의 교역을 수행하며 각지에 흩어져 있는 상인들의 연결망으로 대륙 제일의 경제 발전을 이룩했고, 첩보에 뛰어나며 기동력을 갖춘 『무장 상단』을 보유하고 있는 남쪽의 상업 자치구 사렌차.

우리는 저들과 상호 불가침 조약을 체결했다.

다만 현실적으로, 진정한 의미의 아군은 아니었다.

조약을 맺은 당시 이후로 관계성도 제법 변화했기 때문이다.

지금까지 주변 삼국은 모두 힘이 비등비등했다.

각각의 나라가 각각의 역할을 맡고, 부족한 것은 서로가 교역이나 교섭으로 보충하면서 수백 년의 긴 세월 동안 평온을 유지했다.

하지만 오래도록 균형을 유지해왔던 바람직한 관계는 최근 마도황국의 융성에 의해 맥없이 허물어졌다. 저 나라는 당대 황제의 치세가 시작되었던 이후 쭉 마도 과학 무력을 증강하는 수단을 획득해서 급속도로 힘을 길렀다.

마도황국이 주변의 수많은 소국을 전쟁으로 병합한 것을 계기로 주변 삼국은 발걸음을 맞춰서 지정학적 위치가 약한 우리나라에 부조리한 요구를 하며 압박에 나섰다.

황국(저들)의 노림수는 명백하게 클레이스 왕국의 「미궁 자원」이다.

미궁 유물 중 마도구를 연구해서 힘을 갖추기 시작했던 놈들은 더욱 강력한 힘을 획득하기 위해 『불귀의 미궁』의 유물을 어떻게든 가지고 싶은 것 같다.

다른 두 나라도 이 같은 상황을 주시하며 낌새를 살피고 있다.

이제까지 서로가 서로를 견제하던 균형은 허물어졌고, 약점을 드러내면 언제든 쳐들어가려 하는 국면에서 우리나라만이 불리한 상황에 놓였다고도 설명할 수 있지 않을까.

애당초 우리나라는 지리적으로도 삼국이 협조해서 몰아붙이면 버틸 수 없는 지점에 위치하고 있는 처지이니까.

—지금 우리나라는 정말로 좋은 『사냥감』이다.

왕국의 위치에 서서 본다면 모든 방위를 포위당한 채 인접한 국가 전부를 적으로 두었다는 최악의 구도가 만들어지고 있다.

"—아버님의 심중도 모르는 바는 아니다만."

엄격하고 타협하지 않는 아버지는 저들의 부조리한 요구를 줄곧 딱 잘라 거절해왔다.

사소한 문제부터 중요한 사안까지 아버지 나름대로 납득이 되지 않으리라 여겨지는 것은 전부다.

가끔은 도리에 반하는 요구도 있었다.

일국의 왕에게는 당연할 뿐 아니라 본래 올바른 태도라고 생각한다.

다만 단호했던 까닭에 발생하는 마찰도 있다.

양보할 수 없는 신념을 관철했던 까닭에 주변국과의 관계가 시시각각 악화되어 가는 상황이다.

이번에 린을 노렸던 습격 사건은 저런 압력에 전혀 굴하지 않는 아버지— 현 국왕에 대한 협박으로도 해석할 수 있다.

"이미 정말로 위기 상황이 온 셈인가."

습격을 획책했을 상대는 이제나저제나 민중에게 불이 붙기를 기다리고 있다.

이런 노골적인 도발을 감행했다는 것은 이미 상대가 **이후**의 준비까지 다 갖춰 놓았다는 뜻이 되겠다.

그것이 의미하는 바는…… 이번 소동은 시작의 **신호**에 불과하다는 것.

이미 사태는 한시의 유예도 없을 만큼 긴박하다.

왕자는 분명하게 예감을 받았다.

"—잠재되어 있는 위협은 이번 사건으로 끝이 아니라 생각해라. 또 무언가 잔수작이 국내에서 준비되고 있을 가능성이 높다. 그 방면의 조사도 서두르도록."

"예."

"아울러."

문제는 또 하나 있었다.

"린을 구출했다는 남자 말이다만—."

린이란 린네부르크 왕녀의 어릴 적 애칭이며 왕자는 지금도 여동생을 이렇게 부른다.

방금 전 왕자 본인이 왕녀에게서 습격 때 일어났던 여러 과정을 듣고 왔다.

습격에서 살아남은 소녀가 말한 내용은 겨우 혼자서 심연의 마물 『미노타우로스』와 정면 승부를 벌여 아무런 부상도 없이 쓰러뜨린 남자가 존재한다는 이야기였다.

—말도 안 된다.

그것이 맨 처음 보고를 들었을 때 느낀 인상이었다.

적어도 왕자 자신의 지식과 상식으로는 도저히 믿을 수 없는 말이었다.

그 남자는 미노타우로스가 수십 번 휘둘러 댔던 묵직한 공격을 몹시 수월하게 받아쳤다고 한다.

게다가 위병에게 지급되는 양산품 브로드 소드 한 자루로.

그 전투는 **고작 십수 초**, 눈 깜짝할 새의 공방이었다고 한다.

왕녀가 멍하게 더없이 빠른 공방을 지켜보는 와중에 남자는 마지막에는 부러진 칼자루만 남은 한손검으로 마력 철제의 공성 도끼를 되밀쳐 냈고, 그 칼날로 『미노타우로스』의 목을 날렸다던가.

……대체 뭔 소리인가, 상식으로 생각해봐도 어떻게 생각해도 말도 안 되는 이야기였다.

그런 남자가 정말 있다고 가정해본다.

그것은 즉 과거에 심층에서 미노타우로스와 맞서 싸웠던 젊은 시절의 【육성(六聖)】— 실력자 여섯 명 파티보다도 뛰어난 전투 능력을 보유한 인물이 존재한다는 말과 다르지 않다.

과거에 『불귀의 미궁』 탐색을 위해 현 국왕인 아버지가 이끌었던 여섯 명과 함께 심층에서 『미노타우로스』와 조우했을 때는 S랭크 모험가만으로 구성된 전설적인 파티의 전사직(탱커), 【불사(不死)】 단다르크마저 죽음을 각오했다고 했다.

가라사대, 전신이 강철보다 단단한 피부로 뒤덮였으며 안구조차 화살로도 검으로도 상처가 나질 않는다.

간신히 【마성】 오켄의 마법과 당시 왕이 소지했던 미궁 유물 【흑색의 검】이 통했던 덕에 다행이었지만, 전원이 모든 힘을 다 쏟아붓고도 간신히 한 마리를 해치운 뒤 눈앞의 재보를 모두 포기한 채 도망쳐 나왔다고 했다.

이미 상당한 옛날이야기인 터라 경험을 더 쌓은 지금 마주친다면 조금 달라질 수는 있겠지만, 그럼에도 『미노타우로스』는 최고 수준의 위협으로 손꼽히는 마물이다.

그런 마물을 고작 한 명의 젊은이가 무찔러 쓰러뜨렸다니.

마치 동화 속 영웅이 이야기의 바깥으로 빠져나온 것 같다.

도저히 믿을 만한 이야기가 아니었다.

"여동생은 분명히 조금 혼란에 빠져 있었을 것이다. 지금은 진정할 수 있게 놔둬야겠지. 나중에 다시 이야기를 들어봐야겠어."

본인의 생명이 위험에 노출되지 않았던가.

왕국의 건국 이후 최고의 재능이라는 평을 받았던 자신보다도 훨씬 빠르게, 고작 열네 살의 나이로【은 등급】랭크까지 치고 올라간 재원이어도 혼란에 빠질 만하다.

여동생이 겪었을 첫 위기였을 테니. 무리도 아니다.

혹은 그것이 정말 미노타우로스였는가, 의문도 솟아났다.

다만 이 의문은 이미 해소되었다.

【육성】의 1인,【검성(劍聖)】시그가 마물의 시체를 확인한 뒤 미노타우로스가 틀림없다고 단언했으니까.

앞뒤가 맞질 않았다.

여동생이 말한 꿈같은 이야기 속 인물이 실제 존재한다. —이렇게 생각하는 것 이외에는.

"그 남자의 행방은 알아냈나? 현장에 있는 당사자를 목격했다면서."

"그게, 말입니다. 목격은 물론 했습니다만—."

"목격은 물론 했는데, 다음은?"

"현장에 달려갔던 요원의 증언에 따르면 『눈앞에서 환영처럼 휙 사라졌다』라고 합니다. 그 이후 종적을 쫓을 수 없었습니다."

"무슨 소린가? 웬 황당한 말인가?【은성(隱聖)】휘하의 정예 정찰부대가 멀뚱멀뚱 대상을 놓쳤다는 뜻인가? 도대체 무엇을 위해—."

무엇을 위해 존재하는 정예인가, 말을 이어 나가려다가 왕자는 저들이 진정 우수한 부하라는 데 생각이 미쳐 입을 다물었다.

"말씀하시고 싶은 바는 압니다. 하지만 분명 남자의 모습을 목격했다고 합니다. 단지 소리도 없이 **사라졌다**더군요."

"즉 요원들의 감지 능력을 거뜬히 따돌릴 수 있는 경지의 숙련자라는 말인가?"

"그런 의미가 되겠습니다."

대체 정체가 뭔가, 그 녀석은.

미노타우로스를 단독으로 가볍게 쓰러뜨리는 전투 능력을 보유했고, 우리나라의 정예 색적 부대마저도 제대로 추적할 수 없는 남자라니.

—말도 안 된다.

그런 인물이 왕도에 잠복해 있단 말인가?

도대체 무슨 사태가 일어나려는 것인가.

주변국과의 알력은 지금 더욱더 고조되고 있다.

이곳 왕도에서는 이미 무언가 사태가 발생하기 시작했다.

"상황은 알겠다. 이대로 수사를 계속하라. 한순간도 헛되이 하지 마라."

"예."

초로의 남자는 간단하게 예의를 갖춘 뒤 빠른 걸음으로 떠나갔다.

"다방면의 대책을 동시에 강구해야 한다."

정보가 너무나도 부족하다. 왕자는 안절부절못한다.
상대는 이미 대담한 방법을 동원했다.
전부가 발각돼도 상관없다고 말하는 것 같은 난폭한 수법이다.
그것의 의미하는 바는 단 하나.
"……이미, 조만간일지도 모르겠군."
조만간에 전쟁이 일어난다.
혹은— 이미 시작되었다는 방증인지도 모르겠다.
왕에게도 진언을 올릴 필요가 있겠지.
그러나 아버지는 감이 좋은 사람이다.
자신이 깨달은 사실이라면 벌써 파악했을 터이고, 이미 대책이 마련되었을지도 모르지만— 그럼에도 예의 남자만큼은 마음에 걸린다.

"정체가 뭐지, 그 남자는."
그 남자가 적만 아니라면 이토록 마음 든든할 수 없겠다.
어쨌든 여동생의 생명을 구한 은인이잖은가, 적이 아니기를 기원한다.
다만 현 상황에서는 정체불명의 존재에 불과하다.
그 남자에게는 부자연스러운 점이 너무나 많고 많으니까.
일단 남자가 좀처럼 믿기 어려운 힘을 보유했는데도 누구 하나 존재를 알지 못한다는 데서 위화감을 느낀다.
게다가 만약 남자가 우리의 적이 아니라면 어째서 이름도 알려주지 않은 채 도망치듯 떠나갔는지 알 수가 없다. 이러한 행동 하나를 봐도 도저히 아군이라 간주하기는 어렵겠다.

"막연한 기대감을 가져서는 아니 될, 테지."

다만 이 같은 상황에서는 막연한 기대감이어도 의지하고 싶어진다.

자꾸 약해지려는 사고를 떨쳐 내기 위하여 왕자는 머리를 절레절레 흔든다.

자신이 서 있는 지위에서는 막연한 기대감에 의지하면 안 되는 법이다.

"여동생이 말한 이야기가 전부 진실이면 좋겠다? 우습군, 어디 바보나 할 소리잖은가."

여동생의 이야기에 나온 그 남자는 마치 위기에 처했을 때는 어딘가에서 불쑥 달려와 모든 것을 해결해주는— 동화 속에서나 곧잘 나오는 영웅 같았다.

"조금 더 차분하게 생각을 해볼까."

또 한 가지, 왕자의 머릿속을 이리저리 달려 다니는 요소가 불어났다.

왕자는 깊숙이 숨을 들이마셔서 뜨거워진 머리를 가라앉힌 뒤 집무실의 의자에 앉아 복잡한 판세를 정리하기 위해 사고의 바다로 잠겨 들어갔다.

06 의뢰 완료 보고

나는 그 후 조금 길을 돌아서 모험가 길드에 도착했다.

의뢰 완료 보고를 하기 위해서 곧장 길드에 가고 싶었지만, 도중에 기묘한 차림새의 남자들이 쫓아왔던지라 조금 섬찟해서 따돌리고 왔던 까닭이다.

그 덕분에 조금 시간이 걸려버렸다.

이미 주변은 온통 어둠이 드리워져 있다.

"오? 노르냐. 걱정했다고. 이 녀석, 무사했구나?"

길드 안쪽에 들어가자 아저씨가 말을 걸어왔다.

"무슨 일 있었어?"

"뭐냐, 난리가 났는데 몰랐던 거냐……? 미궁의 입구 부근에서 불쑥『심층의 마물』이 솟아났다더라. 여기 주변에선 절대 구경도 못 할 괴물이다."

"마물……?"

"그래, 덕분에 보통 난리가 아니었어. 네가 파견된 공사 현장의 근처였다길래 걱정했다만……. 다행이구나, 마주치지 않았나 보다. S급 모험가 파티도 애먹는 괴물이라고. 혹시나 마주치면 전직 A랭크 모험가였던 나도 분명히 즉사라니까?"

"그렇게 무시무시한 마물이 나타났던 건가? 정말로 운이 좋았나 보군."

내가 마주친 것은 소 한 마리였다.

그냥 짐승인데도 나에게는 무척 위험한 상대였지만……. 진짜 마물과 마주치지 않은 행운에 감사해야겠군.

"그래서 어떻게 됐지? 그 마물은, 아직 주변에 돌아다니는 건가……?"

"아니. 일단은 안심해도 된다. 심층의 마물 『미노타우로스』는 정체불명의 누군가가 나타나서 쓰러뜨렸다는 소식이 들어왔다. 겨우 혼자서, 게다가 일격으로 쓰러뜨렸다더군? 터무니없는 녀석이야."

"그렇게 강한 마물을…… 일격으로?"

"그래, 운이 좋았군. 가만 놔뒀다면 지금쯤 도시 전체가 파괴되었을 거다. 그 남자에게 감사해야겠지."

"……이 세상에는 정말 대단한 사람이 있군."

내가 소 한 마리와 거창하게 치고받는 동안에 저런 사건이 일어났을 줄이야.

……역시나 나는 아직껏 출발선에도 못 설 만큼 약하다.

이런 현실을 뼈저리게 자각해야 할 테지.

"그건 그렇고 S급 모험가 파티도 고전하는 괴물을 겨우 혼자서……. 음, 정체가 뭐지? 그 인물은."

"글쎄다……. 그만한 실력을 갖고 있다면 이름도 제법 알려졌을 텐데 난 전혀 모르겠군. 뭐, 경비대가 총력을 기울여서 조사 중이라니까 조만간에 알 수 있겠지."

"그런가."

아저씨는 이런 분위기로 나와 잡담하며 재빨리 의뢰 완료의 처리를 마친 뒤 나에게 의뢰비가 든 가죽 주머니를 건넸다.

“옜다, 받아라. 이게 오늘 네가 일한 몫이다. 꽤 많이 벌었군.”

“그래, 그렇군. 고마워.”

나는 의뢰비를 손에 들고서 아저씨에게 답례의 말을 했다.

“—그나저나, 노르. 슬슬 제대로 된 일자리를 구할 생각은 없는 거냐?”

“뭐야? 제대로 된 일자리라는 것은. 나는 이미 모험가로서 일하고 있잖아.”

아저씨는 머리를 부여잡으며 거하게 한숨 쉬었다.

“이 녀석아, 노르. 저번에도 한 말인데 너는 모험가 길드 쪽에 중개료를 떼이고 있다니까? 오늘 번 일당도 쓸데없이 길드(소개인)만 끼지 않았어도 대충 3할은 더 벌었어.”

“그거야 뭐, 알고 있는데.”

“……현장 감독 영감도 말을 하더라. 너를 자기네가 꼭 좀 데려가고 싶다고. 너같이 훌륭한 인재는 본 적이 없다더군. 다른 곳에서도 제안이 들어왔다니까? 너 정말 인기가 좋다. 이렇게 복 터지는 상황이 언제까지 이어지진 않아. 이럴 때 괜찮은 곳을 골라서 안정적으로 가정을 꾸릴 준비를 말이다—.”

이미 몇 번째인지 모를 아저씨의 장광설이 시작되어버렸다.

요즘에는 부탁하지도 않았는데 굳이 괜찮은 구인 공고가 있군, 여기는 어떤가, 이곳저곳 취직자리까지 소개해준다.

나는 취직을 할 생각은 없다며 거듭 사양했지만…….

아무튼, 아저씨와 나는 의견이 전혀 안 맞지만 신기하게도 언짢은 기분은 들지 않았다.

나의 앞날을 염려해서 해주는 말이라는 것을 조금은 알기 때문이다.

뭐, 결국 마지막에는 전부 거절했다.

"……그러니까 말이다, 노르. 확실히 모험가라는 직업은 재미가 있어. 나도 인정한다, 경험자이고. 근데 대부분은 요절을 못 면한다니까? 내 경우만 봐도 옛날에 친한 동료가 잔뜩 있었는데……. 다들 진짜로 좋은 녀석들이었지. 그래 봤자 말이다, 모험가라는 족속은 항상 좋은 녀석부터 휙 떠나가버려. 그래, 내가 열다섯 살 때였던가—."

—이런, 좋지 않다.

아저씨의 이야기가 점점 몇 번인가 들은 기억이 있는 옛날이야기로 흘러가고 있었다.

이렇게 되면 무척 길어진다.

동료와의 만남부터 작별까지 긴 이야기를 뜨겁게 토하는 아저씨는 가만 지켜만 봐도 흐뭇하지만, 솔직히 내일도 할 일이 있어서 빨리 돌아가고 싶은 기분이다.

그러므로 나는 평소처럼 웃는 얼굴로 아저씨의 열변을 흘려들으며 이야기를 끊을 시기를 가늠하고 있었는데……. 불현듯 등 뒤에 누군가가 다가드는 기척을 느꼈다.

"—드디어…… 찾았습니다."

작은 목소리에 내가 놀라서 고개 돌렸더니 여성스러운 조그마한 로브 차림의 인물이 근처에 서 있었다.

그리고 소녀가 로브의 후드를 벗자 낯익은 얼굴이 나타났다.

분명 이 아이는—.

"너는, 아까 만났던……?"

"……네, 실례가 될까 생각은 했습니다만, 어떻게든 꼭 만나 뵙고 싶었습니다."

이 아이는 소의 공격을 받았던 여자아이다.

……설마, 따라왔던 건가?

나를 따라오던 수상한 남자들은 분명 잘 따돌렸을 텐데 이 아이의 기척은 전혀 알아차리지 못했다.

숲에 서식하는 산토끼와 늑대 정도의 야생 동물이 상대라면 전혀 눈치채이지 않고 사냥할 수 있을 만큼 나의【도둑 걸음】스킬도 꽤 숙달되었는데, 이런 어린아이를 알아차리지 못할 줄이야……. 나도 아직 멀었구나.

그나저나 내 위치를 어떻게 알아냈지?

우연히—? 아니, 틀렸다.

이 아이는 아마 스킬을 가지고 있을 것이다.

"그런가,【스킬】인가. 그래서 알 수 있었구나?"

"네. 저도 일단은 양성소에서【도적】계통의 훈련을 받은 사람이라서요. 실례가 될까 생각은 했습니다만, 원격 탐지계 스킬로 귀하를 쫓아 찾아왔습니다. 이 방법이 가장 빠를 테니까요……."

굉장하구나.

저 어린 나이에 벌써 이토록 유용한 스킬을 습득했다니.

"그렇다면 너는【도적】계 직업을 가지고 있어?"

"……아니요, 본래 특기 분야는【마술사】계통입니다……. 그 밖에 여섯 계통의 스킬을 두루두루 익혀 놓기는 했죠."

"그렇게 많이? ……굉장하네."

"저희 집안의 방침이에요, 전통 비슷하죠. 습득할 수 있는 스킬은 전부 습득하라고요……. 하지만, 전부 잔재주에 불과합니다. 귀하와 같은 분 앞에서 떠들기에는 부끄러울 따름입니다……."

"아니, 아니야. 충분히 굉장한 거야."

이 나이에 다수의【스킬】을 익혔다잖은가.

외관을 보면 저 소녀는 아마도 내가 산에서 내려왔을 때와 거의 비슷비슷한 나이일 것이다.

새삼 열등감을 느낄 수밖에 없었다.

"저기…… 대단히 죄송합니다만, 사람들 눈은 조심하고 싶어서요……. 바깥에서 이야기할 수 있으실까요?"

내가 어떻게 해야 할까 알 수 없어서 길드 아저씨에게 눈짓하며 도움을 요청했는데 아저씨는 뭔가 떨떠름한 표정을 짓고 있었다.

"이봐, 노르. 너 이번에는 도대체 무슨 짓을 저지른 거냐……?"

"아니, 난 책망받을 행동은 아무것도 안 했다만……?"

……아마도.

나는 이 도시에서 자리를 잡은 지 얼마 안 되었기에 잘 모르는 부분도 많고, 이런저런 물정에 어두워서 뭔가 문제를 일으켰을 때는 아저씨에게 상당히 신세를 졌다.

그렇다 해도 산에서 막 내려왔던 무렵보다는 이 도시의 문화에도 제법 익숙해졌다고 자부한다.

오늘도 뭔가 문제를 일으킬 만한 행동은 안 했다고 생각한다만.

"괜찮아요……. 지금은 주위에 딱히 사람도 없고요.【차음】과【은폐】를 써서 저희 이야기가 외부에 새어 나가지 않게 막아 두었으니까요."

그것도【스킬】인가.

굉장하구나.

이런 기술이 잔재주란 말인가. 믿기지 않는다.

그나저나 어째서 이렇게 조심하는 걸까?

내가 난처해서 아저씨의 안색을 살피려니까 아저씨는 떨떠름한 표정은 변함없이 살짝 고개를 끄덕거렸다.

"……가보는 게 좋으려나?"

"그래, 그렇군, 갔다 와라. ……다만 상대가 상대니까. 실수 안 하도록 조심하고."

"……음? 그래, 알겠어."

나는 상황을 잘 파악하지 못하면서도 조그마한 소녀를 따라 모험가 길드의 바깥으로 나갔다.

07 왕도의 중앙 광장

우리는 잠시 걸어서 왕도의 중앙 광장에 도착했다.

주위에 인기척은 없다.

가끔 무언가 찾아다니는 것 같은 위병을 보긴 했지만, 이쪽을 알아보는 낌새는 없다.

이것이 이 아이가 쓰는 스킬의 힘인가.

굉장하구나.

위병이 떠나가고 두 사람만 남은 것을 확인한 뒤 소녀는 내게 이야기를 시작했다.

"……우선, 가장 먼저 사죄의 말씀을 드리고 싶습니다. 은인의 뒤를 밟는 무례한 행동, 정말로 죄송했습니다. 하지만 어떻게든 한 번은 꼭 만나 뵙고 싶었어요."

소녀는 깊숙이 머리 숙였다.

"그리고 길드 안에서 한 행동도 사죄드려야겠죠. 길드장(마스터)과 대화 나누던 중이셨는데 불쑥 바깥으로 모시게 되었습니다. 아무쪼록 무례한 발언을 용서해주세요. 저도 입장상 시민들의 면전에서 이러한 모습을 보이는 것은 바람직하지 않은지라— 게다가 귀하께도 뭔가 사연이 있으셨던 것 같았고요."

"아니, 딱히 신경 안 써도 된다만."

굳이 사과를 받아야 할 일이라는 생각은 안 든다.
애당초 나는 사연이랄 게 없기도 하고.
뭔가 오해를 하는 것 같다는 기분도 든다만……?

"그래, 나 같은 사람한테 무슨 볼일이야?"
어째서 구태여 나를 쫓아왔을까. 일단 이유를 모르겠다.
역시 아저씨가 한 말처럼 나는 자각하지 못했을 뿐 뭔가 사고를 친 걸까.
"제 용건은 하나입니다. 제대로 된 답례의 말을 전해드리고 싶어요. 제 생명을 구해주셔서— 진심으로 감사합니다."
긴 머리카락의 소녀는 다시 깊숙이 머리 숙였다.
"……설마 이게 전부야? 아까 답례는 이미 받았다고 생각한다만."
"아니요, 고작 말 몇 마디를 답례라 할 수는 없습니다. 귀하는 저의 생명뿐 아니라 수많은 국민들의 생명을 구해주신 것과 마찬가지이니까요."
"그렇게 대단한 일은 아니었는데."
날뛰는 소를 제압했을 뿐이다.
물론 사망한 위병들은 무척 안타깝지만, 나도 까딱 실수했다면 똑같은 신세가 됐을 테지.
지금 돌이켜보면 실력도 갖추지 못한 채 뛰쳐나갔던 무모한 행동이다.
게다가 소녀는 우수한【스킬】의 소유자이다. 나 따위가 설치지 않았어도 혼자서 어떻게든 해결했을 가능성이 높다.

—그렇다, 어째서 알아차리지 못했을까.

소녀가 마냥 지면에 주저앉아 있었던 터라 이상하다는 생각을 했다.

사실은 도망치지 않은 게 아니었다.

도망칠 필요가 없었을 테지.

실제 소녀를 묶어 놓았다고 느꼈던 기묘한 푸른 빛은 내가 소에게 가까이 접근하는 동시에 사라졌었다.

그대로 가만 놓아뒀어도 소녀는 아마 자력으로 사태를 수습했을 것이다.

……이렇게 생각하면 더더욱 쓸데없는 짓을 저질렀다는 기분이 든다.

"아니, 굳이 나한테 이렇게 신경 써서 말해줄 일은 아니야. 내가 정말이지 쓸데없는 짓을 저질렀던 것 같구나. 나야말로 주제넘게 참견을 해서 미안했어."

"……그, 그렇지 않습니다! 정말 감사하는 마음뿐이에요. 귀하가 달려와주지 않으셨다면 저 따위, 어떻게 되었을지……!"

마음 씀씀이가 고운 아이구나.

이 나이에 다른 사람을 배려할 줄 안다는 게 무척 기특하다.

"그런가. 그렇다면 마음만 받아 두도록 하지."

"저는 이번 사태에 있어 가능한 한 최대의 사례로 보답하고 싶은 심정입니다……. 무엇이든 편히 말씀해주세요. 아버지도, 귀하께 무척 감사하고 계시답니다. 집안의 재산을 다 꺼내서라도 진심을 담아 사례드려야 할 도움이었으니까요."

"……뭐라고? 집안 재산을 다 꺼내서?"

도대체 이 아이는 무슨 소리를 하는 거지?

이야기가 조금 이상한 방향으로 쏠리는 것 같다.

"아니야, 방금 해준 말이면 충분해. 정말 더 이상은 필요 없어."

"아니에요, 제대로 된 답례를 받아주세요. 제 아버지도 오라버니도— 귀하와 꼭 만나서 감사의 말을 전하고 싶다 말씀하셨어요."

"아니, 이미 충분한데."

"……그, 그렇게 넘길 순 없습니다! 저는 이래 보여도 지위가 있는 인물, 생명을 구해주신 은인께 아무 보답도 안 해드린다는 것은……! ……그냥 넘기면 저 또한 체면이 서질 않는다고요. 무슨 일이 있어도, 저희 집안의 전력을 쏟아 사례를……!"

"아니, 필요 없어."

소녀에게 어떤 지위가 있는지는 잘 모르겠지만, 내 처지에서는 필요하지 않은 뭔가를 받아도 난처할 따름이다.

"그, 그러면 뭔가 곤란한 문제가 있진 않으신가요? 저희 집안에서 전력을 기울여 어떤 사안이든 도움을……. 혹시 원하시면 아버님께서 영지 하사에 대한 상담도 받아주실 거예요."

……뭐지?

영지라니? 왜 저런 이야기가 나오지?

애당초 나는 산에 가면 집이며 밭이 있는 몸이고.

마음은 고맙지만 솔직히…… 필요하지 않다.

"미안한데 정말 사례는 딱히 필요 없어."

"그, 그치만……!"

문득 깨달았는데 소녀는 울상을 짓고 있었다.

……어째서지. 그냥 고맙다는 말이면 충분하다고 대답도 하지 않았나.

나의 의도가 전해지지 않았던 걸까.

"……안 됩니다. 귀하에게는 사례를 받아야 할 의무가 있습니다!!"

"의무……?"

감사와 사례의 말에 보통 의무가 따라붙지는 않을 텐데……?

"뭐라 말해도 필요 없는 건 필요 없다만?"

"그럼 보답을 받겠다는 대답을 주실 때까지 저는 이곳에서 움직이지 않겠습니다."

소녀는 뭐라 말해도 물러나지 않는다.

거의 울먹이는 얼굴이기도 하고, 아무래도 진심 같구나.

어린애인가…….

아니, 어린아이가 맞지.

그나저나 이 아이도 고집스러운 구석이 있군.

옛날의 나를 떠올리게 된다.

십수 년 전 【승려】 훈련소를 찾아가서 문전 박대를 당하고도 「훈련을 받게 해줄 때까지 문 앞에서 안 움직이겠다」라며 고집부렸던 나는 교관의 눈으로 봤을 때 이러한 느낌이었는지도 모르겠다.

이 소녀도 꽤나 고집이 센 성격 같구나.

나처럼 사흘 밤낮을 먹지도 마시지도 않고 버틴다면 곤란하다.

—어쩔 수 없군.

"……알았어. 네 아버지와 오빠를 만나기만 할 뿐이면."

"……저, 정말인가요?!"

솔직히 이 이상의 사례는 정말로 딱히 필요하지 않다.

도시 안에서 날뛰는 소를 물리쳤을 뿐이니까.

설마 도회지의 소가 그렇게 흉포할 줄은 생각하지 못했지만.

마물 이야기만 잔뜩 나누고 별 화제가 안 되는 것 같은데 의외로 왕도(이곳)에서는 비슷한 소동이 자주 일어나는지도 모르겠군.

나는 이곳 왕도의 문화를 잘 알지 못하지만, 어쩌면 「소에게 습격받았을 때 구해준 사람에게는 온 힘을 쏟아서 대접하라」와 같은 풍습이 있는 걸까.

이해가 조금 안 되지만, 다른 지방에 가면 그 지방의 풍속을 따라야 무난할 테지.

"아무튼 정말 호들갑스럽게 사례를 할 필요는 없어."

"네! 그러면 어서 출발하시죠. 제 바로 뒤에서 따라와주실 수 있으실까요? 별로 사람들 눈에 띄고 싶지는 않아서요. 【은폐】와 【탐지차단】 등 이것저것 다중 사용으로 몸을 숨기겠습니다."

그렇게 말한 뒤 소녀는 종종걸음으로 걷기 시작했다.

방금 전까지 마구 울상을 짓던 표정은 이미 시치미를 뚝 떼고 미소 띤 얼굴로 바뀌었다.

……설마 아까 표정은 가짜 울음이었을까.

어린아이인데 뜻밖에도 꾀가 많은 것 같군.

나는 하는 수 없이 가벼운 걸음걸이로 나아가는 소녀의 뒤를 쫓아서 밤의 거리를 걸어갔다.

08 린의 집

"이곳이…… 네가 사는, 집인가?"

당연히 소녀의 집을 방문하게 될 줄 알았는데.

도착한 곳은 성 같은 건물이었다.

튼튼한 만듦새의 석조 벽면과 중후한 만듦새의 커다란 성문.

좌우에 문지기가 창을 들고 서서 경비하고 있다.

집이 아니라, 마치 동화에 나오는 왕의 성이나 요새와 같은 곳이었다.

이곳이 집이라는 생각은 도저히 안 든다.

그래도 이곳에 데려왔다는 말은 역시나……?

"네, 조금 일반적인 집의 구조는 아니라고 생각합니다만……. 이곳이 저희 집입니다. 안에 들어가시죠."

그렇게 말한 뒤 소녀는 아무렇지도 않게 문지기들의 옆을 지나갔다.

"이대로 가는 건가?"

"네, 지금은 급한 상황이라서요. 게다가 저분들의 일을 방해하면 안 되니까요."

굳이 따지자면 누군가 수상쩍은 인물이 들어가지 못하게 감시하는 것이 저 사람들의 임무일 텐데.

하지만 문지기들은 우리를 쳐다보려고도 하지 않는다.

소녀가 【은폐】인가 무슨 스킬을 사용하고 있는 까닭일 테지.

이곳이 본인의 집이라니까 신경은 안 쓰기로 하고, 말해준 대로 나는 성 비슷한 집 안에 들어갔다.

"그러고 보니 아직 성함을 여쭙지 않았네요. 괜찮으시다면 가르쳐주실 수 있으실까요……?"

"나 말인가? 노르야."

"노르 님, 이셨군요."

나는 걸어가며 답했다.

그렇게 나의 이름을 불린 뒤 문득 소녀의 이름을 알지 못함을 떠올렸다.

"그러고 보니, 너는 이름이 어떻게 되지……?"

"앗……! 시, 실례했습니다. 제가 먼저 이름을 알려드려야 했는데 까맣게 잊고 있었어요."

소녀는 걸음을 멈춘 뒤 내게로 쓱 돌아서더니 오른손을 가슴에 가져다 대며 가볍게 인사를 했다.

"린네부르크 클레이스라고 합니다. 일반적으로 사용하기에는 조금 길어서 모험가로 경험을 쌓고 있는 지금은 린이라는 이름을 쓰고 있습니다. 편하게 린이라고 불러주시면 기쁠 거예요."

"그런가, 린이구나. 알았어."

확실히 린네…… 어쩌고는 조금 길어서 외우기도 힘들고 린이 더 좋다.

짧아서 외우기 쉽고 좋은 이름이다.

"여기부터는【은폐】를 풀도록 하죠. 이제 안전한 장소이기도 하고 도리어 의심을 사게 될 테니까요."

그렇게 우리는 또 안쪽으로 걸어 나아갔다.

정말이지 넓은 집이다. 제법 걸었는데도 자꾸 공간이 이어진다.

보아하니 소녀의 집은 상당한 자산가일 테지.

아니면 이른바 귀족 신분을 가진 부류일까.

이제야 좀 알겠군.

모험가 길드 아저씨가 「실수 안 하도록 조심하고」라며 당부했던 이유가 이 때문이었나.

그렇다 해도, 이유는 겨우 알았지만 무엇을 어떻게 하면 좋을지 나는 도무지 알 수가 없다.

귀족이나 부호를 상대하는 예절은 나와 전혀 인연이 없고 말이지.

"저쪽에…… 마침 잘됐네요. 저분에게 아버님이 어디 계신지 물어보도록 하죠."

잠시간 몹시 길고도 넓은 통로를 걸어가던 중 금색의 긴 머리카락을 흔들거리는 여성이 나타났다.

메이드복 비슷한 치마를 입고 있는데, 그 위에는 묵직한 은색의 갑옷을 껴입었다.

"안녕히 다녀오셨습니까, 린네부르크 님."

"이네스. 항상 고생이 많아요. 아버님을 만나 뵙고 싶은데 지금 시간이면 알현장에 계시겠죠?"

"……거기 계시는 남성분은 누구십니까?"

갑옷을 껴입은 여성은 린의 질문에 대답하기 전에 눈매가 가늘어지며 나를 쳐다봤다.

왠지 품평을 당하는 느낌이다.

아마도 저 여성은 나를 별로 환영하지 않는 분위기군.

"이네스. 이분은 제 손님입니다……. 실례를 저지르지 마세요. 예의 습격에서 몸을 던져 저를 구출해준 분이십니다."

"……아! 명심하겠습니다. 제가 앞에 서서 안내하겠습니다."

혹시 이 집안의 메이드로 일하는 사람일까.

꽤나 무거울 것 같은 갑옷을 껴입고 있는 상태라서 청소며 세탁 등 집안일을 하기는 불편해 보인다만…….

내가 조금 궁금해져서 빤히 쳐다보던 중 눈이 마주쳤다. 그러자 매섭게 노려본다.

아무래도 나를 상당히 경계하는 것 같다.

뭐, 이상한 반응은 아니겠군.

나는 흙 운반 작업을 마치고 온 지저분한 차림 그대로다.

아니, 오늘의 나는 평소보다 더욱 지저분한 차림새였다.

돌이켜보면 이른 아침부터 하수구 청소를 했고, 곧바로 저녁나절까지 줄곧 흙 운반 작업을 했다.

그 후에 소와 싸웠고 모험가 길드에 갈 때까지 수상쩍은 남자들과 술래잡기까지 하지 않았던가.

이토록 호화롭고 일꾼도 다수 둔 집에 어울리지도 않는 녀석이 왜 왔냐는 생각일 테지.

나 또한 비슷한 생각을 하는 중이니까.

"—바로 들어가시지요."

이네스라고 불린 은색 갑옷의 여성은 그렇게 말한 뒤 기다란 복도 안쪽의 묵직한 금속제 문을 열었다.

문 너머에는 아름답게 장식된 금색의 창을 쥔 남자가 가만히 서 있었다.

남자는 여유 넘치는 모습으로 우리…… 아니, **나만**을 주시하며 창을 들어 올렸다.

"이런 시간에 무슨 일이냐? 이네스. 린네부르크 님도, 어서 오십시오. ……거기 남자는 누구지?"

어딘가 가벼운 말투로 쏜살같이 질문을 던지면서도 시선은 무척 날카롭다.

아무래도 이 남자도 나를 경계하는 것 같다.

잘 살펴보면 남자가 쥔 금색 창의 끝은 정확하게 내 목구멍을 겨누고 있다.

마치 언제든 찔러 죽일 수 있도록 준비한다는 느낌이 든다.

뭐랄까, 정말 뒤숭숭한 곳이군? 린의 집은…….

"길버트, 물러나라. 이분은 린네부르크 님의 중요한 손님이시다. 서둘러 폐하께 배알드리고자 한다."

"흐음? 린네부르크 님의 손님이라? ……그러면 네가 바로 **그 녀석**인가……?"

순간, 남자의 안광이 더욱 예리해진 것 같았다.

다만 또 금세 가벼운 느낌의 분위기로 돌아와서 내 얼굴을 쳐다본다.

"……그런데 썩 대단하게 보이진 않네?"

"손님께 실례가 되는 발언은 삼가라. 그리고 너도 알현장에 동행하지. **호위**는 많을수록 좋을 테니까."

"……그래, 알겠다. 나도 가겠다."

남자는 내 목에 똑바로 겨눴던 창끝을 치운 뒤 어깨에 짊어지고 우리 뒤쪽에서 따라왔다.

그렇게 우리가 이네스의 뒤를 따라서 창을 든 남자가 지키고 있던 문 안쪽을 나아갔고, 곧 목적한 방에 도착한 것 같았다.

또다시 제법 묵직한 문을 열었더니 젊은 남자가 한 사람, 단상 위쪽에 있는 초로의 남성과 뭔가 대화하는 모습이 보였다.

"오라버니."

"……린인가?"

젊은 남성은 린의 오빠인가 보다. 나이는 스물 전후쯤 되었을까?

린과 나이 차이가 많이 나는 것 같지는 않군.

"그 로브는 나의【은자의 로브】인가……? 설마 너, 바깥에 나갔다 왔나? 분명 당분간 외출을 금지했을 텐데……!!"

"……죄송해요. 하지만 어떻게든 꼭 은혜를 입은 분을 자력으로 찾아뵙고 싶었습니다."

"……거기에 있는 남성은? 설마."

"네. 이분이, 저를 구해주셨던 분입니다."

"……음! 이 인물이……?!"

린의 오빠는 나를 보고는 무척 놀라는 모습이었다.

"……이런 몰골이라서 미안하군. 린이 급하다고 해서 말이야."

나는 우선 사과부터 했다.

린의 오빠는 말없이 나를 바라보고 있었지만, 이네스는 변함없이 내 얼굴을 노려본다는 느낌이 든다.

어쩌면 이네스는 원래부터 눈빛이 저런 사람인지도 모르겠지만, 꽤나 험악한 시선으로 쳐다보는지라 혹시나 내가 방금 전 무언가 큰 실수를 저질렀는가 싶어 불안감이 솟는다.

불안해져서 린의 얼굴을 살피려니까 소녀는 즐겁게 웃고 있는지라 아마 괜찮을 듯싶기는 한데…….

"차림새 따위 상관없네. 오히려 서둘러 만나고 싶다는 말은 우리 쪽에서 했지. 굳이 번거롭게 찾아오도록 하여 미안하군."

천장이 높고 널찍한 방 안에 나지막하고도 명료한 목소리가 울려 퍼졌다.

어딘가 나라의 왕이라고 해도 납득이 갈 만큼 위엄이 있는 울림.

왠지 저절로 자세를 바로잡게 된다고 할까, 묘하게 마음 편안해지는 음색이었다.

이네스와 길…… 어쩌고저쩌고 창을 든 남자는 제자리에서 한쪽 무릎을 꿇고 머리 숙였다.

그렇다면 이 목소리의 주인은 집주인……. 즉 린의 아버지라는 말이 되겠군.

“자네가, 나의 딸을 구해준 은인인가—. 생각보다 젊구나. 가까이에서 이야기를 나눠보세나.”

09 알현장과『흑색의 검』

린의 아버지는 단상에 놓인 꽤 무거울 것 같은 의자에서 일어난 뒤 천천히 이쪽으로 걸어왔다.

생각보다 젊다는 말을 들었는데, 반대로 린의 아버지가 상상보다 조금은 늙은 모습이었다.

위엄이나 훌륭한 품격이 더 연로하게 보이게 만든다거나 그런 이유가 있을지도 모르겠지만.

"먼저 말해 두겠는데……. 나는 귀족도 무엇도 아니야. 이런 자리에서 차려야 할 예의 따위 알지도 못하니까 무례하게 받아들일 행동을 할지도 몰라. 그래도 괜찮겠어?"

예의범절에는 정말 어두운지라 먼저 말해 두었다.

다만 옆에서 무릎 꿇고 있었던 이네스의 눈썹이 실룩 움직였다.

지금 말하며 뭔가 실수가 있었던가……?

정말 잘 모르는 처지라서 제대로 말해주면 고맙겠다만…….

"하하, 물론 상관없다네. 괜한 형식에 얽매이는 것은 귀족들뿐이지. 오히려 편하게 말할 수 있어야 대화도 쉽고 괜찮지."

"그런가, 그럼 고맙긴 한데."

린의 아버지는 나의 정면에 서서 조용하게 말했다.

"그보다, 예의를 차려야 할 사람은 다름 아닌 나라네."

그러고는 내 손을 주름과 상처가 새겨진 두 손으로 붙잡아 깊숙이 머리 숙였다.

"다시금 감사의 말을 전하겠네. 귀공의 활약이 아니었다면 나의 딸은 이미 이 세상에 없었을 테니. 아무리 말을 거듭한들 모자랄 지경이야. 진심으로 감사하네. 정말 고마우이."

나는 귀족의 예의를 알지 못한다만, 동작 하나하나와 말 마디마디에서 진심이 담긴 감사의 뜻이 전해졌다.

"그렇군, 딱히 별일도 아니었어. 그 말이면 이미 충분해."

나의 대답에 린의 아버지도 흡족해하며 고개를 끄덕였다.

……좋아, 이렇게 인사를 다 받았다.

슬슬 돌아가도 될 테지, 나는 린을 힐끔 쳐다봤다.

"……하지만 큰 은혜를 베풀어준 은인을 빈손으로 돌려보낼 순 없지 않겠나? 영지든 돈이든 저택이든 무엇이든 원하는 것을 말해주게. 최대한의 보상을 약속하지. 무언가 바라는 것은 없는가?"

어째서인지 또 린과 반복했던 실랑이가 나와버렸다.

역시 가풍이려나?

아무래도 무언가 받지 않으면 돌려보내줄 것 같지 않은 느낌이었다.

다만 나의 바람은 강해지고 【스킬】을 습득해서 한 사람 몫을 하는 『모험가』가 되어 모험의 여행을 떠나는 것뿐이다.

나의 바람은 무척 멀고도 험난하겠지만……. 적어도 돈으로 사들일 수 있는 종류는 아니었다.

"아니, 딱히 바라는 건 없어. 미안하지만…… 필요도 없고."

"그런가. 돈이나 토지는 필요 없는가……."

린의 아버지는 잠시 고민한 뒤 말했다.

"……그러면 미궁에서 나온 『재보』는 어떤가? 우리나라는 알다시피 세계에서 가장 오래된 미궁을 보유하고 있는 나라지. 이곳의 보물전에는 수백 년에 걸쳐 미궁에서 발굴한 온갖 다양한 귀물들이 놓여 있다네. 개중에는 돈을 주고도 손에 넣을 수 없는 편리한 물건도 있겠지. ……어차피 보관만 하던 물건이니 아예 절반 정도는 가지고 가도 괜찮겠군. 그러면 어떻겠나?"

"아, 아버님?! 그렇게까지는—!"

린의 오빠가 놀란 얼굴로 자기 아버지의 얼굴을 쳐다봤다.

나도 솔직히 감당이 안 되는 터라 난처하다.

보물전이라는 곳에 얼마나 많은 양이 있는지는 모르겠지만 솔직히 필요가 없다.

지금의 나에게는 필요 없는 물건들뿐이겠지.

생활 자체는 지금 이대로도 만족하니까.

애당초 받아 봤자 놓아둘 장소도 없고 말이지.

"아니……. 미안하지만 그것도 필요 없어."

"으음, 그렇다면 무엇이 좋겠나? 그대가 원하는 바를 말해주면 고맙겠다만."

"아니, 호화로운 답례품은 정말 필요가 없어. 방금 해준 말이면 이미 넘치도록 충분하니까."

날뛰는 소에게서 린을 구해줬을 뿐이고 분명 대단한 도움은 되지 않았을 것이다.

게다가 유용한 【스킬】을 그렇게나 많이 습득한 저 아이라면 분명 어떻게든 자력으로 해결했을 문제일 테고.

나는 단지 아무것도 모르면서 주제넘게 끼어든 어리석은 사람에 불과하다.

부녀가 둘 다 정말 착실하구나.

이 집을 대강 둘러봐도 금전 때문에 곤란할 것 같진 않다만, 아무리 남아돌아도 필요 없다는 사람한테 굳이 떠넘기려고 하는 것도 좀 아니지 싶다.

그런 문화가 있는지도 모르겠지만.

"……금품 따위 아무것도 필요가 없단, 말인가? 흠. 그렇다면, 무엇이 좋으려나."

린의 아버지는 높은 천장을 올려다보며 골똘히 생각에 잠긴 모습이다.

……아니, 금품뿐 아니라 정말 아무것도 필요 없다만.

"그 밖에 딸의 생명을 구해준 은혜에 걸맞은 대가가, 있나."

린의 아버지는 혼잣말처럼 나지막이 중얼거리고 뭔가 생각이 떠올랐는지 방금 전까지 앉아 있었던 호화로운 의자를 향해 걸어갔다. 그리고 그 뒤쪽의 벽에 장식되어 있는 검은빛을 띤 검을 손에 들었다.

"그럼 이 물건은 어떻겠나."

그렇게 또 나에게 다시 돌아오더니 낡은 흑색의 검을 건넸다.

"이것은, 검……인가……?"

"그렇다네. 조금 볼품은 좋지 않네만."

받아 들고 가까이에서 보니 이것이 진짜 검인지 조금 헷갈렸다.

이것은 분명 검의 형태를 가지고 있다.

다만 너무나 허름허름하며 이곳저곳이 거뭇하게 물들었고, 군데군데 이 빠진 부분도 있어서 전혀 베어질 것 같지가 않다.

게다가 살펴보면 살펴볼수록 표면이 커다랗게 깎여 나갔거나 함몰되거나 손상이 눈에 띄고, 온전하게 남은 부분이 거의 없었다.

한마디로 말하면…… 검이 아니라 평평한 금속 덩어리였다.

게다가 재질이 무엇인지 모르겠는데 상당히 무겁다.

손에 든 순간 묵직하게 내려앉아서 하마터면 떨어뜨릴 뻔했다.

마치 전체가 납보다 무거운 금속으로 만들어진 것 같았다.

"아, 아버님, 그 검은—?!"

"괜찮다, 레인. 현역에서 물러난 지금 와서는 이미 단순한 장식품이니. 이곳에 가만히 묵혀 두기보다는 훨씬 좋지 않겠느냐."

"하, 하오나—!"

"예전에 외형이나마 비슷이 만들었던 이 검의 모조품(레플리카)이 있었지. 그 물건과 바꿔 놓으면 분명 아무도 알아차리지 못할 게다. 이네스. 길버트. 자네들도 모른 척하게."

"예, 명령이시라면야."

"……알겠습니다."

나는 대화하는 저 사람들을 보다가 손안에 들려 있는 검이라고도 검이 아니라고도 잘라 말하기가 어려운 까맣고 평평한 금속 덩어리를 들여다봤다.

……이 검은, 정말로 받아 가도 되는 물건일까.

"혹시 이 검은 중요한 물건이 아닌가? 그렇다면 받을 순 없다만."

"아니, 아닐세. 단순히 내가 **여행 다녀온 곳**에서 주운 물건이니. 본래는 누구의 물건도 아니었어. 우연히 마음에 들어 한동안 사용했을 뿐 다른 사연은 없네."

"여행 다녀온 곳에서 주운, 물건인가?"

"그래, 요컨대 내가 썼던 골동품이네. 별 부담도 없겠지, 받아줄 텐가?"

나는 새삼 손에 든 흑색의 검을 바라봤다.

린의 아버지가 사용했던 골동품인가.

그것은 보면 볼수록 투박하고 초라한 검이었다.

내리비치는 빛이 모조리 빨려 들어가 버릴 것 같은 칠흑빛을 띤 칼날.

마찬가지로 새카만 재질의 칼자루에는 낡은 천이 감겨 있었기에 오래전 쓴 물건이라는 말이 정말로 딱 들어맞는다.

그뿐 아니라 들고 있기만 해도 팔이 저릿해질 만큼 터무니없이 무겁다……. 아무튼 간에 훈련용이라 생각하고 살펴보면 점점 더 좋은 검이라는 생각이 든다.

……게다가, 이 무게를 활용하면.

공사 현장에서 말뚝을 박을 때 무척 쓸 만하겠군.

"그렇군—. 괜찮겠어, 고맙게 받도록 하지."

내가 대답하자 린의 아버지는 큼지막하게 흉터 새겨진 얼굴에 만면의 미소를 띠어 보였다.

아마도 만족하는 기색 같았다.

이 부녀는 아무래도 무언가를 받아 가주지 않는다면 줄곧 마음을 불편해할 것 같으니까 이런 정도로 만족해주면 잘된 일이겠지.

"시험 삼아서 휘둘러주겠나?"

"……이렇게 말인가?"

나는 요청받은 대로 한쪽 손으로 흑색의 검을 허공에 휘둘렀다.

역시 터무니없이 무겁다.

다만 못 휘두를 무게도 아니었다.

【신체 강화】를 사용하면 별문제가 되진 않겠군.

"어떤가?"

"무거운데. 하지만 못 휘두를 정도는 아니야."

내가 대답하자 린의 아버지는 웃었다.

"후후, 그런가……. 한쪽 손으로 휘두를 수 있는가. 그 검은 외형이야 다소 볼품없지만 아주아주 튼튼하다네. 위험에 처했을 때 몇 번이나 목숨을 구해준 물건이지—."

린의 아버지는 어딘가 먼 곳을 바라보는 눈빛으로 옛 생각을 떠올리는 것 같다.

역시 이 검은 중요한 물건이고 받아 가면 안 되는 물건 아닌가—?

그런 생각도 잠깐 들었지만 일단 받겠다고 한 말을 도로 취소하자니까 이제 와서는 조금 민망하다.

"그럼 소중하게 쓰도록 하지."
"그래, 잘 써주게나."
린의 아버지는 다시 즐거워하며 웃었다.

"그리고 딸아이의 이야기를 하고 싶네만. 혹시 자네만 괜찮다면 조금 단련을 시켜줄 순 없겠나? 최근 들어서 여기저기 뒤숭숭한지라…… 적이 걱정이 되는군."
"린을…… 내가 말인가?"
또 당황스럽군…….
나는 조금 생각한 뒤 대답했다.
"아니……. 저 아이에게 가르칠 수 있는 것은 아무것도 없지 싶은데. 게다가 그런 문제는 본인이 결정할 일이겠지—. 아이를 기른 경험이 없어서 나는 잘 모르겠지만, 너무 부모가 딸에게 지나치게 간섭을 하면 안 좋지 않겠어?"
"하하, 옳거니! 맞는 말이군!"
자기 부탁을 대뜸 거절했는데도 린의 아버지는 재미있어하며 웃었다.
정말 잘 웃는 아저씨군.

그런데 주위 사람들 모두의 표정은 딱딱하게 굳었다.
특히 이네스는 무시무시한 지경의 안광으로 나를 노려보고 있다.
"……지금 내가 실례되는 말을 한 건가?"
"아니, 아닐세. 전혀 실례가 아니지. 오히려 오랜만에 이런 대화를 나눌 수 있어 즐거웠다네.”

“그런가. ―그럼 이만 돌아가도 되나?”

“그래, 붙잡아 두어 미안했군. 린의 아버지로서 다시금 감사의 말을 전하네.”

“별 대단한 일도 아니었어. 나야말로 이렇게 귀한 사례품을 받아 가려니까 미안하군.”

정말 아무것도 필요 없었는데 뭔가 소중한 물건을 받아버린 듯싶다.

다만 결과적으로는 잘된 일인지도 모른다.

이 흑색의 검은 겉모양이야 허름허름하지만, 그만큼 부담감 없이 받을 수 있었다.

게다가 제법 튼튼할 것 같고, 이 무게는 내게 필요한 단련에는 무척 유용할 것 같다.

제법 폭이 넓으니까『하수구 청소』의뢰를 받아 옆도랑을 청소하는 데도 편리하겠군.

……내일 곧바로 사용해볼까.

“그럼 난 이만 돌아가겠어.”

그렇게 나는 이번에야말로 린과 다른 사람들에게 작별의 말을 건네고 성을 나간 뒤 공중목욕탕에서 흘린 땀을 씻고자 귀갓길을 서둘러― 움직일 생각이었지만.

“할 이야기가 있다. 미안한데 나를 따라와주면 좋겠군.”

도중에 린의 가신 이네스에게 불려서 멈춰 섰다가 따라가기로 했다.

……솔직히 별로 좋은 예감은 들지 않았다.

10 신순(神盾) 이네스

이네스의 뒤를 따라서 가자 저택의 안쪽 광장과 비슷한 장소에 도착했다.

우리 이외에 다른 사람은 안 보인다.

이네스는 주변을 둘러보며 멈춰 서더니 나를 향하여 똑바로 얼굴을 돌리고 머리 숙였다.

"……우선은, 내가 저지른 무례를 사죄하고 싶다. 방금 전까지 나의 태도는 린네부르크 님의 은인께 보일 모습이 아니었다. 사람을 품평하는 눈빛으로 쳐다본지라 불쾌한 기분도 들었을 테지. 아무쪼록 용서해주길 바란다."

틀림없이 아까 전 나의 언동을 지적하며 화내려는 줄 생각했지만…….

반대로 사죄를 할 줄이야.

"아니, 나는 신경 쓰지 않는다. 개의치 말고 잊어다오."

나의 언동에 대한 이 여자의 반응은 조금 마음에 걸렸지만, 그것도 내가 분명 무언가 무례를 저질렀기 때문인 듯하니까.

이쪽 지역의 문화는 아직껏 잘 모르겠다.

오히려 뭐가 안 되는 것인지 알려주면 기쁠 텐데 말이지…….

"굳이 잘잘못까지 따져야 할 문제는 아니었어. 괜찮으니까 얼굴을 들어다오."

내 말에 이네스는 천천히 자세를 바로 했다.

"……그런가. 사죄를 받아주어 감사하군. 나의 무례를 거듭 사과하지. 다만, 우리의 임무는 클레이스 가문의 사람을 모든 위험으로부터 지키는 것이다. 그것이 무엇보다도 우선되지. 손님을 대접하는 싹싹함은 뒤로 미루게 됨을 이해해주게."

집안의 사람을 위험으로부터 지키는 것?

그러고 보니 이 여자는 메이드복 같은 치마 위쪽에다가 무거운 갑옷을 입고 있기도 하고, 집안일을 하기에는 어떻게 생각해도 안 어울리는 인상을 받았었다.

그렇다면 요컨대—.

"그런가……. 역시 넌 메이드가 아니었던 건가."

내가 한마디 묻자 이네스는 눈을 끔뻑거렸다.

"……그러고 보니 자기소개도 아직 안 했군. 나는 이네스 하네스. 클레이스 가문 직속의【전사 병단】에 소속되어 부단장을 맡고 있다."

역시 메이드는 아니었군.

게다가 어디 단체의 부단장이었나.

어떤 곳인지 잘 모르겠지만……. 무척 굉장하다는 느낌이군.

"또한 어릴 적부터【신순(神盾)】이라는 칭호를 받아 린네부르크 님의『방패』역할을 수행해왔지. 지금은 사정이 있어 임무를 잠시 내려 두었지만— 본래 린네부르크 님을 곁에서 헌신하며 지키는 것은 나의 역할이었다. 그런데 귀하가 대신 지켜주었다. 정말 무어라 감사해야 할지 모르겠어."

곧이어 이네스는 내 눈을 똑바로 보며 말했다.

"린네부르크 님은 나의 목숨과 바꿔서라도 반드시 지켜 내야만 하는 분, 그분의 생명을 구해준 사람이라면 나의 생명을 구해준 사람이나 마찬가지다. 진심으로 감사의 뜻을 표시하고 싶군."

이네스는 다시금 한쪽 손을 은빛의 가슴 보호구 위에 가져다 대고 가볍게 예를 차렸다.

큰 동작은 아니었지만 조용히 머리 숙이는 이 여성에게서 성의와 진심이 느껴졌다.

린을 두고 목숨보다 소중하다고 한 말은 본심에서 우러나온 듯하다.

"지금 이 순간부터 나는 가능한 한 귀하의 힘이 되어주겠다. 도움이 필요하면 말해다오."

정말 호들갑스럽군.

나야 우연히 소가 날뛰는 현장 근처에 같이 있었을 뿐인데.

하지만 지금 마음만큼은 잘 받아 두도록 하자.

아니면 또 무엇을 떠안기려고 할지 모르니까 말이지.

"그래, 무슨 일 있거든 의지하도록 하지."

내 대답에 이네스는 조금 부드러운 미소를 지어 보였는데, 또 금세 엄중한 표정으로 돌아갔다.

"다만— 일단 충고는 해 두지. 아직 우리들 가신은 귀하의 모든 것을 인정하진 않았다. 방금 전 취했던 태도— 린네부르크 님은 허락하신 듯하나 알현장에서 취한 귀하의 언동은 묵과할 수 없군. 그렇게까지 허물없는 태도는 본래 허락되는 것이 아니야."

이제 알겠군.

이네스가 나에게 뭔가 엄중한 시선으로 쏘아봤던 이유는 대강 알겠다.

"이번에는 아직 괜찮다. 단, 추후 또 비슷한 태도가 두 번, 세 번 반복되면 눈감아줄 수 있는 무례도 눈감아주지 못하게 된다. 특히 다른 가신이 다수 있는 자리에서는 삼가는 게 좋다."

그런 문화는 역시 말을 안 해주면 모르니까.

"그래, 충고 고맙군."

"이러한 주의 사항을 외부인에게 알려주는 것은 우리들 가신의 역할이니까……. 이 한마디는 꼭 해주고 싶은 마음이었다."

설마…… 일부러 나를 가르쳐주기 위해서 불러 세웠던 건가?

정말 의리가 있군, 이 집안의 사람들은.

"그리고 나도 은인의 이름은 알아 두고 싶다. 괜찮다면 이름을 가르쳐줄 수 있겠나."

그렇게 말한 뒤 이네스는 또 얼굴에 살짝 미소를 띄었다.

그러고 보니 아직껏 이름을 안 가르쳐줬군.

오늘은 왠지 이름을 자주 질문받는 날이다.

"나 말인가. 노르다."

"……노르……?"

이네스의 얼굴에서 갑자기 미소가 사라졌다.

"……혹시, 무언가 불쾌한 게 있었나?"

"아니……. 미안하군, 개인적인 이유다. 나는 이만 실례하도록 하지."

이네스는 내게 얼굴을 보이려 하지 않으며 빠른 걸음으로 걸어서 어딘가로 떠나갔다.

……뭘까.

갑자기 속이 안 좋아졌던 걸까.

아무튼 이제야 겨우 귀가해서 목욕을 할 수 있겠군. ―마음을 놓던 차였지만.

또다시 뒤쪽에서 말 붙이는 사람이 있었다.

"오, 벌써 돌아가려고? 그 전에 잠깐 나한테 시간 좀 내줘라―. 소문 자자한 영웅님의 실력을 아무쪼록 꼭 보고 싶어서 말이다."

창을 쥔 남자가 어두운 곳에서 쓱 나타났다.

아까부터 모습은 드러내지 않았지만, 우리 근처에 있다는 것은 느끼던 참이었다.

분명 이름이, 길……?

아니, 조금 다른데…….

……그렇군, 알버트.

이 남자는 이 집안에 고용되어 일하는 병사일 테지.

척 봐도 여간내기가 아니라는 분위기를 느낀다.

이 남자는 대체 무엇에 시간을 내어달라는 것일까.

"시간을 내어달라? 무엇에 말이지?"

"뭐, 말하자면 실전 형식의 훈련, 모의전이군."

"모의전을……? 그런 훈련에 내가 끼어들어도 괜찮나?"
"그래. 재미있을 테니까."
"그러면 꼭 참가하고 싶군."

이 남자가 어떤 훈련을 하고 있는지 궁금하기도 한 터라 오히려 내가 부탁하고 싶은 심정이었다.
오늘은 도시 안에서 소와 싸우는 등 조금 피곤했지만, 한동안 걷거나 이야기를 나누는 동안【로우 힐】로 몸의 피로는 제법 회복되었다.
뭐, 비록 만전의 상태는 아니고, 이런 처지에서 내가 저 남자와 얼마나 맞상대할 수 있을지 잘은 모르겠지만……. 좋은 기회다, 한 수 배우자는 마음가짐으로 도전해볼까.
"……오, 의외로 빼질 않는군? 연병장은 이쪽이다. 따라와라."

그렇게 나는 창을 든 남자, 알버트…… 아니, 좀 틀렸군.
할버트의 뒤를 쫓아서 연병장으로 향했다.

11 창성(槍聖) 길버트

막 도착한 연병장에는 드문드문 사람이 있었다.

린의 집에서 고용한 병사들일까.

이렇게 늦은 밤까지 훈련에 매진하고 있다.

다들 열심이군.

일을 끝낸 뒤 몸을 움직이러 나온 사람도 있을까.

그렇게 생각하면 나도 지금은 비슷한 생활을 하는 처지인지라 친근감이 솟는다.

"모의전을 하자면…… 저쪽 부근이 딱 좋겠군."

창 든 남자는 그곳에 있던 병사에게 말을 걸어서 끝이 나무로 된 훈련용 창을 빌렸다.

나도 입구에서 목검을 빌려 가져왔다.

일단 방금 전 받은 흑색의 검도 갖고 있지만, 그냥 모의전이니까 목검을 써도 괜찮겠지.

그리고 길…… 아니, 할…… 아니, 알……?

아무튼 무슨무슨 버트는 훈련용 나무창을 들어 올렸다.

"이래 봬도 왕도에서는 이름을 살짝 날린 몸이다—. 영웅의 실력을 잘 가늠해주마."

"그래, 나야말로 잘 부탁하지."

“좋아, 간다.”

곧바로 실전 형식의 훈련이 시작됐다.

즉각 창을 든 남자의 분위기가 달라졌다.

맨 처음 만났을 때처럼 예리한 안광을 발하며 내게 똑바로 달려든다.

몸의 움직임도 완만했다가 급격하게— 훌륭한 변화다.

이 시점에서 벌써 저 남자가 여간내기가 아님을 짐작할 수 있었다.

곧 날아드는 것은 예리한 찌르기.

미려하고 우아한 공격 자세에서 예사롭지 않은 단련의 축적이 엿보인다.

나는 상대에게 시선을 빼앗기며 공격을 회피했다.

다만 위화감을 느낀다.

—느리다.

아니, 그렇지 않다.

이 남자는 상당히 나를 봐주는 것 같았다.

벌써 나의 실력을 간파해서 배려해주려는 것일까.

“배려해주는 것은 알겠지만— 이렇게까지 힘을 빼지는 않아도 된다만? 이 정도라면 나 같은 사람이어도 눈 감고 피할 수 있을 테니까.”

“……뭐라? ……그런가. 내가 실례를 했군. 그러면— 이 정도 빠르기면 어떠냐.”

곧바로 남자의 몸놀림이 앞선 동작보다 현격하게 빨라졌다.

움직임에 불필요한 부분이 사라지고, 흘러가는 물처럼 창이 나의 앞가슴에 들이닥친다.

시선을 전부 빼앗길 만큼 아름답고 유려한 자세.

……다만 아직껏 위화감을 느낀다.

역시 아직도 너무 느리다.

이번에는 뭐, 눈을 감아도 피할 수 있겠다는 느낌은 사라졌지만, 역시 별달리 집중하지 않아도 피할 수 있는 수준이었다.

"아니, 조금 더 괜찮겠는데. 더 빨리 몰아쳐도 되겠어."

"—그러시냐."

곧바로 거듭 남자의 분위기가 달라졌다.

안광은 나를 꿰뚫을 기세로 예리해지고, 살기라고도 받아들일 수 있는 압박감이 온몸에서 쏟아진다.

마치 달인이나 보일 수 있는 형상 같았다.

창은 마치 춤추듯 공중을 뛰어다니고, 생물처럼 넘실거리고, 교묘하게 눈속임 동작을 배합하며 나의 사각을 찔러 내고자 들이닥친다.

그러나— 아직도 한참 느리게 느껴졌다.

방금 전보다 다소 빨라지기는 했지만, 피하지 못할 신속함은 아니다.

그뿐 아니라 가끔 일부러 내게 빈틈을 드러내며 공격을 유도하는 것 같았다.

저 남자가 찌르기를 날린 뒤 내가 회피한 순간은 완전히 무방비해진다.

저 등은 빨리 다가와서 때려라. ―내게 속삭거리는 것 같다는 생각밖에 안 들었다.

아니, 하지만― 정말 그럴까.

이것이 혹시 저 남자의 전력이며 실력이라면?

그런 전개가 설마 있을 수 있을까.

그래도, 혹시.

혹시 맞다면 나는 사실 조금이나마 강해졌는지도 모른다.

내가 가만히 생각을 떠올리던 순간―.

"용멸극섬충(竜滅極 閃衝)(드래그 글레이브)."

남자의 위압감이 폭발적으로 고조되며 모습이 일순간 부예졌다.

그렇게 감지한 순간, 나는 저 남자의 모습을 놓쳤다.

깨달았을 때는 눈앞에 닥쳐드는 창날 끝부분이 보였다.

그때까지 내내 무엇이 일어난 것인지 전혀 알 수 없었다.

그러다가 겨우 깨달았다.

방금 전까지 묘하게 느릿느릿했던 동작.

쭉 완만하게 보였던 동작은 모두 완만한 공격에 익숙해지게 만들기 위한 예비 동작에 불과했고― 이 신속한 일격을 위한 포석이었음을.

내가 경악하며 위축되어 있는 동안에도 창은 나의 목으로 똑바로 들이닥친다.

터무니없는 신속함.

이런 공격이면 훈련용 나무창이어도 바위마저 꿰뚫는다.

만약 사람의 목에 꽂힌다면 목이 통째로 싹 날아갈 위력을 발휘할 테지.

그런 정도야 나도 알 수 있다.

즉, 나는 이 공격을 피하지 못한다면— 확실하게 죽는다.

스스로의 과오를 깨달은 순간에 나는 전심전력, 찰나 사력을 다한 【신체 강화】, 아울러 【도둑 걸음】을 써서 저 창끝으로부터 벗어났다.

다행히도 창날 끝부분이 내 목에 닿기 전 나는 남자의 등 뒤로 이동할 수 있었다.

"—이번 공격은 좀 위험했군."

나는 무의식중에 한숨을 내쉬었다.

그리고 돌아서서 말없이 창을 쥔 채 나에게 등을 향하고 있는 남자의 모습을 바라봤다.

정말 위험했다.

방금 전 공격에 맞았다면 나는 죽었다.

—이 남자.

정말로 나를 죽일 작정이었을까?

아니, 그렇지는 않을 것이다.

맨 처음부터 저 남자는 나와의 실력 차이를 꿰뚫어 보고 있었을 테지.

그래서 잠시 일부러 완만한 공격을 펼쳤다.

그럼으로써 나의 실력을 간파했고— 나의 자만심을 꿰뚫어 봤던 순간에.

회피 가능한 아슬아슬한 속도로 조절하여 찌르기를 날린 것으로 생각된다.

실제 나는 창에 적중되기 직전에 깨달아서 피할 수 있지 않았던가.

—잘 생각하면 다른 결론은 있을 수 없었다.

지금 남자는 내 앞에서 무방비하게 등을 노출하고 있는 듯 보이기도 한다.

하지만 저 자세마저도 아마 방금 전까지와 비슷하게 내가 우쭐우쭐 등을 공격하겠다고 접근했을 때 반격을 선사하고자 신경을 곤두세우고 있는 예비 동작일 테지.

즉 저 남자는 이렇게 말하고 싶은 것이다.

—『소 한 마리 잡았다고 우쭐거리지 마라』라고.

자만심은 곧 죽음으로 이어진다는 것을 일부러 나를 불러 세워서까지 경고해준 셈이다.

"—알겠다. 나의 패배다."

승패를 운운하기도 부끄럽지만 이렇게 말할 수밖에 없다.

저자는 나의 자만심을 순식간에 꿰뚫어 보고 역력한 실력 차이를 증명해 보였다.

이렇게까지 애써서 나의 결점을 가르쳐주다니.

이네스도 이 남자도 정말이지 마음 따뜻한 사람이구나.

"……이제 알았다. 이 이상 계속한들 의미는 없겠지."

"뭐, 뭐라고? 대체 무엇을 알았다는 거냐……?"

"아, 정말 괜찮아. 이미 충분하니까."

"아니, 잠깐만. 아직 난 너에게—."

남자는 더욱더 내게 가르침을 베풀고 싶은 듯하나— 그러나 충분히 알았다.

그리고 마음에 새겨 넣었다.

—나는 아직껏 한참 약하다는 것을.

"또 다음에 만나기를 기대하도록 하지."

언젠가, 다음날에는 저 남자가 나와 진지하게 맞상대해주기를 바라며.

오늘은 많이 피곤하니까 빨리 목욕을 하고 잠들고 싶다? —내가 정신을 놓았었나 보다.

나는 쾌적하고 편한 생활에 너무나 익숙해져서 언젠가부터 긴장을 풀어버렸던 것 같다.

남자는 이렇듯 근본적인 가르침도 베풀어주었다.

한층 더 단련에 힘써야겠다—.

새로운 결의를 가슴에 새기며 나는 그 자리를 뒤로했다.

◇

왕녀가 심연의 마물『미노타우로스』에게 습격당했다.

그런데『미노타우로스』를 혼자 처단한 남자가 있다.

【창성(槍聖)】길버트는 소식을 들었을 때 가슴이 들떠 올랐다.

왕궁 사람들 모두가 왕녀의 무사함에 안도하며 습격을 계획했을 범인에게 진심으로 분노하는 와중에 오직 길버트만은 전혀 다른 생각에 마음을 빼앗기고 있었다.

미노타우로스를 겨우 혼자서 쓰러뜨렸다는 남자.

그자는 어떤 녀석일까 흥미가 솟았다.

그토록 강한 녀석이라면, 어쩌면 야심에 불타는 재미있는 녀석일지도 모른다.

어떤 녀석일까 보고 싶다. —만나고 싶다.

길버트가 혼자 아쉬워하던 중 남자는 곧 스스로 찾아왔다.

린네부르크 왕녀와 함께 사건의 당일 자신의 앞에 모습을 나타내줬다.

길버트는 흥미를 억누를 수 없었다.

남자가 알현장에 초대받아 왕과 한창 대화하는 동안에도 남자를 이리저리 살피며 실력 수준을 파악하기 위해 애썼다.

영웅이라 불릴 수 있는 빛나는 무훈을 세운 남자.

클레이스 왕이 직접 만나서 어떤 남자인가 확인하고 싶다는 말까지 한 남자.

과연 어떠한 인물일까. 역시나 힘에 탐욕스러운 자신과 같은 인간은 아니려나 기대하면서 흥미를 갖고 관찰했었다.

다만 남자는 의외로 놀랄 만큼 겸허했다.

돈, 토지, 저택, 영예— 평범한 인간이라면 눈이 어두워졌을 재보의 산을 왕이 제시했는데도 무엇 하나 가지려 하지 않았다.

남자의 말씨는 비록 거칠고 막되었지만, 언행이 당당했던 터라 고아의 신분으로 출세한 길버트가 보아도 싫은 구석은 발견할 수 없었다.

남자의 분위기는 의외로 놀랄 만큼 어른스러웠다.

나이는 자신과 별 차이가 없을 텐데.

체형을 두고 말하자면 자신보다 조금 키가 크고 체격이 좋아서 약해 보이지는 않았지만, 특별히 패기 넘치는 인물도 아니었다.

도저히 혼자 『미노타우로스』를 죽일 만한 박력은 느껴지지 않았다.

—이 남자는 정말 강할까.

실물을 본 길버트는 의문을 품게 되었다.

길버트 본인은 자타공인으로 강하다.

제법 자부심이 있었다.

적어도 세계 최강 수준의 칭호—【검성】과 같은 대열의 【창성】을 젊은 나이에 하사받아서 왕국 최강의 일원으로 손꼽힐 정도로는.

【은총(기프트)】을 가진 【신순】 이네스와 같은 예외를 제외하면 고아라는 불우한 태생에서 최연소로 지금의 지위까지 치고 올라온 걸물이며 왕도의 여섯 병단에서도 손꼽히는 출세자였다.

길버트와 어깨를 나란히 할 수 있는 존재는 달리 없었기에 훈련도 본인이 직접 짠 구성으로 혼자 수행해야 했다. 이따금 전설적인 【천검(千劍)】의 칭호를 가진 스승 【검성】 시그에게 지도를 받아 경험의 차이를 절감하는 때 이외에는 벽을 느껴볼 기회도 없었고, 또한 시그마저도 언젠가는 추월할 수 있는 목표로 느껴질 따름이었다.

【은총】 보유자이며 【육성】 모두가 현시점에서 지닌 전력으로 『왕국 최고』라고 인정하는 이네스조차 길버트에게는 모의전에서 1승도 거두지 못했다.

길버트 본인은 당연한 결과로 받아들이고 있다.

이네스는 역할이 다르니까.

길버트 본인은 이네스가 정말 강하다는 사실을 잘 안다.

이네스가 진정한 힘을 다 쏟아 낸다면 이곳 왕도도 손쉽게 날려버릴 수 있다.

그런 이유 때문에 이네스와 전력을 발휘하는 모의전은 아예 허락되지 않는다.

부득이한 사정인지라 납득할 수 있다.

그래서 재미없었다.

이네스와 전력으로 맞붙을 수는 없는 처지이고 강함의 종류가 다르니까.

그런 녀석을 상대해 봤자 재미있을 리 없었다.

길버트가 원하는 것은 또 다른 무언가를 가진 상대였다.

그런 상황에서 자신의 옆에 나란히 서는 인물은 없었다.

자신의 경쟁 상대가 어디에도 없다.

줄곧 똑같은 상황이 이어지며 길버트는 지루함을 느꼈다.

—재미없다. 이 녀석도 저 녀석도 너무 약하다.

그러니까 상대가 필요했다.

자신과 비슷한 나이에 실력은 엇비슷하고 대등하게 말을 주고받을 수 있는 상대가 필요하다.

그런 바람은 단순한 투정임을 알면서도 마음 어딘가에서 맞수가 되어줄 만한 인물을 항상 찾고 있었다.

그러던 때 나타난 사람이 예의 수수께끼의 남자였다.

몹시도 강한 남자라고 한다.

혼자 『미노타우로스』를 쓰러뜨렸다니까 터무니없이 강할 것이다.

그 남자라면 자신과 대등한 관계에서 맞수가 되어줄 만한 실력을 가졌는지도 모른다.

—이렇게 눈앞에 직접 나타나줬다, 내 손으로 확인해주마.

그런 생각으로 모의전을 핑계로 삼아 승부를 겨루자고 도발했는데.

남자는 의외로 고분고분 받아들였다.

그리고 곧장 겨루기가 시작되었고 길버트는 전력으로 승부에 임했다.

다만 아무리 창을 휘둘러도 상대는 공격을 하려고 들지 않는다.

어찌 된 영문인가 싶어서 길버트가 의아하게 생각하던 때.

"배려해주는 것은 알겠지만— 이렇게까지 힘을 빼지는 않아도 된다만? 이 정도라면 나 같은 사람이어도 눈 감고 피할 수 있을 테니까."

네 창은 눈을 감고도 피할 수 있다고, 눈앞의 남자는 스스럼없이 말했다.

길버트는 눈앞에 있는 온후한 인상의 남자에게 모욕당했다고 느끼면서도 자신의 머리에 솟구친 피가 무척이나 기분 좋음을 실감했다.

이런 경험은 정말이지 처음이었다.

보통은 길버트가 진짜 실력을 발휘하기 훨씬 이전에 결판이 나버린다.

따라서 길버트 본인부터 부지불식간에 힘을 빼내는 버릇이 들은 것 같기도 해서 마음을 조금 가라앉히고 다시금 창을 겨누었다.

—지금은 딱히 적당한 힘만 쓰려는 생각이 아니었지만.

"……뭐라? ……그런가. 내가 실례를 했군. 그러면— 이 정도 빠르기면 어떠냐."

이 녀석은 분명 강하다. 길버트는 의식을 전환시켰다.

그리고 이번에는 일체의 망설임을 버리고 전력으로 상대에게 덤벼들었다.

그렇게 휘둘러 대는 창격(槍擊)은 스스로도 놀랄 만큼 격렬하기 짝이 없었다.

자신이 지금까지 발휘했던 최고 속도라고 말해도 될 만큼 예리한 연속 공격을 펼치고 있음을 느끼며 그렇구나, 확실히 나는 힘을 빼내고 창을 휘둘렀던 것 같구나, 길버트는 납득했다.

이렇게까지 상쾌하게 신나게 창을 휘두르는 것은 처음이었다.

—그런데. 어찌 된 일인가.

상대의 몸에는 길버트의 창이 스칠 낌새도 없다.

그뿐 아니라 상대는 손에 든 목검을 쓰려고도 하지 않는다.

차분하게 창의 궤도를 끝까지 지켜보면서 최소한이라는 생각밖에 안 드는 아주 약간의 몸동작만으로 피하는 듯 보인다.

마치 자신이 날린 창격이 멈춘 것처럼 느껴진다. 모든 것을 내다보는 듯 정확함의 극치에 달한 발놀림.

한편 길버트는 한계까지 힘을 쥐어짠 상태였다.

아니, 이미 한계 이상의 움직임을 펼치고 있다는 것이 길버트에게는 느껴졌다.

그런데도 자신의 창은 저 남자를 따라잡지 못한다.

단 한 번의 공격조차 성공시키지 못했다.

이런 경험은 처음이었다.
그리고 눈앞의 상대가 다시 말했다.
"아니, 조금 더 괜찮겠는데. 더 빨리 몰아쳐도 되겠어."
"—그러시냐."
좋다, 그렇다면야— 길버트는 마음속으로 조소했다.

자신의 안쪽에서 무언가가 뚝 끊어졌다.
—바라시는 대로 **전력을** 쏟아 몰아쳐주마.

드래그 글레이브
"용멸극섬충."
선더 드래곤
그것은 번개와 같은 신속함으로 날아다니는 뇌룡(雷竜)조차 해치웠던 길버트의 여러 공격 기술 중 최강의 일격이었다.
소리를 뒤에 놓아둔 채 치고 나가는 필살의 창격.
사용하면 상대는 반드시 죽는다.
따라서 사람에 사용하기는 처음이었다.
분명 사용해서는 안 되는 기술이었다.
—그런데.
길버트의 몸에서 즉각 기술이 쏘아졌다.
생각해서 날린 공격이 아니다.
몸이 저절로 선택했다.
극한의 경지까지 철저하게 단련되고 연마된 전투 직감이 사고보다 빠르게 판단했다.

—이 기술 이외에는 상대를 따라잡을 수 없다.

자신의 창은 결단코 따라잡을 수 없다고.

길버트가 깨달았을 때는 이미 창날의 끝이 남자의 목구멍에 적중하려는 참이었다.

자신의 의식조차 따라가지 못할 경지에 달한 최속의 일격.

이 공격이 남자의 목에 적중하면 상대는 죽는다.

그때 길버트의 머릿속에 떠오른 것은 후회가 아니었다.

—다행이다, 따라잡았다.

그래, 이제 곧 자신의 창이 저 남자를 따라잡는다.

따라잡아준다.

눈 깜빡임보다 아득하게 짧은 찰나, 길버트의 머릿속에 떠오른 생각은 저것뿐이었다.

길버트의 창이 남자의 목구멍에 박혀서 관통했다.

그렇게 생각했던 순간, 남자의 모습은 환영처럼 사라졌다.

문득 깨달았을 때 남자는 길버트의 뒤에 서 있었다.

도무지 뭐가 어떻게 된 영문인지 알 수가 없었다.

그저 어리둥절한 기분이었다.

다만 실망하기에 앞서서 길버트는 어느 이변을 깨달았다.

잘 보면 돌바닥이 금 가서 갈라져 있고 커다랗게 함몰되어 있었다.

그곳은 방금 전까지 남자가 서 있던 장소였다.

—어느 틈에 저런 자국이?

방금 전까지 바닥에는 아무런 틈이 없었다.

뭐가 어떻게 된 영문인지 알 수가 없다.

다만 상황을 감안하면 인과 관계는 짐작된다.

아마도 이 바닥은 저 남자가 뭔가 행동한 탓에 갈라졌을 것이다.

고개 돌리면 군데군데 산산조각으로 부서진 돌바닥이 보인다.

저 지점에는 분명 상당한 충격이 가해졌을 것이다.

그럼에도 불구하고 아무 소리며 진동이 느껴지지 않았다.

도대체 이게 어떻게 된 노릇이지—?

"—알겠다. 나의 패배다."

길버트가 그저 당혹스러워하던 때 갑자기 등 뒤에 선 남자가 입을 열었다.

"……이제 알았다. 이 이상 계속한들 의미는 없겠지."

"뭐, 뭐라고? 대체 무엇을 알았다는 거냐……?"

"아, 정말 괜찮아. 이미 충분하니까."

"아니, 잠깐만. 아직 난 너에게—."

내용을 따져보면 아무리 생각해도 길버트의 완패였다.

길버트의 과거를 쭉 돌아봐도 정면 승부에 나서 처음으로 겪게 된 철두철미한 패배.

한데 이 남자는 「자신의 패배다」라고 말했다.
이 남자는 일부러 「졌다」라고 말했다.
연병장에는 아직 훈련을 위해 남았던 자신의 부하들도 있다.
그들의 시선을 염려해주는 배려.
패배한 데다가 배려까지 받았다.
그대로 남자는 조용히 연병장의 출구를 향해 걸음을 뗐고—.
엇갈려 지나가며 말했다.

"또 다음에 만나기를 기대하도록 하지."
단지 우두커니 서 있기만 했던 길버트에게 한마디를 남긴 뒤 남자는 돌아보지도 않고 떠나갔다.
연병장에 홀로 남겨진 길버트는 처음으로 겪는 패배감에 몸을 떨어야 했다.
자비를 베푼 상대가 승부마저 중단시켰다는 것, 무예를 생업으로 하는 인물에게 있어서 더할 나위가 없는 굴욕.

하지만— 그 이상으로 환희할 수 있었다.
자신의 목표가 될 인물이 새로 출현했다는 사실에서.
문득 깨달았을 때 【창성】 길버트는 사납게 미소 지은 채 누구에게 하는 말인지 중얼거리고 있었다.
"그렇군. 이제부터는 재미있어질 것 같아."

12 왕녀의 소망

그 이후에 나는 평소보다 많은 시간을 단련한 뒤 목욕탕에 들렀다가 숙소에서 쉬고 아침에 깨어나서 평소처럼 『하수구 청소』 현장으로 향했다.

오늘은 스텔라 아주머니의 집 주변이 아니라 조금 더 거리가 있는 장소이며 의뢰자도 다른 사람이다.

내가 스텔라 아주머니의 집 주위에 있는 옆도랑을 깔끔하게 치우던 중에 그 일솜씨를 본 다른 사람이 모험가 길드에 의뢰를 해준 덕분이다.

의뢰를 꾸준히 수행하니까 비슷하게 일을 맡겨주는 사람이 점점 늘어나고 있다. 고마울 따름이었다.

그런고로 나는 매일매일 여러 곳을 돌아다니며 청소를 하는 중이다.

거의 일과나 다름없다.

오늘은 어제 린의 아버지에게 받은 무겁고 까만 검이 있었기에 『하수구 청소』 의뢰 때 가지고 갔다.

좀처럼 떨어지지 않는 옆도랑의 바닥에 들러붙은 딱딱한 찌꺼기를 긁어서 제거하는 데 사용해봤는데, 이 흑색의 검은 놀랄 만큼 편리했다.

평소에는 공사 현장에서 받아 온 나뭇조각을 써서 긁어냈었지만, 이제부터는 어렵게 일할 필요가 없겠다.

이 검을 사용하면 깜짝 놀랄 만큼 깔끔하게 찌꺼기가 떨어지니까.

각도와 힘 조절을 실수하면 돌로 제작한 옆도랑 자체가 파손되는 터라 주의할 필요가 있지만, 이 검은 린의 아버지가 말했던 대로 무척이나 튼튼하다.

아무리 써도 조금도 흠집이 날 낌새가 없다.

뭐, 애당초 허름허름했던지라 그냥 눈에 안 띄는 탓인지도 모르겠지만…….

아무튼 간에 무척 쓸 만한 물건을 받았다.

음, 여기까지는 무척 순조로웠지만. 『흙 운반』 작업을 하는 공사 현장 근처에서 이래저래 사건이 일어났던지라 조사를 맡은 위병이 잔뜩 모여들어서 도저히 공사를 계속할 수 있는 상황이 아니라는 이유로 『흙 운반』 작업은 중지되었다.

그런고로 거의 하루 온종일 할 일이 사라져버렸다.

"자…… 오늘은 이제부터 어떻게 할까."

나는 교외의 숲에 나와서 무엇을 할까 생각하는 중이었다.

모험가 랭크가 『F랭크』여도 딱히 도시 바깥으로 못 나오는 것은 아니다.

의뢰를 받지 못할 뿐이지.

이곳은 내가 왕도에 온 이후 평상시 단련에 이용하고 있는 숲이다.

어쩐지 공기가 내가 살아왔던 산과 비슷하기도 하고, 왕도와 적당히 떨어져 있어서 사람들 눈에 띄지 않는다.

이리저리 움직이는 데 편리한 탁 트인 장소로, 목검을 매달기에 적당한 큰 나무도 있다.

무엇보다 이곳은 조금 가파른 벼랑 위에 위치한 곳이라서 주위를 쭉 바라다볼 수 있어 경치가 좋다.

그러니까 마음에 들어 이용하고 있다.

산에서 내려왔던 당초에는 이곳에서 야영을 하며 지냈었지만, 역시 지붕과 벽이 없으면 이래저래 불편하니까 지금은 왕도의 변두리에 있는 여관에서 숙박 중이다.

방은 썩 넓지 않아도 외출해서 나가 있는 동안에 여관 아주머니가 침대의 시트를 교체해주고, 의류를 맡기면 세탁도 해준다.

모험가 길드 아저씨에게 꽤 좋은 여관을 소개받았다는 생각이 든다.

"오늘은 해야 할 의뢰도 없겠다, 항상 하던 수행을 잔뜩 해볼까."

그런 생각으로 곧장 선물로 받은 묵직한 검을 휘둘러보고자 자세를 취했는데—.

근처 수풀에서 문득 무언가 기척이 느껴졌다.

동물일까.

아니, 이곳은 새와 조그만 동물이 다소 있지만, 이렇게 귀에 들리는 소리를 낼 덩치의 동물은 거의 드물었다.

……발소리로 짐작하자면 사람이군.

누구일까 생각하며 소리가 난 방향을 바라보니 나무들 틈 사이에서 낯익은 인물이 얼굴을 내밀었다.

"린인가……? 이곳은 어떻게 왔지."

“노르 님, 안녕하십니까……. 갑자기 와서 죄송합니다. 길드 마스터에게 오늘은 아마 이곳에 계시리라는 말을 듣고서……. 민폐였을까요?”

“아니, 딱히 민폐라고 할 일은 아니지만, 어떻게 여기까지 왔지……?”

이곳은 가파른 벼랑 위쪽이다.

산에서 자랐던 나야 등반에 딱히 문제가 없지만, 그다지 올라오기가 수월한 곳은 아니었다.

길드 아저씨에게도 이 장소의 위치를 대강 얘기는 했다지만, 자세한 위치까지 가르쳐주지는 않았고…….

그러고 보니 이 아이는 스킬로 다른 사람의 위치를 알 수 있었지.

사람의 뒤를 밟다니, 아무리 스킬을 쓸 수 있다고 해도 그다지 칭찬받을 만한 행동은 아니라고 생각한다만…….

“왜 나를 다시 쫓아온 거야? 이미 볼일은 어제 다 끝났다고 생각했었다만.”

“네, 어제는 정말 감사했습니다. 오늘은 다른 용건이 있어 부탁을 드리고자 찾아뵈었어요.”

“부탁?”

“아버지가 말씀하셨던 용건입니다만……. 다시 정식으로 저 또한 부탁을 드리고 싶습니다.”

“그게 뭔데?”

……린의 아버지가 이야기했었다……?

그게 뭐였더라.

"저를 노르 님의 『종자』로 받아주시면 좋겠습니다."

"……뭐야, 종자라는 게?"

그런 이야기를 어제 나누지는 않은 것 같다만.

"종자란 즉 이런저런 시중을 들어드리며 기술과 지식의 가르침을 청하는 위치에 있는 사람입니다. 달리 말하면 마술 연구 기관과 같은 곳에서 두는 『조수』— 혹은 장인들의 도제 제도처럼 제자를 받는 형태에 가깝겠군요. 절대로 폐를 끼치지는 않을 테니까요, 아무쪼록 허락을 해주신다면—."

그렇게 말한 뒤 린은 가슴에 손을 가져다 대고 조용히 머리 숙였다.

이 동작은 어제 거듭거듭 봤던 것 같다.

아마도 이 도시에서는 진심으로 무언가를 전하고 싶을 때 취하는 동작일 테지.

그런 태도는 제법 호감을 느낄 수 있다.

하지만—.

"거절하지."

"엑."

소녀는 내게 거절당하리라 생각하지 않은 듯하다.

일순간 당황하는 표정으로 나를 바라봤다.

……아니, 애당초 왜 거절당하지 않으리라 생각한 걸까.

"여, 역시 어제는 뭔가 저희가 심기를 거슬렀던 건가요—? 아, 아니면 역시 저 같은 풋내기는 믿음직하지 못한 걸까요? 어, 어제는 분명 부끄러운 꼴을 보여드렸지만, 저를 곁에 데리고 다녀주시면 분명 어딘가에 쓸모가 있을 거예요. 이래 봬도 왕도에 있는 여섯 계통의 훈련소를 전부 역대 최고의 성적으로—."

"아니, 그런 게 아니야."

딱히 소녀의 실력이 어떤 수준이든 별 상관은 없다.

지금은 하루하루의 일거리와 더 강해지기 위한 훈련도 버거운 데다가 애당초 내가 누군가를 제자로 받는다는 것은 어림도 없는 생각이다.

"이유는 단지 내가 너에게 가르쳐줄 수 있는 게 아무것도 없어서야. 게다가 나는 너에게 도움을 받아 뭔가 할 생각이 없어. 내가 할 일은 스스로 할 수 있으니까."

혼자 살아온 날이 긴 터라 이런저런 살림꾼 노릇은 거의 다 스스로 할 수 있다.

세탁만큼은 숙소 아주머니에게 부탁하고 있지만, 지금은 현 상황에서 충분히 만족하고 있고 더 이상은 필요하지 않다는 생각이다.

"그, 그러면 지도료로 저희 집안에서 충분한 사례를 내어드릴 테니까요, 아무쪼록 제발—."

"아니, 금전은 딱히 필요하지 않아."

"그, 그러시다면 저를 내키는 대로 부려주셔도 상관없습니다. 모험가 길드 의뢰의 보조나 잡무 등 무엇이든—."

"그것도 필요하지 않아."

"그, 그러면—!"

"……아니, 아마 그것도 필요 없을걸."

"……아!!"

소녀의 얼굴이 점점 발갛게 물들고, 눈에는 눈물이 글썽이고 있다.

정말 거절당하리라 생각은 안 했나 보군.

아무튼 뭐라 말하든 간에 불필요한 것은 불필요하고 불가능한 것은 불가능하다.

"바, 반드시 도움이 되어드리겠습니다……! 제가 어딘가에 쓸모 있다고 드린 말씀을 믿어주시면 안 될까요? 그, 그럼, 잠시만 실례를—!"

소녀는 눈물을 글썽거리며 휴대하고 있던 파르께한 보석이 박힌 지팡이를 두 손으로 얼굴 앞쪽에 치켜들었다.

"【빙괴무도(氷塊舞蹈)(아이시클 댄스)】."

순식간에 주위 공기가 차갑게 얼어붙더니 공중에 수십 개 얼음덩어리가 출현했다.

저것들 하나하나가 사람 한 명만 한 크기이며 끝부분은 날카롭고 뾰족하다.

마치 예리한 칼날 같았다.

아울러 거의 출현했던 때와 동시에 무시무시한 기세로 낙하했다.

떨어지는 지점은 바로 아래쪽에 있는 린 본인이다.

"—【멸섬극염(滅閃極炎)(헬 플레어)】."

위험하다는 생각을 했을 때 소녀가 쓱 한쪽 손을 치켜들자 손바닥에서 세찬 불꽃이 쏟아졌다.

불꽃은 순식간에 크게 부풀어서 린을 향하여 낙하하는 수십 개 얼음 칼날을 일순간에 집어삼키고 증발시켰다.

린의 위쪽에서 이글거리는 것은 집 한 채를 통째로 집어삼킬 듯 커다랗게 불타오르는 불꽃 덩어리였다.

가만히 서 있기만 해도 주변이 온통 타오를 기세로 무시무시한 열기였지만, 손을 가볍게 흔들자 불꽃 덩어리는 아무런 일도 없었던 듯 싹 사라졌다.

“이것이 제가 사용할 수 있는 최고위의 마술 스킬 중 하나, 【멸섬극염(滅閃極炎)】입니다. 그리고—.”

어안이 벙벙한 나의 앞에서 린은 능숙한 동작으로 조그만 지팡이를 허리에 찬 벨트에 부착하더니 대신 허리에 매달아 둔 검은 칼집에서 금색의 단검을 뽑아 조용히 휘둘렀다.

“【몽롱검(朦朧劍)】.”

소녀의 등 뒤에 있던 커다란 나무 한 그루가 소리도 없이 옆으로 미끄러지다가 쓰러졌다.

“이것은 【도적】 계통의 최종 기술입니다. 【은성】 교관님께서 직접 전수해주셨습니다—. 그리고.”

소녀는 재빠른 동작으로 단검을 집어넣고 등에서 한 자루의 기다란 검을 꺼내 들더니 두 손으로 겨누었다가 똑바로 한일자를 그었다.

디바인 슬래시
“【성광섬(聖光閃)】.”

소녀가 쥔 검이 섬광을 발하며 막 쓰러뜨렸던 거목을 한일자로 베어 갈랐고, 그 절단면이 파르께한 불꽃으로 뒤덮였다.

“지금 쓴 기술은 【검사】의 성(聖) 등급 스킬 【성광섬(聖光閃)】입니다. 언데드에게 특히 효과가 높고 특수한 기술이며, 그리고—.”

“아니, 이제 괜찮아, 충분하네.”

나는 조용히 고개를 흔들거리며 거듭 굉장한 스킬을 보여주려고 하는 린을 제지했다.

여기까지만 보아도 이미 충분히 안다.

저 소녀는 무척 뛰어난 재능을 보유하고 있는 우수한 인재이다.

굳이 비교하면 자신이 한심해질 만큼 잘 알겠다.

그나저나, 이런 실력이면 역시 소 한 마리쯤 쉽게 해치울 수 있지 않았나?

"그, 그러면……! 제자 입문을 허락해주시나요—?"

어째서인지 소녀는 기대에 찬 표정으로 나를 바라보고 있었지만.

"안 되겠어. 더욱더, 네게 가르칠 것이 아무것도 없군."

내가 다시금 거절하자 린은 경악한 표정을 지었다.

……어째서지.

이렇게까지 본인의 굉장한 실력을 선보였다면 더욱더 내가 가르칠 것은 전혀 아무것도 없건만.

"저, 저는……! 이래 보여도 【육성】의 교관님들께 힘을 인정받은 쓸 만한 인재이니까요, 곁에 데리고 다녀주시면 분명 조금이나마 쓸모가 있을 거예요……! 아, 아직은 노르 님의 발끝에도 한참 못 미치겠습니다만, 제발—."

"네가 우수하다는 것은 봐서 알겠어. 하지만—."

어찌 된 영문인지 잘은 모르겠는데 내가 가르침을 청할 만한 가치가 있는 인물이라고 오해하는 것 같다.

대체 어떠한 착각을 해서 이렇게 간절하게 부탁하는 걸까……?

알아듣게 알려주고 싶은데 나는 설명을 별로 잘하는 편이 아니다.

실제 보여줘서 납득시키는 것이 제일이겠지.

"너는 아까 무엇인가 굉장한【스킬】을 잔뜩 보여주었는데—. 나의【스킬】을 보여주겠어."

손가락에 의식을 집중시켜서 단박에 힘을 쏟아붓자 불꽃이 피어 올랐다.

대강 주먹만 한 크기의 불꽃이다.

—【프티 파이어】.

맨 처음 이 스킬을 습득했을 때 손가락에 피어올랐던 것은 작은 촛불과 비슷한 불꽃이었다.

하지만 혹시 단련을 계속하면 평범한【마술사】계통 스킬도 익힐 수 있지 않을까 기대해서 나는 이후에도 빈 시간마다 오로지【프티 파이어】를 줄곧 연습했다.

잠잘 때 이외에는 손가락에다가 의식을 집중하며 줄곧 불꽃을 피워 놓았었다.

그 결과가 이것이다.

조금이나마, 맨 처음과 비교하면 불꽃이 커지기는 했다.

하지만 훈련소 시절 교관이 보여주었던 불꽃을 날리는 공격 마술【화비탄(火飛彈)(파이어 볼)】은 이보다 대략 열 배는 커다랬다.

그것이 최하급의 공격 마술이라고 배웠는데 나의 불꽃은 최하급에도 한참 못 미친다.

린이 방금 전 사용했던 스킬과 비교한다면 거의 없는 것이나 마찬가지인 스킬이다.

내가 아무리 노력해도 손가락에 피어오르는 것은 주먹 크기의 불꽃이 고작이었다.

물론【화비탄】처럼 날려 보내지도 못한다.

이것이 나의 한계다.

15년가량을 쏟아서 여기까지였다.

……취사에는 편해서 무척 요긴하게 쓰고 있지만.

"나의 유일한【마술사】계통의 스킬,【프티 파이어】야. 다른 다섯 계통도, 뭐, 비슷비슷한 수준이군. 이게 무슨 뜻인지……. 너라면 잘 알겠지?"

내가 사용 가능한 스킬은 방금 저 소녀가, 린이 보여준 스킬과는 비교 대상조차 못 된다.

비교하는 것이 우스울 만큼 커다란 격차— 역력한 재능의 차이가 있다.

게다가 소녀가 보여주었던 스킬은 하나같이 어마어마한 경지에 있었다.

어린 나이에 벌써 저러한 스킬을 구사할 수 있단 말인가. 감탄의 한숨만 나올 뿐이다.

재능 있는 인물— 아니, 『천재』라는 말은 분명히 이런 아이를 두고 하는 말이겠지.

내가 이 아이에게 가르쳐줄 만한 것? 전혀 아무것도 있을 리 없다.

"네게 가르쳐줄 게 아무것도 없다는 말은 이런 뜻이야."

짧게 말한 뒤 나는 손가락에 피워 올린 【프티 파이어】의 불꽃을 없앴다.

나는 뭔가 재주를 가르치기는커녕 말로 잘 설명하지도 못한다.

이렇게 염치없이 자신의 창피한 면을 보여줘서 납득해주길 바라는 수밖에 없다.

나의 【프티 파이어】를 본 린은 갑자기 고개 숙이며 몸을 부들거렸다.

그리고 조용히 무엇인가 고민에 잠긴 것 같은 모습이었다.

어쨌든 아마 이제는 다 오해였음을 깨달아줄 것이다.

"……내가 하려는 말, 알아주겠지?"

내가 묻자 린은 고개를 끄덕였다.

아마도 방금 전까지 의욕이 가득했었던 터라 조금은 침울해진 것 같았다.

"……네. 아주, 잘 알았습니다……. 저의 자만심, 그리고 미숙함을요."

다행이다. 이제야 이해를 해주…… 뭐라고?

……자만심. ……미숙함? ……갑자기 무슨 소리지.

어딘가 내가 생각했던 것과 상당히 다른 방식의 이해 같다만.

"—정말이지, 맞는 말씀이십니다. 저 따위가 귀하의 제자로 들어

가겠다는 것은 정말이지 주제넘고도 건방진 소망이었습니다. 지금 저 따위의 능력으로 인정받지 못하는 것은 너무나 당연하겠지요. 그러니까—."

곧이어 소녀는 제자리에서 자세를 가다듬은 뒤 한쪽 손을 가슴에 얹고 내 눈을 진지한 표정으로 바라보며 말했다.

"언젠가 훗날, 귀하께서 제자로 인정해주시는 날이 올 때까지. ……노르 님, 아뇨, 노르 선생님. 그때까지 쭉 귀하의 뒤를 좇아서 걸어 나아가겠습니다."

13『재능 없는 소년』

나는 눈앞에 피어오른【프티 파이어】의 불꽃을 바라보며 이전에 들은 적 있는 이야기를 떠올렸다.

왕도 양성소에서 전해 내려오는『재능 없는(노 기프트) 소년』의 일화다.

그것은 양성소의 교관들이 이따금 이야기하는 전설 비슷한『소년』에 관한 일화인데 으레 사람들은 교훈을 담은『옛날이야기』로 받아들이곤 했다. 막상 이야기를 들어보면 그런 인물이 실제 있을 리 없다. —다들 똑같이 생각하는 것이 당연한 이야기였기 때문이다.

교관들은 말했다.

혹독한 곳으로 잘 알려져 있는 왕도『양성소』의 훈련 과정을【여섯 계통】모두, 게다가 기한을 **꽉 채워서** 버텨 내었던 인물이 과거에 한 명 있었노라고.

15년 전 어느 날, 아무 전조도 없이 왕도에 나타났던 소년에 의해 달성된 위업이라고 한다.

그러나 이야기를 들은 모두가 큰 위화감을 느꼈다.

그런 소년은 절대로 **있을 수 없다**고.

실제 훈련소의 상황을 아는 열 명 중 열 명이 같은 생각이었다.

각 직업의 전문가,【육성】이 개발한 스킬 발현을 촉진하는 교육 과정(커리큘럼)은 가혹하다.

지옥 훈련이라 불리기까지 할 만큼 혹독한 교육 과정을 일주일…… 아니, 3일을 채워 버티는 인물조차 드물었다.

대부분의 인물은 3일이 다 지나기도 전에 양성소를 떠나거나 저 짧은 기간 중에도『스킬』을 한둘 습득해서 귀가한다.

—가혹한 만큼 보상도 막대하기에.

대부분은 금세 유용한 스킬을 습득해서 양성소를 뒤로한다.

하지만 한번 체험을 마친 사람은 두 번 다시 접근하려는 생각조차 안 하게 된다.

그곳은 결코 오래도록 있을 만한 곳이 아닐뿐더러 오래도록 버틸 만한 곳도 아니다.

일주일을 넘긴 시점부터 이후의 교육 과정은 끊임없이 온갖 과중한 부담을 가하며 스킬 발현을 촉진하는 시련의 역할을 한다.

그것은 더욱 고차원의 스킬 발현을 원하는 인물에게만 실시되는 더욱 가혹한 교육 과정이자 극한의 상황에서 어디까지 견딜 수 있는가 추궁하는 시련이며 애당초 **극복하리라는** 전제는 마련되어 있지도 않다.

나도 꽤 버틴 편이었지만 2주가 한계였다.

왕족이라는 신분 덕분에 유소년기 때부터 특별히 교관들에게 직접 지도받았고 예비 지식도 있어서 어느 정도는 미리 준비했는데도 2주가 고작이었다.

그만큼 가혹한 시련을 부과하는 시설이다.

—그런 곳에서 3개월 동안이나?

더구나 「아이」가 끝까지 극복했다는 것은 말이 안 된다.

훈련 과정을 체험한 적 있는 사람들 모두가 느낀 감상이었다.

나도 몸소 체험한 곳이었기에 더더욱 같은 생각이다.

상상도 할 수가 없었다.

이야기 속 소년은 양성소에서 시련을 받기 시작한 당시의 나와 마찬가지로 열두 살이었다고 한다.

그 어린 나이의 소년이 여섯 종류의 직업 계통 전부에서 기한 끝까지 모든 과정을 이수했다?

말도 안 된다. 분명 누구든 같은 생각을 한다.

게다가 소년에 관한 이야기는 그 밖에도 더욱 믿기 어려운 내용이 다수 있었다.

놀랍게도 소년은 저 많은 시련을 버티고도 끝내 본인의 목표였던 『모험가』로서 유용하다고 평가받은 스킬을 단 하나도 습득하지 못했을 뿐 아니라 모든 훈련소에서 해당 【직업】에 「적성 없음」을 통보받은 뒤 【승려】 훈련소에서 나온 것을 마지막으로 소식이 끊어졌다.

그 후 소년의 종적을 쫓을 수 있었던 사람은 아무도 없었다고 한다.

—이 이야기 또한 도저히 말이 안 된다.

그 후의 정보를 전혀 파악하지 못했다는 것이 너무나 이상했다.

【도적】 계통 직업의 마스터, 【은성】 카르 선생님은 마음먹으면 왕국 내 모든 영지의【인물 탐지】도 가능한 분이다.

마음만 먹는다면 카르 선생님이 이 대륙에 있는 인물 중 찾아내지 못할 대상은 거의 없었다.

그런데 소년을 **찾지 못한다**는 것은 도대체 무슨 일인가.

……그런 게 정말로 있을 수 있는 일인가?

모든 것이 도저히 현실적이지 않다.

전 세계에서 초일류라고 평판 자자한 교관들 전원이 한 소년에게 관심을 가져 염려했었고, 소년이 사라졌음을 안 뒤에는 동원할 수 있는 온갖 수단을 써서 전력으로 찾아다녔는데도 몇 년이 지나도록 단편적인 정보조차 포착하지 못했다고 한다.

애당초 제각각 성격이 강한 교관들 전원이 인정하며 찾아다닐 만한 인물이 정말 존재할 수 있는가?

나도 여섯 분 교관에게서 우수하다는 평가를 받았지만, 결국은 왕족이라는 지위 때문에 눈감아준 부분도 있었을 것이다.

나의 경우는 단순하게【스킬】의 숫자에서 누구보다도 많이 습득했다는 알기 쉬운 실적이 있던 덕분이었다는 생각도 든다.

그러나 이야기 속 소년은 달랐다.

소년은 죽기 살기로 임한 단련의 결과, 본인에게 유용한 스킬을 무엇 하나도 습득하지 못했다고 했다.

그리고 교관들은 3개월이 지났는데도 더 훈련을 계속하고자 했던 소년을 「재능이 없다」라며 쫓아냈다.

즉 우수하기로 정평 난 교관 전원이 처음에는 일단 포기했었고, 아울러 나중 되어서야 소년을 찾기 시작했다는 말이 되겠다.

교관들이 소질 있는 인재를 눈앞에 두고도 못 알아보지는 않을 것이라 생각한다.

—더욱더 영문을 알 수가 없다.

앞뒤가 안 맞는 요소가 너무나 많다.

교관들은 소년을 두고 정말로 존재했었다며 한입으로 말했지만.

소년은 어딘가에서 훌쩍 왕도에 나타났다가 또 어딘가로 사라져 버렸다고 한다.

그리 대단한 인물이면 어딘가에서 분명 이야깃거리가 되었을 텐데 신빙성 있는 목격 정보는 없고, 이따금 비슷한 소년을 본 것 같기도 하다는 애매한 기억으로 말한 소문이 나돌 뿐이었다.

한때 교관들이 목격했다는 이야기가 전부일 뿐 교관들도 많은 이야기를 하진 않았다.

내가 소년에 대해 끈질기게 캐묻자 【유성(癒聖)】 세인 선생님은 이렇게 대답해줬다.

"믿기지 않는 심정은 저희도 마찬가지입니다. 하지만 있었습니다. 그 소년은 정말 이곳에, 왕도에 있었습니다."

세인 선생님의 말에서는 조금 후회와 비슷한 감정이 느껴졌지만, 더 이상은 가르쳐주지 않았다.

다른 교관들도 더 이상은 결코 말하려고 하지 않는다.

따라서 소년의 내력도 이름도 구체적인 정보는 아무것도 없다.

—그러니까 『재능 없는 소년』은 대강 가공의 인물이라 간주하는 것이 마땅할 터.

다들 비슷하게 결론 내렸고, 진지하게 사실이라 받아들이는 사람은 없었다.

결국 소년의 일화는 훈련을 받고자 찾아오는 지원자가 「재능에 의지하는 실수를 저지르지 않게」, 아울러 교관들 스스로가 「재능을 못 알아보는 실수를 저지르지 않게」 주의하라는 훈계일 뿐 교관들끼리 서로가 말을 맞춰 창작한 『교훈을 담은 옛날이야기』라고 인식하는 사람이 대부분이었으며 나 또한 마찬가지였다.

그런데— 지금 새삼스럽게 나는 생각을 한다.

그 이야기는 어쩌면 진짜 사실이 아니었겠느냐고.

왜냐하면 나의 눈앞에 있는 인물은 그 소년과 비슷하게 도무지 현실적이지 않은 존재로 여겨졌기 때문이었다.

저 남자가 보여준 불꽃, 평범한 경우보다 커다랗게 피워 낸【프티 파이어】.

이 마법은【구마(九魔)】라고도 불리는【마성(魔聖)】오켄 선생님이 아직 어렸던 시절의 나에게 마술 쪽 가정 교사를 해주던 중 보여준 적이 있었다.

오켄 선생님은 손가락 끝에 흔들거리는 불꽃을 피워 내며 말했다.

단련하기에 따라서는 손가락에 불꽃을 피워 내는 것이 전부인 최하위의 스킬【프티 파이어】조차 이토록 커다랗게 성장시킬 수 있다고.

물론 실용성은 전무할뿐더러 200년 이상 살아온 자신처럼 한가한 사람이나 이렇듯 쓸데없는 수련도 쌓을 수 있다고 오켄 선생님은 웃으며 가르쳐줬다.

그때의 기억은 잘 떠올릴 수 있다.

당시의 나도【프티 파이어】는 사용할 수 있었기에 수업 후 비슷하게 해보려는 생각이었지만, 불꽃을 커다랗게 만드는 것은 아무리 애써도 실패했었다.

시행착오의 결과, 어렸던 나이로도 일조일석에 이룰 수 있는 목표가 아님을 이해한 뒤 금세 실현하기를 포기했다.

정말 이루겠다면 오켄 선생님이 실천했듯이 분명 정신이 아득해질 만큼 긴 수양의 시간이 필요할 테니까.

그래서 더더욱 놀라 말이 안 나왔다.

너무나도 믿기지 않는 광경이었기 때문이다.

눈앞의 인물이 쓴 【프티 파이어】는— 과거에 오켄 선생님이 보여주었던 불꽃보다 **몇 배**나 커다랗다.

즉 이 인물은 세계 최고봉의 마술사라는 【마성】 오켄조차 도달할 수 없었던 지점에 올라섰다는 뜻이다.

게다가 이 사람은 양산품 한손검으로 심연의 마물 【미노타우로스】를 격퇴하는 경지의 검술 실력까지 보유한 인물이다.

대체 얼마나 수행해야 오를 수 있는 경지일까.

저 남자가 지금 나이까지 얼마나 많은 수련을 쌓았을지 나는 도무지 가늠할 수가 없었다.

그래도 저 남자의 역량은 【프티 파이어】를 보면 분명했다.

이 사람은 이 젊은 나이에— 아마도 【마성】 오켄마저 능가하는 마법 실력을 갖추고 있을 것이다.

그리고 내가 놀라서 몸을 부들거리려니까 저 사람은 【프티 파이어】의 불꽃을 보여주며 이렇게 말했다.

"이게 무슨 뜻인지……. 너라면 잘 알겠지?"

짤막한 질문. 나는 퍼뜩 놀랐다.

나는 방금 전 이 인물에게 대체 무엇을 보여주었던가?

막 익힌 고위 스킬을 자랑스럽게 보여준 것이 전부 아니었던가.
나는 나 자신이 부끄러웠다.
그리고 그런 나를 앞에 둔 눈앞의 인물은 다시 말했다.

"네게 가르쳐줄 게 아무것도 없다는 말은 **이런 뜻**이야."

—그 순간 나는 모든 것을 이해했다.
근본부터 잘못된 나의 생각을 이 사람은 단 한마디, 단 하나의 행동으로 고쳐주었다.
아울러 새삼 자각했다.
그저 막 습득한 고위 스킬을 연발했던 나의 어리석음을.
그리고 나는 동시에 이해했다.
역시 이 사람이라고.
지금의 나는 이 사람을 따라가야 한다는 것을.

【검사】 양성소의 교관, 【검성】 시그 선생님은 초기 교육 과정에서 습득할 수 있는 【스킬】 전부를 3일 만에 습득했었던 내게 이렇게 말했다.

『너의 재능은 누구든 인정할 게다. 특히 재능을 두고 말하자면 이 왕도에서는 아무도 당할 사람이 없을 테지. 하지만 이 세계에는 너의 「재능」에는 못 미치는데도 오히려 능가할 만큼 수련을 쌓은 인물도 분명하게 존재한단다. 그런 인물과, 어쩌면 평생 못 만날 수 있겠지만……. 혹은 조만간에 만나게 될 수도 있겠지. 너는 그런 인물에게서 더더욱 배워야 한다. —아무쪼록 자만하지 말고 매진하거라.』

그때는 단순한 격려의 말이라고 생각했지만…….

지금 이 순간, 눈앞에 있는 이 사람을 가리키는 말이었다는 것을 깨닫게 된다.

나는 이 인물의 터무니없는 실력을 목격했다.

이 사람은 모든 것을 물리쳤다.

타국의 모략에 의해 출현해서 나를 습격했던 『미노타우로스』도.

그뿐 아니라 토벌의 포상으로 제시받았던 재보도, 지위도, 명예마저도, 어떤 부귀를 제시받아도 전부 다 필요 없다며 물리쳤다.

신기해하는 나에게 아버지는 말했다.

『한마디로 말하면 강한 인물이어서다. 힘뿐 아니라 정신도. 혼자서도 살아갈 수 있는 강인함을 갖춘 인물이기에 **필요가 없는** 것이다.』

아버지는 비록 은인이라지만 아무 예고도 없이 과거에 애용했던 미궁 유물 『흑색의 검』을 건네줬다.

아버지가 무엇을 발견했기에 내린 결정인지는 모른다.

하지만 분명 아버지도 무엇인가를 느꼈을 것이다.

나는 장래에 오라버니와 함께 이 나라를 이끌어야 할 입장에 있다.

왕의 피를 이어받은 친족은 「강해져라」라는 말을 지키는 것이 클레이스 왕가의 유일한 가훈이었다.

그렇다면 나는 무엇보다도 이 사람의 「강함」을 힘껏 배워야만 한다.

나는 지금까지 이 사람만큼 강한 인물을 본 적이 없었다.

【검성】 시그 선생님이 말했듯 이 사람이야말로 지금 내가 가르침을 청해야 하는 인물이다.

—나는 드디어 이해할 수 있었다.

"네. 아주, 잘 알았습니다……. 저의 자만심, 그리고 미숙함을요."

나는 아직 이 사람에게 전혀 인정받지 못한 처지다.

분명 흔하게 투정 부리는 아이라는 인식뿐이겠지.

방금 전까지 나의 언동을 떠올려봐도 어쩔 수 없었다.

그러나 나는 결코 포기하지 않는다.

이 사람에게 제대로 인정받을 때까지.

그리고 내가 저 남자의 강함을 진정으로 이해할 때까지.

나의 진심이 통하지 않을지도 모른다.

또 호되게 거절당할지도 모른다.

그래도— 그렇다 해도.

"—정말이지, 맞는 말씀이십니다. 저 따위가 귀하의 제자로 들어가겠다는 것은 정말이지 주제넘고도 건방진 소망이었습니다. 지금 저 따위의 능력으로 인정받지 못하는 것은 너무나 당연하겠지요. 그러니까—.”

그렇다 해도 나는 기필코 이 사람을 따라가야만 한다.

나는 이미 마음속으로 다짐했다.

“언젠가 훗날, 귀하께서 제자로 인정해주시는 날이 올 때까지. ……노르 님. 아뇨, 노르 선생님. 그때까지 쭉 귀하의 뒤를 좇아서 걸어 나아가겠습니다.”

내가 찾아 헤맸던 답이— 우리 클레이스 왕가가 대대로 추구했던 진정한 「강함」이 분명 이 사람의 안에 있을 테니까.

14 왕자의 우울

왕자는 수심에 젖은 채 집무실 의자에 앉아 있었다.

고찰해야 할 사안이 산처럼 많다.

다만 지금은 우선 한 가지가 무척 마음에 걸렸다.

“아버지는 무슨 생각으로 신원도 알지 못하는 남자에게 『흑색의 검』을 내어 주었는가.”

생각하기에 따라서는 보물전에 잠들어 있는 미궁 유물들 절반을 내어 주는 것이 훨씬 나았을지도 모른다.

그것들은 긴 역사 속에서 축적되어온 유산이지만, 달리 말하자면 결국 사용하지 않는 물건이다.

금전적인 가치는 상당히 나갈 터이나 불필요한 것으로 분류된 물건.

기껏해야 대충 쓸 만한 실용품이나 시장에 내놓아서 값이 나가는 희귀품, 미술품의 부류다.

다만 『흑색의 검』은 아니었다.

“정말, 왜 하필이면— 그 검인가.”

아버지가 그 남자에게 건네준 『흑색의 검』.

그것은 진정 극한의 **실용성**을 가진 물품이다.

보물전에 잠들어 있는 잡동사니 재보와는 전혀 가치가 다르다.

그 검은 왕자가 태어나기 훨씬 전, 현 국왕이 아직 모험가로 활동하던 시절에 지금의【육성】에 속한 인원과 파티를 맺고『불귀의 미궁』최심부를 탐색하면서 수년의 세월에 걸친 목숨을 건 여정의 끝에 미궁의 심부에서 갖고 돌아왔던 물품.

왕국의 긴 역사를 돌이켜봐도 손가락에 꼽히는 특급 유물— 다른 이름은『불괴(不壞)의 검』.

그 칠흑빛 칼날은 성은(聖銀)[미스릴], 왕류금속(王類金屬)[오리하르콘], 마철(魔鐵)[마나 메탈], 그 밖의 어떤 단단한 금속으로 흠집을 내려 시도해봐도 전혀 흠집이 나지 않았다고 한다. 한번은 드워프족이 시험 삼아서 오리하르콘 무기를 제련할 때 사용하는 도구, 고룡의 어금니로 만들었다고 전해 내려오는 망치『용아퇴(龍牙槌)[드래그닐]』를 써서 때려봤더니 되레 망치가 무참하게 부서졌다.

재질은 전혀 불명. 미지의 물질이었다.

검을 가지고 나온 이후부터 왕국의 연구자들은 쭉 검에 관하여 시도할 수 있는 온갖 조사를 실시했다. 그렇게 도출된 것은 기존의 어떤 기술이나 스킬로도, **어떤 마법으로도** 털끝만 한 흠집조차 만들기가 불가능하다는— 기막힌 결론이었다.

그 검보다 단단한 물질 따위, 알려져 있는 한에서 이 세상에는 존재하지 않는다.

세계에서 가장 단단한 광물로 잘 알려진 최경 광물(最硬鑛物)[아다만타이트]마저도 그 검과 비교하면 **물러 빠졌다**고 말할 수 있다.

또한 무엇보다 중대한 것은 이렇듯「어떤 수단으로도 흠집을 내지 못하는」 소재로 만들어진 물건인데도 대체 왜 이토록 손상이 심하냐는 의문이다.

『흑색의 검』에는 무수히 많은 큰 흠집이 나 있다.

커다랗게 파손되거나 함몰된 부분들.

흠집이 난 모든 부분에 인간의 지혜가 미처 파악하지 못하는 터무니없는 힘이 작용했다는 생각밖에 들지 않는다.

왕국의 학자들이 총출동해서 문헌을 샅샅이 훑어봐도 단서는 전혀 발견할 수 없었다.

과거에 미궁 최심부에서 무슨 일이 벌어졌는가. ―또한 미궁은 무엇이었는가.

이러한 수수께기를 풀기 위해서라도 가장 중요한 유물이다.

클레이스 왕국의『국보』중 분명 최상위에 위치하는 물품.

타국의 지배자도 침을 흘리며 한 번만 보여달라거나 또는 손에 넣고자 막대한 금을 제시한 예가 있었다.

다만 일체의 요구를 아버지는 지금껏 모조리 다 거절해왔다.

당연한 처사이다. 그 검에는 그만한『가치』가 있다.

그런 물품을 신원도 알지 못하는 수상쩍은 남자에게 휙 넘겨버리다니.

정말이지 알 수가 없었다.

"지푸라기라도 잡고 싶은 마음은 모르는 바가 아니지만―."

도대체 어떤 인물인가. 그 남자는.

아마도 실력은 진짜 같았다.

길버트가 모의전을 청하고도 꼼짝 못 하며 당했다고 하니까.

다만 문제는 그자가 정말 아군이냐는 것.

그 남자.

노르, 이름 이외에 전혀 신원이 알려지지 않는 인물.

아무래도 그 남자가 여동생을 『미노타우로스』에게서 구해줬다는 말은 사실인 듯하다.

이렇듯 밝혀진 만큼 린의 목숨값에 걸맞은 대가를 주기 위하여 엄격하기 짝이 없는 아버지가 검을 건네준 것도 일단은 이해 가능하다.

다만 여동생의 은인이라지만— 신용하기에는 정보가 너무나 적다.

왕녀가 『미노타우로스』에게 습격당한 시점에 딱 맞춰 우연히 근처를 지나가던 중이었다—?

부자연스러운 상황에 나타나서 불합리한 이유로 이름도 알려주지 않은 채 떠나갔다.

영웅담에서 빠져나온 것 같은 상식을 어긋나는 무력에 덧붙여서 일국의 왕을 앞에 두고도 불손한 태도.

거칠고 막된 언행이야 무지하다는 말로 넘기면 끝이지만, 국가에 대한 충성심은 티끌만큼도 없다.

린은 그 남자에게 꽤나 심취한 것 같았다.
상황을 감안하면 어쩔 수 없겠다.
다만 정말로 그 남자를 여동생(린)의 곁에 두어도 괜찮은가.
『미노타우로스』를 처단하는 경지의 힘을 보유했다는 것은 자칫 잘못되면 터무니없는 위협이 될 수도 있음을 뜻하잖는가.

"딱히 신용할 만한 근거가 거의 없구나, 다만—."
다만 아버지가 그 남자를 인정했다는 사실은 크다.
클레이스 왕국의 최고 권위자이자 국왕인 아버지.
아버지의 결정은 절대적이다.
적어도 클레이스 가문의 일원에 한정 지어서 말하자면 왕이 「그 남자를 믿어라」라고 말한 이상 따를 수밖에 없다.
하지만 아직 저러한 부류의 명령이 내려오지는 않았다.
왕자(자신)가 아직 그 남자를 수상쩍게 생각하면서 의문을 품고 있다는 사실도 알 터이다.
따라서 지금 시점에서는 아버지도 그 남자를 완전히 믿어 마음을 열지는 않는다고 짐작된다만.

"—아버지는 지금 상황을 알고 계신 것일까."
아니, 아버지가 어떤 사람이던가. 역시 파악은 했을 것이다.
이 나라를 뒤덮고 있는 불온한 분위기를.
뻔히 알면서도 그 남자에게 『흑색의 검』을 건네주었다. 그렇다면—.
"일종의 보험 비슷한 조치였나. 곤란한 형국에서 놓을 수 있는 건

곤일척의 타개책……. 그게 그 남자라는 말인가."

이렇게 생각하면 일전의 불가해한 판단도 일단 납득은 된다.

아버지는 그 남자에게 **도박**을 했다.

앞으로 일어나게 될 「무엇인가」에 대처하는 보험.

그 남자의 정체가 무엇이든 간에 분명히 검을 휘두르리라.

이것은 틀림없으리라.

괴력의 소유자로 잘 알려져 있는【불사】단다르크마저 한 차례 휘두르기 위하여 신음 흘리고,【천검】시그는 너무 무거워서 휘두를 수 없다며 수령을 거부하고,【육성】을 지휘하던 전성기의 아버지조차 두 손으로 쥐는 것이 고작이었던—『흑색의 검』을.

그자는 **한 손**으로 휘두르지 않았던가.

게다가 그 남자는 터무니없이 무거운 그 검을 마치 평범한 검처럼 들고 돌아갔다.

아무도 그 검이 세계에서 손꼽히는 수준의 미궁 유물이라고는 꿈에도 생각하지 못할 것이다.

확실히 지금 맡겨 두기에 좋은 위치임은 틀림없다.

정말 위험한 도박이 될 터이나 지금 상황에 배부른 말을 늘어놓을 수 없다는 것도 알겠다.

"—이제 곧, 분명히 **무슨 사태**가 일어난다."

주변국의 수작질이라 짐작되는 최근 왕도 주변의 불온한 동향.

왕도 중심부에서 일어난 『소환 마술』의 발동과 왕족(린)의 생명을 노린 명백한 암살(테러) 작전.

근래 유례가 없는 큰 움직임이었지만, 아마 이것이 끝은 아닐 것이다.

암살(그것) 자체가 목적은 아니라고 생각한다.

그런 규모의 사건은 아직 이쪽을 슬쩍 흔들어보는 견제에 불과하다.

자신이 상대의 입장에 서 있다면, 수작 부리는 쪽이라면 절대 이렇게 끝내지는 않는다.

자신이라면 이후 일으킬 작전을 면밀하게 준비해 놓고 요란하게 사태를 일으킨다.

그것은 분명 『개시의 신호』에 불과하다.

—그렇다면 다음은 어떤 수작을 부릴 것인가?

예측을 할 방법이 없는 이상, 린에게는 미안하지만 그 남자와 당분간 함께 다녀주는 것이 차선책이겠다.

그 남자가 만약 적측의 인물이 아니라면 『미노타우로스』를 단독으로 처단할 수 있는 호위가 딸린 것이나 마찬가지.

이보다 더 마음 든든할 순 없다.

반대로 작정하면 언제든 죽일 수 있다는 뜻이지만.

적어도 어제 시점에서 굳이 실행하지 않았다면 현 상황까지는 아직껏 적이 아니라고 간주해도 된다.

아니기를 바라고 싶다.

"시간도 사람도— 부족하구나."

그 남자에게는 불확정 요소가 너무나 많다.

다만 지금은 어쨌든 간에 믿어보면서 맡길 수밖에 없는 상황이니.

정말 도박에 불과하다.

이런 지경까지 우리나라는 궁지에 몰려버렸다.

지금 이 나라는 평온하다.

그러나 표면상의 평온일 뿐.

물밑에서 사태는 급속도로 진행 중이다.

일손이 치명적으로 부족하다. —적의 수단을 살필 시간은 분명 더 이상은 남지 않았다.

"우선 정보부터 수집해야겠군—."

왕자는 가만히 중얼거린 뒤 벽에 걸어 둔 회색의 외투(로브)를 걸쳐 입고 집무실에서 나가 거리로 향했다.

15 첫 번째 고블린 퇴치

"좋은 의뢰를 찾으면 좋겠네요, 노르 선생님!"

"……그래, 좋겠지."

나는 린과 함께 주변에 있는 포장마차에서 점심 식사를 한 뒤 다시 모험가 길드를 방문했다.

길드에 들어가자마자 아저씨가 우리를 보고 말을 걸어왔다.

"이봐, 노르……. 너, 어째서 린네부르크 님과 함께 온 거냐……? ……그리고, 선생님은 무슨 소리고?"

"마스터. 모험가로 활동할 때 저는 『린』입니다. 그리고 님은 필요 없습니다."

"그래…… 아무렴, 알고말고. 미안하다, 린."

아저씨는 린에게 사과하며 나에게 얼굴을 가까이 대고 조그만 목소리로 말했다.

"……노르. 무슨 일 있었냐……? 오늘 아침에도 너를 찾으러 왔더라고. 어제 설마 그다음에 또 무슨 일 있었던 거냐……?"

"그렇군……. 설명이 조금 어렵기는 한데."

아니, 설명하고 싶어도 나 자신부터가 지금 상황을 잘 모르겠다.

나는 마스터(아저씨)에게 뭐라 설명할까 고민하면서 힐끔 린의 얼굴을 쳐다봤다.

눈이 마주치다 린은 생긋 웃었다.

아니, 웃어서 해결되는 문제인가……?

린은 아저씨한테도 뭔가 눈짓을 하는 것 같았는데, 아저씨는 가만히 마주 보다가 백발이 섞인 머리를 긁적거렸다.

"……아니, 다른 사람의 사정을 파고들지 않는 게 이곳의 규칙이었지. 미안하다. 방금 질문은 잊어다오."

"아니, 딱히 숨겨야 할 일은 아무것도 없었다만."

나야 좀 캐물어도 전혀 상관없달까, 아저씨한테는 오히려 상담을 요청하고 싶은 심정이었지만—.

"그래, 무슨 볼일이냐? 숲에 가겠다고 말했었잖냐, 오늘은 여기에 다시 안 오는 줄 알았다만."

"조금 예정이 바뀌어서 말이야. 뭔가 의뢰를 소개받고 싶어서 왔어."

"의뢰 말이냐?"

"그래, 가능하면 두 사람이서 가능한 녀석으로."

"두 사람이서, 말이지……."

아저씨는 힐끔 내 뒤쪽에 서 있는 린을 바라봤다.

린은 아까부터 쭉 기분이 좋은 모습이었는데 역시 이해가 되지 않는다.

어째서 이렇게까지 나를 따라오고 싶어 하는 것일까.

나는 그 후에도 이런저런 방법을 동원해서 오해를 풀고자 애썼지만, 무슨 이유인지 반대로 더욱 심각한 착각을 불러일으켰던 것 같다.
그 결과 린은 나에게 「끝까지 따라가겠다」라고 말하게 됐다.
어디서 뭐가 잘못된 거지……?

솔직히 무척 곤란했다.
오늘은 그때 이후로 평소처럼 단련을 할 생각이었지만, 줄곧 내 곁에서 떨어지지 않는 린의 시선이 신경 쓰여서 단념했다.
대신 무언가 시간을 때울 만한 의뢰를 구하자는 생각으로 모험가 길드에 찾아왔지만……. 린도 당연하다는 듯 뒤를 따라왔다.
……이렇게 된 이상은 어쩔 수 없겠다. 무언가 같이 의뢰라도 하면서 잠시 가까이에서 나를 직접 보게 해주면 조만간에 린도 본인의 착각을 깨달아줄 테지.
그런 생각으로 적당한 의뢰가 있나 찾으러 왔지만.
"소개할 만한 의뢰라면…… 린은 【은 등급】이었지. 너희가 파티를 짜서 행동한다면 일단 왕도 근교 지역의 『고블린 퇴치』 의뢰 정도는 맡길 수 있겠군."
"……고, 고블린 퇴치……?!"
아저씨의 대답에 나는 화들짝 놀라서 몸이 저절로 구부러졌다.

고블린 퇴치?
지금의 나는 토벌 의뢰를 절대로 받을 수 없어서 체념했었는데.
받을 수 있더라도 꽤나 나중의 일이라고 생각했었는데.
……지금, 받을 수 있다고……?!

"지, 진짜야……?!"

"그래, 은 등급의 파티원이 있다면 은 등급의 의뢰를 받을 수 있지. 다만, 뭐, 랭크가 낮은 동료를 데리고 가는 경우는 달리 말하자면 짐덩어리를 데리고 있는 셈이니까 웬만큼 상성이 좋은 조합이 아닌 한 대강 하나둘 의뢰의 위험도 랭크를 떨어뜨리는 게 보통이군."

"그, 그러면…… 고, 고블린 퇴치의 위험도 랭크는 어떻게 되지……?"

나는 한 차례 숨을 내쉬며 급해지는 마음을 달래고 어서 물어봐야 할 부분을 물었다.

무심코 흥분해버렸는데 조금 차분해지자.

분명 제대로 확인을 거쳐야 하는 부분이니까.

확실히 고블린은 초보 모험가가 실력을 시험하기 위해 잡으러 가는 최약의 마물이라고 들었다.

다만 토벌에는 위험이 동반된다는 말도 들은 적 있다.

위험도는 어느 수준일까……. 경우에 따라서는 내가 함께 가는 까닭에 괜히 린까지 위험에 노출될지도 모른다.

"고블린 퇴치 말이냐? 【초심자】다. 은 등급을 기준으로 하면 랭크가 셋은 아래이지."

"그, 그렇다면—!!"

랭크가 셋이 아래다. 갈 수 있다.

나는 기대를 억누르지 못한 채 목소리를 높였다.

다만 이때쯤 문득 깨달았다.
이렇게 되면 린이 보유하고 있는 모험가 랭크를 이용하는 행동에 지나지 않는다는 것을.
막 방금 전까지는 대놓고 귀찮아했던 주제에…….
나도 결국은 속물이구나. 조금 부끄럽다.
게다가 의뢰를 받기 전 먼저 린과 파티부터 맺어야 했다.
린은 과연 달가워할까?
만약 거절당하면…….
나는 린의 얼굴을 힐끔 쳐다봤다.

"……무슨 일 있으세요?"
나의 불안한 표정을 알아차렸는지 린도 불안해하는 표정으로 나를 바라봤다.
"그, 그게…… 괜찮은 건가? 린, 네 입장에서. 지금 제안은 너에게 매우 의지하는 형태를 취하게 될 텐데……?"
린을 이용하는 것 같다는 죄책감이 생겨 조금은 작은 목소리가 나와버렸다.
하지만 린은 별난 질문을 다 한다는 듯 웃으며 대답했다.
"물론 괜찮아요! 선생님께 도움이 되어드릴 수 있다면 제가 가진 것은 무엇이든 써주세요. 저는 선생님께서 계시는 곳이라면 어디든 따라갈 테니 아무쪼록 분부만 내려주세요."
"그, 그런가……?"
린은 괜찮다고 대답해줬다.

어쩐지 조금 속이는 기분도 들고, 이렇게 나이도 얼마 안 되는 소녀에게 의지하려니까 한심하지만 그렇다 해도— 이것은 나의 꿈 가운데 하나였잖은가.

고블린 퇴치……. 어떻게든 꼭 해보고 싶다.

그런데 과연 의뢰를 감당할 수는 있을까?

나는 아저씨의 얼굴을 힐끔 쳐다봤다.

"……벌써 불안해할 것 없다. 뭐, 은 등급인 린이 같이 가는데 괜찮을 테지. 그래도 무리하지는 마라? 위험도가 낮다고 마냥 안전한 건 아니니까 말이지?"

"……그래, 나는 스스로의 실력이 어떤 수준인지 잘 알고 있으니까. 무리하진 않겠어."

아저씨의 말 덕분에 약간 마음이 편안해졌다.

하지만 역시 마음을 단단히 먹도록 하자.

나는 곧 미지의 모험에 나설 테니까.

"그러면, 받는 거냐?"

"그래, 부탁할게."

내가 답하자 아저씨는 책상 안에서 지도를 꺼내 보여줬다.

"이 지도에 있는 구획에서 사냥한 머릿수만큼 보고하면 된다. 토벌 증명 부위는 오른쪽 귀다, 잘 기억해. 갖고 돌아오는 거 잊지 말고."

"알았어."

"뭐, 요즘은 무슨 이유인지 숫자가 꽤나 줄었다는 보고도 있으니까 어쩌면 한 마리도 안 나타날 가능성은 있지만—. 그러면 약초라도 뜯어 와라. 그것도 매입해줄 수 있으니까."

아저씨는 그렇게 말한 뒤 웃으며 무언가의 서류를 써서 톡, 도장을 찍었다.

“끝났다, 슬슬 가봐라. 아무튼 진짜 안 다치게 조심하고. 소풍 다녀오는 게 아니니까.”

“그래, 조심할게.”

“어두워지기 전에 돌아와라.”

“그래, 다녀올게. 가자, 린.”

“네.”

그렇게 우리는 고블린이 서식한다는 왕도 근방의 『마수의 숲』으로 향했다.

16 마수의 숲

왕도를 나와 대략 1시간쯤 북쪽으로 걸어서 통칭 『마수의 숲』에 도착했다.

이곳에서는 서식하는 몇 종류의 마물과 조우할 위험이 있는 한편으로 시장에서 값을 쳐주는 식물이나 나무 열매 등 각종 소재를 채집할 수 있다. 초보 모험가는 이 숲에 의뢰를 수행하러 오는 경우도 많다.

모험가 길드에서 판정한 「위험도」는 상당히 낮은데도 『마수의 숲』이라고 살벌한 느낌의 이름을 붙인 까닭은 실수로 위험한 장소에 출입하는 사람이 발생하지 않게 경고의 뜻을 전하려는 의도도 있다고 했다.

이름도 모른 채 걸음을 잘못 들인다면 결국은 똑같겠지만.

"여기가 『마수의 숲』인가. 나무의 밀도가 높군……. 내가 항상 다니는 남쪽의 숲과는 나무 종류도 다르고 제법 커."

"네. 생태계가 조금 다르답니다."

이곳은 왕도 부근에서 고블린이 서식하는 숲으로도 잘 알려져 있다.

고블린은 대처만 제대로 하면 썩 위험한 마물이 아니라는 평가를 받고 있지만, 역시 방심할 수는 없었다.

인간을 덮쳐 잡아먹기도 하는 녀석들이니까.

고블린은 사람과 마주치면 『음식』으로 보고 적극적으로 공격한다는 말을 들었다.

나무 열매도 먹을 수 있고 잡식성이기는 한데 고기를 대단히 좋아한다. 사나운 놈들이다.

초보 모험가가 『마수의 숲』에서 행방불명되었다가 뼈만 남은 채 발견되었다는 이야기도 자주 나돈다던가.

고블린은 가만 방치하면 숫자가 쭉쭉 늘어난다.

보통은 숲속에서 작은 동물들을 포식하며 살아가지만, 숫자가 지나치게 늘어나면 숲에 있는 식량으로 배를 채우지 못하게 되는지라 사람들 사는 마을까지 쏟아져 나온다고 한다.

그 때문에 정기적으로 퇴치해서 숫자를 줄일 필요가 있고, 국가 차원에서 퇴치를 장려하고 있다.

퇴치한 숫자에 따라 모험가 길드를 통해 국가에서 보상금을 지급해준다.

그렇다 해도 『모험가의 성지』라고 불리며 수많은 실력파 모험가가 북적거리는 왕도에서 고블린은 썩 대단한 위협이 아니었다. 작정하고 퇴치에 힘을 쓰면 모조리 사냥해버릴 수 있다.

다만 이것도 좋은 방법은 아니라고 한다.

비록 고블린이 마물의 일종이라지만, 숲속에서는 자기 나름의 역할을 수행하기 때문이다. 고블린이 있는 숲과 없는 숲은 생태계의 풍요로움이 무척 다르다고 한다. 이때 숲의 풍요로움에는 귀중하고 실용적인 약초 따위도 포함된다.

따라서 국가는 고블린의 숫자를 적당히 줄이면서도 지나치게 줄지는 않게 조정하면서 가능한 한 손대지 않고 본연의 환경으로 보호하는 정책을 채택하고 있다.

그 덕분에 마물을 포함하는 복잡한 생태계가 유지되고, 다른 숲보다 귀한 동식물이 발견되기 때문에『마수의 숲』은 초보 모험가를 위한 훈련지로서, 또는 수입원으로서 더할 나위가 없는 환경을 갖추고 있다.

—이상이『마수의 숲』에 다다를 때까지 걷는 도중에 린이 가르쳐 준 이야기였다.

린은 많은 스킬을 습득했을 뿐 아니라 폭넓은 지식도 알고 있었다.

어린 나이에 정말 대단하다.

게다가 모험가 랭크는 은 등급.

장래에는 분명 훌륭한 인물이 되겠지.

"역시 길드 마스터가 말했던 대로 고블린의 모습이 안 보이네요. 숫자가 줄었다는 말은 진짜인가 봐요."

린은 주위를 둘러보며 마물의 낌새를 살피고 있다.

【기척 탐지】라는 스킬로 주위에 있는 생물의 존재를 확인하려는 의도일 테지.

"앗, 하나……. 마물로 짐작되는 반응이 있어요. 조금 먼 곳이지만요, 시간이 많이 걸리지는 않을 것 같은데 가보실래요?"

린은 그렇게 말한 뒤 나에게 길을 가리켜줬다.

……뭐랄까, 무척 편리한 아이구나.

나는 전혀 아무것도 안 하고 린을 따라서 숲의 깊숙한 안쪽으로 나아가기만 하면 되었다.

"……어쩐지 자꾸 어둑어둑해지는군."

"네, 이 주변은 오래 산 나무도 많아서 햇빛이 잘 안 들어온다고 들었습니다. 고블린은 이런 장소를 좋아한다더군요."

아직은 해가 높이 떠 있을 텐데 이곳은 어둑어둑하다.

고블린은 야행성인지라 너무 밝은 장소는 좋아하지 않고 이렇듯 어둑어둑한 숲에 서식하며 낮에는 어두운 동굴 같은 곳에 숨은 채 잠들어 있는 경우가 많았다.

놈들이 잠자리로 쓰는 동굴을 찾아내서 기습으로 퇴치하는 것이 효율적인 『고블린 퇴치』 방법이지만, 꽤나 능숙한 사람이 아닌 한 동굴을 발견하는 것은 어렵다고 한다.

따라서 대부분은 낮 동안 배회하며 사냥감을 찾는 굶주린 고블린을 퇴치하게 된다.

흉포할 수밖에.

고블린은 지능이 낮고 인간과 달리 무리를 짓는 행동은 거의 안 한다지만, 나무 열매가 많은 지역이라면 한데 모여서 사는 경우가 있다. 그런 상황에 운 나쁘게 맞닥뜨리면 위험도는 자연히 훌쩍 뛰어오를 테지.

우리도 비슷한 처지가 되지 않으면 좋으련만.

물론 린과 함께라면 웬만한 위험은 미리 피할 수 있겠다.

다만 우리는 지금 마물의 기척이 있는 곳으로 접근하고 있다.

……조금은 긴장된다.

"어라?"

린이 멈춰 서더니 무슨 까닭인지 고개를 갸웃거렸다.

"왜 그래? 린."

"아, 아니요. 분명 이 주변에 마물의 기척이 있었습니다만……."

"있었다만?"

"……사라졌습니다."

"사라졌다?"

"네. 때마침 누가 지나가다가 쓰러뜨렸다고 생각할 수도 있겠지만요……. 하지만 주위에 아무도 없었는데…… 어째서……?"

린은 또 이상하다는 듯 고개를 갸웃했다.

"마물도 생물이니까 수명이 다했거나 병에 걸려서 혼자 죽는 경우가 있지는 않나?"

"네, 맞아요. 그런 가능성도 있다고 생각합니다. 아무튼 기척이 사라진 장소에 가면 시체는 남아 있을 거예요. 방금 죽었을 테니까 토벌 부위를 가져가면 보상금도 나오고요."

"그렇군. 이왕 여기까지 왔는데 들렀다 갈까."

어찌 된 영문일까, 오늘은 고블린 토벌을 할 날이 아닌 듯하다.

조금 유감이지만 어쩔 수 없다.

……뭐, 고블린의 실물을 볼 수 있다는 것으로 만족해야겠지.

사실 나는 고블린을 본 경험이 없다.

모험 첫날인 만큼 이 정도로도 충분할 것 같다.

과하게 욕심부려도 좋은 일은 안 생길 테니까.

"그나저나 정말 이상하네요……. 오늘은 숲이 지나치게 조용해요. 무언가 다른 생물이 돌아다니는 모습은 보여야 했을 텐데요……?"

확실히 동물의 기척은커녕 새 울음소리도 안 들린다.

나는 이곳이 원래 이러한 숲인가 생각했지만 아닌가 보다.

그러고 보니 생태계가 풍요롭다는 이야기가 맞다면 더 많은 종류의 생물이 살고 있어야 할 듯싶다.

그런데 오늘은 한 번도 마주치지 못했다.

이런 날도 있는 것일까.

이런저런 생각을 하는 사이에 우리는 목적한 장소에 도착했다.

"분명 이 주변이 맞을 텐데요—."

린이 주위를 두리번두리번 살펴보고 있지만, 이렇다 할 흔적은 전혀 찾지 못했다.

"……아무것도, 없네요……."

"그래, 그렇군—. 아니, 잠깐만."

확실히 언뜻 이 주변에는 어떤 생물도 없었다.

그러나 나는 어쩐지 시야에서 강한 위화감을 느꼈다.

“……저것은 ……뭐지?”

위화감의 원인을 찾아내고자 눈에 힘줘서 쳐다보니 공중에 **무엇인가**가 있었다.

아무것도 없는 듯 보이는 공간에 희미하게 비치는 녹색의 작은 다리가 떠올라 있었다.

내가 그것을 쳐다보고 있으려니까 녹색 다리는 무엇인가에 들려 올라가는 것처럼 공중으로 올라갔고, 고개를 들어 올려다봐야 하는 높이에서 무엇인가에 **집어삼켜지듯** 쓱 사라졌다.

그곳에서 물과 같은 비말이 흩날려 나와 린의 얼굴에 툭툭 떨어졌다.

“—앗!! 【은폐 제거(언커버)】!”

무언가 깨달았는지 린이 황급히 스킬을 발동했다.

그러자—.

“……아?!”

“……저것은, 뭐지—?!”

투명한 베일이 벗겨지듯이 불쑥 우리의 앞에 나타난 기묘한 존재—.

녹색을 띤 피부에 두 다리로 서 있는 거인이었다.

언뜻 인간과 닮은 듯 보이기도 하나 도저히 사람이라 불러주지는 못하겠다.

두꺼운 팔뚝은 지면에 닿을 만큼 기다랗게 뻗었고, 다리는 주위에 있는 거목 세 그루 두께만큼 두툼하다.

머리에는 맑은 적자색을 띤 보석 비슷한 물건이 박혀 있고, 짐승처럼 번뜩이는 눈으로 우리를 쳐다보고 있다.

살짝 송곳니가 보이는 입을 우물우물 움직이자 커다란 입의 가장자리에서 붉은 피가 방울방울 떨어지고 있었다.

이 생물은, 대체—?

설마 이것이—.

"저, 저것은…… 고블린—!!"

린은 고블린의 거대한 몸을 올려다보며 경악한 표정으로 말했다.

"……그런가, 저게 고블린인가."

……의외였다.

상상했던 것보다 훨씬 커다랗다.

실제 본 것과 남에게 듣는 것은 큰 차이가 있다는 말을 잘 알겠다.

최약의 마물이라고 불리는 녀석인 만큼 나는 틀림없이 꽤 많이 작으리라는 생각을 갖고 있었다.

어쨌든 들었던 이야기와는 대강 일치한다.

고블린은 녹색의 피부를 가지고 있고 사람처럼 이족 보행을 하며 안광은 짐승처럼 날카롭다고 했다.

또한 놈들은 도구를 사용한다.

지금 저 고블린은 한쪽 손에 큰 나무를 뽑아서 들고 있다.

저 나무를 아마 곤봉처럼 휘두르겠지.

"—무시무시하군. 지능을 가진 마물인가."

고블린은 지능이 낮다고 말을 들었다.

다만 어디까지나 인간과 비교해서 낮다는 뜻이겠지.
지혜가 아주 없지는 않겠다.
오히려 다른 마물보다 지능이 높은 면모를 보인다고도 들었다.
저 거대한 몸뚱이에, 아울러 지능을 보유한 마물—.
나는 큰 나무를 뽑아서 하늘 높이 치켜든 채 이쪽을 노려보고 있는 고블린과 마주 올려다보며 전율을 느꼈다.

—저런 마물도 세상 모험가들에게는 잔챙이 취급을 받는다는 것이 도저히 믿기지 않는다.
다만 눈앞에 있는 것이 현실이었다.
아무리 발버둥 쳐도 받아들일 수밖에 없다.

싫어도 멈칫거리게 된다.
내가 쓰러뜨리는 데 몹시 고생했던 도시 안 소보다도 훨씬 큼지막하다.

린도 표정이 굳어졌다. 당연한 반응이다.
린은 지식도 있고 뛰어난 재능을 갖고 있지만, 분명 실전 경험은 적을 것이다.

"—괜찮아, 겁먹지 마라. 상대는 단순한…… 고블린이니."
나는 자신을 타이르듯 린에게 말을 건넸다.
보통의 모험가라면 이 녀석을 사냥해야 비로소 한 사람 몫을 하는 입구에 다가설 수 있는— 어디까지나 초보자의 등용문 같은 마물이라고 들었다.

하지만 나의 실력으로는—.

우뚝 솟아서 몹시 넘어가기 어려운 거대한 벽과 같이 보인다.

최약의 몬스터로 이름 높은 녹색의 식인귀— 고블린.

최약 수준의 마물이어도 나 같은 신출내기 미만의 사람에게는 절대로 얕볼 수 없는 강적이었다.

다만 이 녀석을 쓰러뜨림으로써 분명히 나는 동경하는 『모험가』의 꿈을 향하여 첫 번째 걸음을 내디딜 수 있을 것이다.

고블린의 우렁찬 외침이 어두운 숲에 울려 퍼지고, 놈은 거대한 눈으로 우리를 노려봤다.

아마도 우리는 녀석에게 『사냥감(음식)』으로 보이는 듯하다.

그렇게 생각만 해도 다리가 굳어버릴 것 같았다.

하지만—.

"—해치운다, 린."

나는 머리에 떠오르는 잡념을 즉각 뿌리치며 『흑색의 검』을 들어올렸다.

무섭지만 지금은 굳이 생각하지 말자.

공포심과 두려움— 괜한 감정은 죽음으로 가는 지름길에 불과하니까.

분명히 쓰러뜨릴 수 있다.
나 혼자라면 몰라도 아군(린)이 함께 있어주니까.

"네, 선생님."

그렇게 우리와 최약의 마물—『고블린』과의 장렬한 전투가 시작되었다.

17 고블린 엠퍼러

나는 눈앞에 나타난 괴물을 올려다보며 놀라 저절로 말문이 막혀 버렸다.

"저, 저것은…… 고블린—!!"

저것은『고블린 엠퍼러』.

수백 년에 한 번 자연 발생한다고 알려져 있는 재해급의 마물『고블린 킹』과 구별하기 위해 호칭을 붙인 고블린 최상위종의「아종」.

『고블린 엠퍼러』는 자연 발생하지 않는다.

바꿔 말하자면「인위적으로 발생시킨」까닭에 만들어지는 마물이다.

고블린은 인위적인 조작에 의해『돌연변이』를 일으키는 사례가 알려져 있다.

다만 그것은 아득한 옛날 이루어졌으며 지금은 이미 금지된 간악한 연구를 통해 만들어졌던 금단의 지혜.

우선 고블린의 외피에 마석을 박아 넣어서 그곳으로 대량의 마력을 주입한다.

보통 마물에게 허용량을 넘는 마력을 주입하면 몸이 견디지 못해

파열되어 죽어버린다.

하지만 극히 드물게나마 고블린 중 고밀도의 과잉 마력에 『적응』 해버리는 개체가 있다고 한다.

그러한 특수 개체에게 대량의 마력을 계속 주입하면 점점 몸이 풍선처럼 부풀어 오르고, 재차 끝까지 견뎌 내면 주입되는 대량의 마력을 자신의 양분 삼아서 흡수한다.

그렇게 방대한 마력을 갖게 된 고블린은 재해급의 위험도 『A급』으로 지정된 『고블링 킹』과 동등한 힘을 발휘할 수 있다.

이런 까닭에 『고블린 엠퍼러』는 『고블린 킹』과 비등하게 위협적이라 알려져 있다.

하지만 저 고블린이 믿기지 않을 만큼 커다랗다.

내가 지식으로 알고 있는 『고블린 킹』의 신장보다 적어도 두 배는 컸다.

일설에는 주입한 마력의 양뿐 아니라 몸에 박아 넣는 『마석』의 품질에 따라 결과가 달라진다고 알려져 있는데—.

저 고블린의 이마에서 빛나는 마석— 너무나 이상하다.

한눈에 봐도 알 수 있었다. 저것은 정말 파격적이다.

터무니없는 크기와 순도.

내가 옛날에 유학을 다녀온 곳, 신성 미슬라 교국에서 견학했던 『악마의 심장』이라 불리는 최상급의 마석.

그 마석과 비슷한 수준의, 아니, 오히려 뛰어넘은 순도를 가졌을

지도 모르겠다.

그런 마석이 저 고블린에게 박혀 있다고—?

역시 저 고블린의 비정상적인 크기는 이마에 박은 마석이 원인일까.

—확실하게는 아무것도 알지 못한다.

하지만 깨달은 것은 있었다.

저것은 이미 자연 발생하는 마물『고블링 킹』조차 무력으로 비교가 되지 못할 것이다.

『고블린 킹』의 위험도는 A급.

금 등급 모험가 파티 수 명이 간신히 대처할 수 있는 강함을 자랑한다.

그런데 눈앞에 있는『고블린 엠퍼러』는 A급 마물조차 비교가 되지 않도록 거대했다.

—게다가『동족 포식』.

『동족 포식』은 동류의 마력을 흡수해서 더욱 힘을 불릴 수 있다고 한다.

이미 얼마나 큰 위험인지 차마 가늠할 수도 없었다.

어째서 이곳에 저런 마물이 나타났지—?

나는 확실히 상대가 안 된다.

게다가【은폐】되어 있었다.

마도구를 쓴 효과인지 다른 무엇의 기능인지는 알지 못하지만, 당연히 인위적인 조치.

숲에 생물이 없었던 것도 이해된다.

전부 이 마물이 사람들 몰래 잡아먹었을 테니까.

어쩌면 사람까지 잡아먹었을지도 모른다.

혹시 선생님은 이 같은 사실을 알아차리고 이곳에 오셨을까—?

고블린 토벌을 가고 싶다니, 노르 선생님 같은 분께서 굳이 언급할 말이 아니었기에 이상하다는 생각은 했다.

그때 천진난만하게 기뻐하는 듯 보인 모습은 사람들 모르게 위기를 배제하기 위한 방편이었나—?

선생님은 항상 이렇게 남을 도와왔다……?

스스로의 어리석음이 부끄러울 뿐이다.

돌이켜보면 그때 모험가 길드에서 선생님이 불안한 표정으로 나의 얼굴을 본 이유는 이런 사태를 예견했기 때문일지도 모르겠다.

—이 아이를 데려가도 정말 괜찮겠는가.

실제로 나는 단순히 짐덩어리였다.

『미노타우로스』에게 습격당했을 때의 공포가 되살아났다.

저절로 몸이 부들거린다.

다리에 힘이 들어가지 않아 바닥에 주저앉을 것 같았다.

"—괜찮아, 겁먹지 마라. 상대는 단순한…… 고블린이니."

하지만 선생님은 잘라 말했다.

저것은 단순한 고블린이라고.

—그래, 두려움은 판단을 둔하게 만든다.

진정하자. 분명 괜찮을 거야. 나는 지금 혼자가 아니니까.

선생님이 나를 이곳에 데려왔다면 분명 어떠한 계획이 있을 게 틀림없다.

"—해치운다, 린."

선생님은 내 이름을 불렀다.

노르 선생님이 모자란 나를 의지해주신다.

마음이 꽉 차오르는 말이었다.

—그래. 지금은 두려워 떨 상황이 아니야.

나는 이 사람과 함께 싸우겠다.

분명 괜찮아.

지금 내 옆에 있는 사람은 심연의 마물과 대결해서 승리한 분, 노르 선생님이시니까.

그렇게 생각하자 떨리던 내 몸은 일순간에 진정되었다.

어쩐지 무척 신기한 감각이다.

방금 전까지 제대로 서 있기도 힘든 공포를 느꼈었는데.

바짝 다가든 죽음과 절망을 절절하게 느꼈었는데.

그리고 이제 곧 재해급 마물조차 비교가 안 되는 무시무시한 마물과 겨우 둘이서 맞싸워야 하는데도.

"네, 선생님."

—지금 나는 살포시 웃고 있었다.

선생님의 등 너머로 거대한『고블린 엠퍼러』를 바라보며 웃을 수 있었다.

18 나는 고블린을 패리한다

고블린은 뽑아 든 거목을 두 손에 쥐고 흉포한 야수와 같은 눈동자로 우리를 뚫어져라 쳐다보고 있었다.

긴 송곳니가 드러난 입에서는 검붉은 혓바닥이 살짝 엿보인다.

곧장 들이닥칠 낌새는 아니다.

저 모습은 마치 사냥감을 품평하는 것 같았다.

—정말로 나는 이러한 괴물과 싸울 수 있을까?

내가 불현듯 가슴에 의문을 품은 순간이었다.

고블린은 갑자기 손에 든 거목을 하늘로 휘둘러 올리더니 우리를 목표 삼아서 단박에 내리 휘둘렀다.

고블린은 저 거대한 몸으로도 터무니없이 빨리 움직인다.

일순간 머리 위에 그림자가 드리워졌다가 거친 나무 표면이 눈앞까지 다가들었다.

멀리서 볼 때보다 훨씬 두꺼운 나무였다.

이런 물체에 가격당하면 당연히 우리 목숨은 끝장이다.

그러나—.

"패리."

나는 있는 힘껏 흑색의 검을 휘둘러 머리 위쪽으로 떨어지는 거목을 후려쳤다.

칼자루를 쥔 손에 전해지는 강렬한 충격.

고블린이 내리 휘두른 거목의 궤도가 살짝 엇나가더니 곧장 우리의 바로 옆쪽에 떨어져서 흙을 파헤치고 땅속 깊숙이 들어갔다.

다행이다.

급히 막았는데 어쨌든 튕겨 냈다.

내 뒤쪽에 있는 린도 무사한 것 같았다.

—안도한 것은 잠시뿐. 고블린의 두 번째 공격.

놈의 반대편 손에 쥐인 또 하나의 거목이 옆으로 휘둘러져서 우리에게 날아든다.

고블린은 마구잡이로 주변 나무를 후려쳐서 쓰러뜨리며 숲을 지면째 날려버리고 있다. 더구나 아낌없는 힘으로 거목을 마구 휘둘러서 우리를 목표 삼아 후려갈기고자 했다.

나는 공격을 뛰어 피하려다가 생각을 달리했다.

"—위험한데."

고블린의 오른손에는 이미 또 다른 거목이 쥐여 있었다.

놈은 지능을 가진 마물인지라 지면에 바짝 붙여서 공격을 거듭하면 아마 우리가 뛰어올라 피할 것을 예측하는 듯하다.

그렇게 무방비하게 공중으로 뛰어올랐을 때 내리쳐 떨구려는 의도일 테지.

나무를 마구 휘둘러 대는 괴력도 무시무시하지만, 저 시선에서 읽을 수 있는 계산속이 무엇보다도 무시무시하다.

하지만 놈의 의도대로 놔두진 않는다.

"패리."

나는 피하는 것이 아니라 지면에 흑색의 검을 푹 찔러서 억지로 거목을 머리 위로 튕겨 올렸다.

이런 움직임은 예상하지 못했을까, 고블린의 거대한 몸뚱이가 일순간 비틀비틀— 지금이다.

반격의 틈이 생겨났다.

나는 상대에게 공격할 수단을 가지고 있지 못하지만, 린이라면.

"린, 부탁한다."

"네—【풍인파(風刃波)(윈드 커터)】."

린이 스킬을 써서 만들어 낸 무수히 많은 바람의 칼날이 폭풍처럼 소용돌이치며 고블린에게 향했다. 거센 폭풍이 주위의 나무들을 잘게 잘게 조각내며 숲속을 날아 고블린에게 향한다.

하지만—.

"크갸앗."

린이 날려 보냈던 바람의 폭풍은 고블린에게 아주 허망하게 회피당했다.

"—읏! 【빙괴무도(아이시클 댄스)】!"

하지만 린은 곧바로 사람 한 사람 크기의 얼음 덩어리를 수십 개나 만들어 내서 잇따라 고블린에게 때려 박는다.

도망칠 틈도 반격할 틈도 내주지 않겠다는 듯.

무시무시한 위력을 지닌 공격의 폭풍.

하나하나가 마치 대포와 같다.

주위 나무들이 맞자마자 산산이 부서지고 지면이 얼어붙는다.

다만 전혀 적중시키지 못했다.

—상대가 너무나도 빠른 탓이다.

"설마 이렇게 까다롭다니."

확실히 고블린이 재빠르다는 말은 들어서 안다.

하지만 이렇게 까다로울 줄은 생각하지도 못했다.

저 녀석은 숲의 나무들 틈을 누비듯 움직이며 린의 얼음 덩어리를 피하는 한편 쓰러져 있는 거목을 거듭거듭 화살처럼 집어 던졌다.

나는 지금 린에게 저 나무가 맞지 않도록 쳐서 떨구는 것이 고작이었다.

이대로 가면 위험하다.

린의 공격을 저 녀석은 대부분 피해버리고, 나에게는 이렇다 할 공격 수단이 없었다.

게다가—.

"어째서—?! 상처가 재생되잖아……?!"

린의 스킬에 의한 맹공격은 어쨌든 고블린에게 무수히 많은 상처를 남기기는 했다.

린의 공격은 저 녀석의 팔 일부를 갈라 놓았고 발가락을 얼려서 조금이나마 부수기도 했다.

대미지는 분명 들어가고 있었다. 그럼에도 불구하고—.

정작 상처는 어느 틈인가 사라져버렸다.

방금 전 분명히 입힌 상처가 잠시 지나면 깔끔하게 회복되어 있다.

"설마 저 마석이—?! 저, 저것 때문이야—?"

린은 고블린을 쳐다보면서 뭐라고 중얼거렸다.

……마석, 혹시 저 고블린의 이마에 달려 있는 적자색의 돌을 말하는 걸까.

어쩐지 처음 보았을 때보다 더 강한 빛을 발하는 듯 보인다.

"저게 문제가 되나?"

"어쩌면 저 마석이 고블린이 쓰는 힘의 원천일지도 몰라요. 저 마석만 어떤 방법이든 떼어 낼 수 있다면……."

"떼어 내면 되나?"

"네, 저게 마물의 약점, 아마도 맞을 거예요."

"약점, 말인가."

나는 고블린이 집어 던지는 거목을 쳐서 떨구며 조금이나마 안도했다.

상처가 사라지는 것을 보고는 놀랐지만, 과연 최약의 마물이라고 불리는 만큼 뻔히 드러난 장소에 약점이 있었다.

문제는 어떻게 저곳까지 접근하느냐인데.

……녀석은 몹시 재빠르다.

쉽게 접근하기는 어렵겠지.

설령 내가 전력으로 달려도 녀석을 따라잡을 자신은 별로 없었다.

대체, 어떻게 해야—?

망설이는 우리가 움직이지 못하자 좋은 공격(찬스) 기회라고 판단했는지 고블린은 또 다른 공격을 펼쳤다.

놈의 손짓에 의해 상공으로 흩뿌려지는 대량의 거목 파편.

그것이 일제히 우리가 있는 곳으로 내리쏟아졌다.

그와 동시에 놈은 부러져서 지면에 굴러다니고 있던 거목을 손 닿는 대로 붙잡아 집어 던지기 시작한다.

—아차, 제대로 당한 심정이었다.

저 고블린은 뒤룩거리는 눈으로 줄곧 우리의 대응을 관찰하고 있었다.

내가 공격을 흑색의 검으로 쳐서 떨구는 광경을 놈은 똑똑히 지켜봤다.

내가 쳐낼 수 있는 공격은 한 그루씩— 동시에 십수 그루나 되는 거목을 쳐서 떨구는 것은 이 무거운 검을 휘둘러야 하니 어렵다.

기껏해야 한 번 휘둘러 두세 그루가 한계에 가까웠다.

설령 가벼운 검을 가지고 왔을지라도 저 거목을 쳐서 날리기는 무리였겠지.

나는 동시에 많은 나무를 쳐내지는 못한다. 그것을 놈은 똑똑히 보고 알아차렸다.

내가 고블린의 높은 지능에 감탄하는 동안에도 대량의 거목이 내리쏟아졌다.

그와 동시에 옆 방향에서 화살처럼 나무들이 날아온다.

—아차. 감탄이나 할 때가 아니었다.

이래서는 아군을 지켜 내지 못한다.

하지만.

"—읍! 【풍폭파(風爆破)(윈드 블라스트)】"

그 순간, 린이 터무니없는 폭풍을 만들어 냈다.

숲 전체가 흔들리고, 거대한 지진이 일어났는가 생각될 만큼 큰 충격.

풍압에 무수히 많은 나무들이 전부 다 튕겨 날아가 흩어졌다.

과연 린이다.

그렇게 생각하는 동시에— 나는 린이 사용한 스킬을 보고 한 가지 발상을 떠올렸다.

"린. 방금 공격을 내 등에 날릴 수 있나?"

"【풍폭파】를요—? 하, 하지만, 이건 성벽까지 파괴하는 위력이 높은 공격 마술인데요……."

"느낌상, 대강 이 검을 사이에 두면 괜찮을 거야. 저 재빠른 마물을 따라잡아서 붉은 돌을 제거해야 된다면 좋은 생각 같다만."

"……알겠습니다. 선생님께서 하신 말씀이니까요."

요컨대 달릴 때 순풍이 등을 밀어주면 편해지는 것과 같다.

같은 방법으로 린이 일으켜주는 강한 바람을 등에 받는다면 상당히 빨리 이동할 수 있겠지.

단순한 발상에 불과하지만……. 아무튼 저 돌만 어떻게 떼어 낸다면 마무리는 린이 어떻게든 맡아 처리해줄 것이다.

시도를 할 가치는 있다.

곧이어 내가 흑색의 검을 등에 대고, 린은 다시 위쪽에 두 손을 얹었다.

"그럼, 부탁하지."

"시작할게요—. 【풍폭파】!"

그 순간 등에 느껴지는 강렬한 충격.

흑색의 검을 사이에 두고도 전해지는 몸이 튕겨서 날아가는 압력.

터무니없는 힘으로 등이 밀려 나가는 것을 느끼며 나는 【신체 강화】를 발동한 뒤 있는 힘껏 지면을 박찼다.

세게 내디딘 지면이 깨지고 나의 신체는 단박에 앞쪽으로 밀려 나갔다.

—터무니없이 빠르다.

역시나 내가 자기 다리로 달릴 때와는 비교도 안 되는 속도였다.

아직 한 발짝을 내디뎠을 뿐인데 주위 풍경이 물 흐르듯 나의 시야를 휙 지나쳐 간다.

그리고 동시에 내가【도둑 걸음】을 발동하자 몸 전면을 뒤덮고 있던 공기의 벽이 사라지고— 나의 신체는 더욱더 가속했다.

나는 빨리 움직이고 싶을 때는 이렇듯 꼭【도둑 걸음】을 쓴다.

처음에는【도둑 걸음】이 발소리만 지워주는 스킬이라고 잘못 생각을 했었지만, 어느 날인가 그렇지 않음을 문득 깨달았다.

산에서 훈련 중 곧잘「공기」가 방해되는 때가 있었다.

지금보다 훨씬 빠르게 움직이고 싶어도「공기의 벽」이 자꾸 들러붙어서 내 몸을 되밀어 내는지라 뜻하는 대로 나아가지 못한다.

그럴 때【도둑 걸음】을 쓰면 어째서인지 소리와 함께「공기의 벽」도 사라지는 게 아닌가.

그 덕분에 이전과 비교해서 제법 신속하게 움직일 수 있게 되었다.

—그렇다 쳐도 이토록 빠르게 움직이는 것은 처음이었다.

다음 한 걸음이 몹시 멀게도 느껴진다.

균형을 잃지 않도록 세심하게 조심해야겠다.

그렇게 나는 다음 한 발짝을 내디디는 데 의식을 집중하고 극한까지 힘을 담은【신체 강화】를 써서 지면을 박찬다.

그 순간 몸 전체에 충격이 치달리며 힘껏 내디딘 지면이 커다랗게 갈라지고, 동시에 밟은 다리의 근육이 삐걱거렸다.

뼈에도 금이 간 감촉이 느껴졌다.

하지만— 이런 정도라면 문제는 없을 것이다.

나는【로우 힐】로 순간순간 근육 손상과 뼈에 난 금쯤이야 수복이 가능하기 때문이었다.

그리고 다음 한 발짝.

또 다음 한 발짝, 더, 더욱 힘을 집어넣는다.

그렇게 똑같이 거듭 반복하면서 나는 더더욱 가속했다.

고블린은 나의 접근을 알아차리고 뒤로 뛰어서 도망치고자 했다.

굉장한 반응 속도였다.

터무니없는 속도로 놈이 움직인다.

하지만—.

—지금은 내가 더 빠르다.

"—따라잡았다."

나는 고블린의 거대한 얼굴에 매달려서 이마의 돌을 잡았다.

그리고 곧장 고블린의 이마에 박혀 있는 붉은색 돌을 있는 힘껏 거머쥐고— 강제로 잡아 뽑았다.

"크갸아아아아아아아아아앗!!"

이마에서 선혈이 쏟아져 나오고 고블린은 고통 가득한 절규를 내질렀다.

돌을 잡아 뽑은 뒤 나는 몸을 날려서 잠시 떨어진 채 놈의 상태를 살펴본다.

고블린은 아픔에 발버둥 치며 미친 듯 날뛰고 주위 나무들을 마구잡이로 쳐서 쓰러뜨리고 있다.

바닥을 괴로이 굴러다니다가 아무렇게나 주먹을 후려갈겨서 자신까지 상처 입어도 못 알아차리는 모습이다.

이미 방금 전까지 탁월했던 지성은 느껴지지 않았다.

이마의 돌을 잃어버린 지금은 더 이상 상처도 회복되지 않는 듯했다.

"린……. 마무리는 부탁해도 되나? 미안하지만 가능한 한 고통은 없이 처리해줘라."

약점인 붉은 돌을 잡아 뽑힘으로써 이미 저 고블린이 우리를 공격하려는 낌새는 없다.

하지만 가만 방치하면 이 녀석은 사람을 잡아먹는다고 했다.

조금 불쌍하지만 지금 이때 퇴치해야 할 테지.

"네, 알겠습니다……. 【멸섬극염】."

그리고 린이 스킬을 발동하자 고블린은 곧장 작열의 업화에 감싸였다.

몸이 타오르는데 불꽃 속에서 빠져나오려고도 하지 않는다.

비명을 내지를 뿐 자신에게 무슨 일이 일어났는지도 깨닫지 못하는 모습이었다.

"—용서해라, 고블린."

그렇게 고블린은 고통에 몸부림치며 단말마의 신음과 함께 스러졌다.

린이 스킬 발동을 멈추자 까맣게 눌어붙은 거구가 바닥에 남아 있었다.

그것은 처음으로 내가…… 우리가 최약의 마물『고블린』을 쓰러뜨린 순간이었다.

19 불온한 동향

왕자는 외출용 회색 외투를 걸친 채 집무실 책상을 보고 앉아서 석연찮은 표정을 짓고 있었다.

막 방금 전까지 왕자는 몸소 거리에 나가서 정보를 수집하다가 왔다.
다만 유용한 정보는 단 하나도 얻지 못했다.
직접 살펴본 왕도의 분위기는 평온하기 짝이 없었다.

하지만—.

"한시라도 빨리 단서를 확보해서 대처해야 하거늘."
왕자는 생각한다.
이제 곧 반드시 무슨 사건이 발생할 것이다.
그 전조를 어서 찾아내야만 한다.
첩보 부대원들에게는 가능한 한 많은 정보를 모아 오도록 이미 지시했다.
최근 발생한 어떤 사소한 이변도 빠뜨리지 말라고.

세간에 나도는 별것 아닌 정보의 단편을 짜 맞춰서 앞으로 일어날 수 있는 전개를 탐지하는 것.

그것이 지금 왕자의 임무였다.

5년 전 열다섯 살로 성년을 맞이한 이후 쭉 「너는 국내의 상황을 누구보다도 잘 파악하고 수하를 부려 적절하게 대처해라」 ―그것이 아버지이자 국왕이 자신에게 명한 유일한 지시였기 때문이다.

왕자가 수하를 부려 진행하고 있는 것은 시민들을 대상으로 하는 탐문이었다.

미리 펼쳐 놓았던 정보망에 아무것도 걸려들지 않은 이상은 그물눈 사이로 새어 나간 정보를 차근차근 주워서 다시 확인할 수밖에 없다.

그러나 이렇듯 느긋한 조사 방법으로 이 급박한 상황에서 성과를 거둘 수 있는가…… 불안에 사로잡히게 된다.

―시간이 부족하다. 손도 부족하다.

왕자는 지금 조바심에 차 있었다.

"누군가…… 왔군."

복도 쪽 발소리를 감지한 왕자는 읽고 있었던 기밀 취급의 조사 자료를 책장에 다시 꽂았다.

이 가벼운 발소리는 참모 다르켄이 아니다.

그렇다면 조사차 보내 놓았던 【은성】 카르 휘하의 첩보 부대 소속의 누군가일까.

잠시 기다리자 누군가 문 두드리는 소리가 들려왔다.
"화급한 보고가 있어 찾아뵈었습니다."
"들어오도록."
남자는 문을 열고 집무실 안에 들어와서 경례한 뒤 입을 열었다.

"—아룁니다. 『마수의 숲』에 『고블린 엠퍼러』가 출현했습니다."
왕자는 보고를 듣고 놀라서 일어난 뒤 아직 걸치고 있던 회색 로브의 후드를 잡아 내렸다.
"고블린 엠퍼러라고……? 피해는……?!"
"이미 고블린 엠퍼러는 린네부르크 님과 노르 공의 손에 의하여 토벌되었다는 소식입니다. 그 때문에 두드러진 피해는 확인되지 않았습니다. 근처에 대기하던 감시원이 급히 달려가서 마물의 시체를 조사하는 중입니다."
"린과, 그 남자가……?"

고블린 엠퍼러는 적어도 『고블린 킹』과 똑같은 「A급」의 위험도로 분류된다.
금 등급 모험가가 몰려가서 대처해야 비로소 토벌 가능한 수준이었다.
분명 『미노타우로스』를 해치웠던 그 남자와 함께라면 쓰러뜨렸다는 보고도 이상하지는 않다.
다만 혹시나 린이 혼자였더라면.

최악의 경우 살해당했을지도 모른다.

왕자의 이마에 식은땀이 흘러내렸다.

"그 후 저희도 린네부르크 님께 접촉해서 상황을 확인하던 중 이 물건을 건네받았습니다. 고블린의 이마에 박혀 있었습니다. 어제 린네부르크 님께서 겪은 습격 사건과 마찬가지로 상당히 고순도의 마석입니다."

"예의『고블린 엠퍼러』에게 힘을 부여하기 위하여 박아 넣는다는 마석인가……. 잠깐만, 이게 무어냐……?! 이런 물건이, 고블린의 이마에 박혀 있었다는 말이더냐……?!"

『고블린 엠퍼러』 제조는 고블린의 표피에 마석을 박아 넣어 방대한 마력을 주입함으로써『고블린 킹』과 동등 이상의 힘을 보유하는 마물을 인위적으로 만들어 내는 사법(邪法)이다. 제어 불가능 사태가 곧잘 벌어져서 다대한 피해를 초래하는지라 많은 나라는 실험 자체도 금지하고 있다.

왕자도 지식만큼은 갖고 있었다.

다만 지금 목격한 것은 눈을 의심케 할 만큼 높은 순도와 큰 크기를 자랑하는 마석이었다.

"이토록 높은 순도의 마석이라면 얼마나 강력한『고블린 엠퍼러』가 만들어졌을지…… 상상도 할 수가 없구나."

"조사를 맡은 요원의 말에 따르면 현장에 남아 있었던 마물의 시체가 통상적인 『고블린 킹』의 체구보다 몇 배는 거대했다고 합니다."

"……그랬을 테지. 이런 수단은, 너무나 이상하다."

이런 품질을 갖춘 마석은 좀처럼 찾아보기가 힘들었다.

어제 『미노타우로스』 소환에 사용되었던 『마술사의 반지』에 장치된 마석도 기막힐 만큼 고순도였지만, 이 물건은 아예 크기가 전혀 달랐다.

둘 다 국보급 마도구에 사용되는 마석에도 필적할 만큼 최상급품.

이런 마석을 어떻게 손에 넣었나?

게다가 고블린에게 박아 넣어서 소모품처럼 쓰고 버리는 처사는 대체 무엇인가.

누가— 이러한 짓을?

사건은 마도황국의 계략에 의해 일어났다.

이 전제는 고민하지 않아도 상황으로 도출할 수 있다.

다만 이토록 귀한 마석이라면— 현 상황에서 알려져 있는 물건은 신성 미슬라 교국에서 산출된다는 『악마의 심장』 이외에는 없다.

아마 『마술사의 반지』 정도의 크기라면 적정한 금전을 동원해서 어찌어찌 확보할 수도 있겠지만, 이런 물건은 어떠한 수단으로도 손에 넣을 방법이 없다.

게다가 하필 고블린의 머리에 박아 넣어서 소모품처럼 써버린다는 것은…….

설마, 정말로 손을 잡은 것인가.
—아니. 지금은 굳이 고민한들 결론이 나지 않는다.

"……상당한 위협이었을 테지. 용케 단둘이서 토벌에 성공했군."
"네. 게다가 마물은 발견 당초에 고도의【은폐】로 몸을 숨긴 채 누구에게도 감지되지 않고『마수의 숲』에 잠복해 있었다고 합니다. 린네부르크 님의 견해로는 아마도 며칠— 어쩌면 더 이전부터."
"……뭐라?【은폐】로 잠복을 했다……?!"

왕도 부근에서 며칠 전부터『고블린 엠퍼러』가 잠복하고 있었다.
게다가【은성】휘하의 왕도 내 첩보 부대마저 감지하지 못할 수준의【은폐】라니?

도대체 뭐가 어떻게 된 일인가.
마도황국이 미궁 유물에서 지식을 얻어 개발했다는 미지의 마도구를 쓰기라도 했나.
다만 만약에 기술이 있다고 해도.
애당초 놈들은 그 거대한 놈을 어떻게 이 나라까지 운반했지?
설마 마차에 실어서 오지는 않았을 테다.
소환 마술도 가능성은 희박하다. 그런 요란한 짓은 발동시키자마자 왕도의 감지망에 포착될 것이다.

설마 마물을 조종해서 자기 다리로 걷게 만들었단 말인가?

……아니, 의외로 검토할 만한 가치가 있지 않을까.

한데, 어떻게?

—안 되겠다. 고려할 것이 너무 많아서 결론이 나지 않는다.

이런 때 머리에 피가 올라서 뜨거워지는 것은 자신의 나쁜 버릇이라고 왕자는 생각했다.

이러한 때야말로 냉정하게 사고할 필요가 있다.

"며칠 전부터 『마수의 숲』에 【은폐】로 잠복했었다……. 무언가 다른 조짐은 없었던가?"

"지금 계절의 『마수의 숲』은 약초 채집 시기에서 벗어나 있사온지라 깊숙한 곳에 들어가는 모험가는 거의 없었고, 딱히 행방불명자도 발생하지 않았다고 합니다. 다만 모험가 길드의 마스터가 사흘 전 「『마수의 숲』 고블린의 숫자가 줄어든지라 조사를 요청한다. 결과에 따라서는 『고블린 퇴치』 의뢰 수주의 양을 제한하고 싶다」라는 취지의 보고서를 왕도 경비대에 보내왔습니다. 시기에 따라 고블린의 개체 수가 감소하는 것은 흔한 현상이기에 대처가 후순위로 밀렸다고 생각됩니다만."

"사흘 전인가……. 다른 지역에서도 비슷한 일이 발생했을 가능성도 있겠군."

"아직 정리가 다 끝나지는 않았습니다만, 지시를 내려주셨던 『과거 3개월 이내의 행방불명자 및 수상한 사건의 정보』는 보고서를 작성했습니다."

"어서 보여주게."

"예. 여기 있습니다."

왕자는 수하가 내민 두꺼운 자료 묶음을 받아 들고서 한 장, 한 장 재빨리 넘겨 훑어본다.

동시에 하나하나의 보고를 주의 깊게 숙독해서 머리에 넣고 정리했다.

그것들은 언뜻 무관계하게 보이는 내용뿐이었다.

—밤에 이상한 소리가 들려서 잠이 안 온다.

—집 나간 고양이, 개가 늘어났다.

—할아버지가 어제 산책을 나간 뒤 돌아오지 않는다.

—근방의 숲이 갑자기 조용해졌다.

—성실했던 남편이 갑자기 실종.

—요 며칠 새 가축이 이상하게 겁을 먹어서 난감하다, 등등.

왕자는 하나하나의 내용을 공들여서 숙독한 뒤 사건이 발생한 장소를 하나하나 머릿속에 펼쳐 둔 광대한 왕도의 지도에 써넣는다.

언뜻 아무 관련도 없어 보이는 사소하고도 많은 사건들.

하지만 의심을 가진 눈으로 보고 정리해서 늘어놓으면— 조금씩 정보가 의미 있게 배열된다. 주의 깊게 숙독하면 각각의 사소한 보고가 가까운「어느 장소」를 중심으로 발생하고 있다는 것이 드러난다.

최근 발생하고 있는 사소하고도 불가해한 현상을 정리한 보고서 묶음.

첩보원들이 모은 수많은 정보를 왕자가 머릿속 지도에 덧써 검토하려니까 지난 며칠간 왕도 내에서 불가해한 현상이 갑자기 늘어났던 지점이 **수십 군데**는 있는 것 같았다.

—그 의미를 이해했을 때 왕자는 소름이 돋았다.

"지금부터 내가 지시하는 장소에 【은폐 탐지】와 【은폐 제거】를 사용 가능한 대원을 편성해서 당장 조사 부대를 파견해라. 아울러 【육성】 전원을 불러라……. 긴급 소집이다. 전원 모이는 대로 국왕께 상황 판단을 요청하겠다. 알아들었나……? 알아들었다면— 서둘러라! 지금 당장 움직여!"

"예."

왕자가 거친 목소리로 외치자 남자는 즉각 집무실을 뒤로한 뒤 복도를 달려 떠나갔다.

무의식중에 큰 목소리로 외쳐버렸기에 일단 반성한다.

자신과 같은 지위에 있는 인간은 매사에 냉정해야 하는데.

그렇게 생각하면서도 왕자는 지금 격하게 조바심치고 있었다.

"……제기랄!!"

왕자는 주먹을 번쩍 들어서 자료 묶음을 올려 둔 집무용 책상을 내리쳤다.

꽉 부르쥔 주먹에 피가 배어난다.

언제나 다른 사람들 앞에서 침착하게 행동하고자 노력하고 있는 왕자의 행동이라기에는 별일이었다.

하지만 더 이상은 평정심을 유지할 수 없었다.

이런 상황에 직면하고 도대체 누가 침착할 수 있겠는가.

"—어째서, 더 빨리 알아차리지 못했나."

더 빨리 알아차렸다면 대처 방법도 있었을 텐데.

다만 이래서는, 이런 상황에서는.

이미 모든 대응책에서 선수를 빼앗겼다.

지금 당장에 가장 빠르게 행동에 나서더라도 모든 시기를 놓친 이후인지도 모른다.

왕자의 마음에 들끓는 불안과 격한 분노는 왕자 본인을 향한 안타까움이자— 아울러 이 같은 사태를 일으킨 인물에 대한 혐오감이나 다를 바 없었다.

왕자의 조바심은 아무도 없는 집무실 안에서 한계에 달해 곧 폭발했다.

"—뭐냐, 뭐하자는 짓이냐, 이게……?! 어떻게 이런 짓까지 저지를 수 있나?! 우리나라가 도대체 무슨 잘못을 했나?! 그것들은, 사람의 생명을 뭐라 생각하는 것인가?!"

마도황국이 『불귀의 미궁』에서 나오는 유물을 원한다는 것은 인식하고 있었다.

그래도 이런 잔인한 짓을 저지른단 말인가.

지금껏 요구의 내용은 비록 골칫거리였지만, 같은 탁자를 두고 앉아서 교섭을 진행할 만큼 말은 통하는 상대라고 생각했었다.

하지만 안이했다.

상대는 이미 이쪽을 동등한 위치에서 이야기 나눌 상대로 생각하지 않는다.

—그토록 미궁의 자원을 갖고 싶은가.

왕자의 머릿속에 그려진 것은 아마도 잠재적인 「위협」이 잠복하고 있을 배치도.

그것이 의미하는 바는, 그것은—.

"이래서는…… 이래서는 마치……!!"

왕자는 자신의 피가 묻어난 서류가 쌓인 집무용 책상에 엎드려서 절망이 배어나는 목소리로 중얼거렸다.

"이 나라를, 송두리째 멸망시키겠다는 짓거리가 아닌가."

20 토벌 보고

그 후 곧 린의 오빠에게 지시를 받은 부하라는 남자들이 나타나서 잠시 린과 진지하게 이야기를 나눴다.

그 사람들에게 내가 고블린의 이마에서 뽑아낸 적자색 돌을 보여줬더니 무척 놀랐지만, 뭔가 조사를 하는 데 필요하다기에 넘겨줬다. 나중에 돌려준다며 인사를 하고 떠나갔는데, 그 무렵에는 이미 주위가 조금 어두워져 있었다.

우리는 시간 흘러가는 줄도 모르고 고블린과의 전투에 무척 집중했던 것 같았다.

어두워지면 야행성 마물이 활동하는 터라 숲은 더욱 위험해진다.

우리는 급히『마수의 숲』을 나와서 왕도로 걸음을 서두른 끝에 지금 간신히 모험가 길드로 복귀했다.

물론「고블린 퇴치」보고를 하기 위해서였다.

"아저씨, 다녀왔어."

"뭐야, 노르……. 기분이 되게 좋아 보인다?"

과연 매일같이 얼굴을 마주하는 사이인 터라 모험가 길드 아저씨는 나의 평소와 다른 분위기를 알아차린 것 같다.

그래, 확실히 나는 지금 약간이나마 들뜬 상태다.
하지만 어쩔 수 없지 않겠는가.

기념할 만한 첫 번째 고블린 토벌.
세상의 모험가들에게는 작은 성과일 수 있겠으나 나에게는 커다란 첫걸음이었다.

나는 쓰러뜨리는 데 성공했다.
초보 모험가의 관문이라고 일컬어지는『고블린』을.
자연히 얼굴에 기쁨이 묻어 나와서 히죽히죽 웃게 된다.

"맞아, 겨우겨우 고블린을 쓰러뜨렸거든."
"……정말이냐? ……무모한 행동은 안 했지?"
"그래, 내 나름은 조심했는데……. 생각과 달리 꽤 힘들더라. 린이 도와줘서 간신히 쓰러뜨렸다고 말할 수 있겠군."

실제 상당히 위험한 전투였다.
고블린은 나 혼자서는 도저히 당할 수 없는 강적이었다.
오로지 린이 함께 싸워준 덕에 발견할 수 있었고 쓰러뜨릴 수 있었다.
린에게 뭐라 감사의 뜻을 전해도 부족한 은혜를 입었구나…….

"뭐냐……. 혹시 너 구경만 했던 거냐? 뭐, 그게 현명하다면 현명하긴 한데.”

“맞아, 실제로 조금 거들기만 하고 말았지. 거의 다 린이 해치운 셈이었고……. 역시 은 등급의 모험가는 굉장하더라. 사용 가능한 스킬의 수도 자릿수가 다른 덕분에 정말 큰 도움을 받았어. 린이 없었다면 지금쯤 어떻게 되었을지 장담을 못 하겠군.”

“아, 아니에요. 저야말로 선생님을 조금 거들었을 뿐이라……!!”

린은 어째서인지 당황하며 얼굴을 붉힌다.

그렇게 겸손하게 굴지 않아도 될 텐데.

아무튼 이 아이가 정말 굉장한 것은 저러한 부분일 테지.

터무니없는 능력을 가지고 있는데도 오만하지 않고 누구에게나 겸손하게 처신한다.

이 나이에 이렇게까지 사람 됨됨이가 훌륭하다니— 나도 조금이나마 본받고 싶은 마음이군.

“뭐, 다친 데도 없어 보이니 다행이군. 단순한 고블린이어도 초보자한테 꽤 위험하다는 것은 틀림없으니까……. 좋은 경험이 되지 않았나?”

“맞아, 정말 절절히 느꼈지. 무슨 일이든 경험이 먼저더군. 실물을 보기 전에는 고블린이 그런 녀석인 줄은 상상도 하지 못했던 데다가 고블린의 이마에 돌이 박혀 있어서 그게 약점이 될 줄은 예상도 하지 못했거든.”

아직 흥분이 다 식지 않은 내 말에 아저씨는 살짝 이상하다는 표정을 지었다.

"음? 이마에 돌……? 무슨 소리냐?"

"아니, 적자색을 띤 예쁜 돌을 말하는 건데……."

"아하, 마석 말이군. 하지만 고블린의 몸속에서 생성되는 마석은 대개 심장과 가까운 곳이나 목같이 몸의 중심 부근에 박혀 있을 텐데……?"

"……그런 건가?"

아저씨는 잠시 생각에 잠긴 듯 턱수염을 쓸어 만지다가 수상쩍어하는 눈빛으로 나를 쳐다봤다.

"……이 녀석아, 그놈, 진짜로 고블린이었냐?"

"고블린이 분명 맞다고 생각하는데……. 맞지? 린."

"네, 선생님께서 하신 말씀은 옳습니다……. 그것은 고블린입니다. 누가 뭐라고 해도 말이죠."

뭔가 표현이 조금 애매한데…… 무슨 뜻이지?

뭐, 아무튼 린도 고블린이라고 말해줬다. 분명 맞겠지.

아저씨는 린의 대답을 듣고도 아직 묘하다는 표정을 짓고 있었지만, 일단은 납득해준 것 같았다.

"그런가, 의심해서 미안했다. 고블린도 이런저런 종류가 제법 많거든. 그냥 확인차 물어본 거다."

"……보통 고블린의 머리에는 돌이 없는 건가?"

"뭐, 보통은 없지. 하지만 절대 없다고 잘라 말하려는 것은 아니고……. 머리 부근에 박혀 있었다는 얘기도 아주 못 듣지는 않았으니까. 어쩌면 이마에 박힌 녀석이 있을지도 모르지. 네가 쓰러뜨렸

다는 녀석은 좀 희귀한 개체였던 것 같다."

"그렇군, 고블린의 개체 차이인가—. 그런 특징도 있었군. 재미있는데."

역시 실제 체험을 이기는 것은 없다.

그러나 다시 녀석과 싸워서 확실하게 이길 수 있다는 자신감은 못 가지겠다.

린이 같이 있어줘서 간신히 쓰러뜨렸지만, 불의의 사태가 일어나지 않는다는 보장도 없다.

우연히 마주쳤던 녀석이 한 마리라 다행이었을 뿐, 입이 벌어지는 거대한 놈이 몇 마리씩 몰려나와서 포위라도 했다면 분명 위험했을 테지.

"아무튼 고블린이 무척 위험한 생물이라는 것은 잘 알았어. 이번에는 운이 좋아서 상대가 한 마리뿐이었으니 이길 수 있었지만, 두 마리나 세 마리가 같이 나타나면……. 거의 힘들겠지."

"맞다, 한 마리 잡았다고 방심한 초보자가 등 뒤를 공격당해서 나가떨어지는 사례는 썩어 넘치도록 많아. 잔챙이라지만 포위당하면 숙련된 모험가도 꽤 위험을 감수해야 된단 말이지? 우연히 수가 적었던 시기라서 다행이었구나."

"그러게나 말이야. 당분간 고블린 퇴치는 안 할 생각이야. 이번 경험으로 나 자신의 실력 부족을 절감할 수 있었고……. 너무, 스스로를 과신해서 위험한 짓을 하진 말자고 생각했거든."

다음에는 조금 더 단련해서 강해지고 도전할 생각이다.

게다가 흑색의 검은 꽤 무거운지라 다루는 데 빨리 익숙해져야 한다.
고블린이 거목을 일제히 넓게 뿌렸을 때는 대처하기가 무척 곤란했다.

비슷하게 위태위태한 상황에서 검을 제대로 못 휘두르면 난처할 테니까.

"자신이 없다면 그게 현명하지. 무모하게 돌진하지만 마라. 목숨은 하나밖에 없잖냐."

"그래, 내 실력은 나 자신이 가장 잘 알고 있으니까. 무모하게 행동하지는 않아."

다만 애당초 고블린 퇴치는 내게 잘 맞지가 않는지도 모르겠군.

인간과 비슷하게 생긴 녀석을 쓰러뜨리려니까 별로 기분이 좋지도 않다.

쓰러뜨리고도 정작 고블린이 불쌍하다는 생각을 했다.

다음에는 다른 마물의 토벌 의뢰를 소개받아보도록 할까.

"그러면 토벌 증명 부위를 이리 줘라. 돈으로 바꿔줄 테니."

"음?"

토벌 증명 부위?

그게 뭐였더라.

"정신 차려라……. 아까 말했잖냐? 고블린의 토벌 증명 부위는 오른쪽 귀니까 잊지 말고 가져오라고."

"……이런, 어쩌나. 다 태워버렸는데."

고블린은 린의 스킬에 통째로 불타버렸다.

쓰러뜨리는 데 온정신을 쏟아서 다른 생각에 머리가 돌아가질 않았군.

"이 녀석아, 증명 부위를 안 가져오면 보상금은 못 준단 말이다. 뭐, 고작 한 마리쯤이야 큰돈도 아니지만……. 거참, 어쩔 수 없군."

아저씨는 투덜투덜하며 나의 손안에 은색 은화를 한 장 던졌다.

"웬 돈이야?"

"내가 주는『고블린 첫 토벌 축하금』이다. 가져가라. 오늘은 벌이가 거의 없었겠지? 목욕탕 들렀다가 밥값은 낼 수 있을 거다."

"……괜찮은 거야? 일부러 신경 써주고 미안한데. 그럼 고맙게 받도록 할게."

확실히 공사 현장이 휴일이었던 탓에 오늘은 벌이가 거의 없었다.

같이 도와준 린에게 미안하기도 하고, 나중에 이 돈이나마 주도록 할까.

목욕탕을 이용할 비용쯤이야 지금껏 저축한 돈이 있어서 전혀 문제없고 말이지.

"오늘도 이래저래 고마웠어. 오늘은 이만 돌아가도록 할게. 내일 다시 잘 부탁하지."

나는 아저씨에게 작별 인사를 하고 모험가 길드에서 나가기로 했다.

정말 오늘은 고된 날이었다.

평소의 『흙 운반』과는 비교도 되지 않도록 좋은 운동을 했다는 생각이 든다.

역시나 마물 퇴치는 들었던 대로 무척이나 힘든 의뢰였군.

몸도 많이 지저분해졌겠다, 돌아가는 길에 목욕탕을 들러서 땀을 씻도록 하자.

……설마 린이 목욕탕까지 따라오진 않겠지?

이제는 꽤 늦은 시간인데 슬슬 집에 돌려보내야지……. 어서 보내도록 하자.

"그러면 저도 이만 집으로 돌아가보겠습니다……. 괜찮으실까요? 노르 선생님."

……다행이다. 얌전히 돌아가줄 것 같구나.

아니, 이런 이유로 기뻐하면 안 된다.

오늘은 린에게 정말 큰 신세를 졌다.

감사의 말은 잘 전해줘야겠지.

"물론이야. 오늘은 정말 큰 도움을 받았어. 또 기회가 있다면 부탁할지도 모르겠군, 괜찮을까?"

"네, 저라도 괜찮으시다면야. 꼭 무엇에든 도움이 되어 보이겠습니다."

그렇게 말한 뒤 린은 미소 지으며 가슴에 손을 가져다 대고 조용히 예를 차렸다.

매번 저 동작을 하는구나……. 참 성실하군.

이렇게 나한테 격식을 차릴 필요는 없을 텐데.

"그러면, 길드 마스터. 저는 이만 실례하겠습니다."
"그래, 또 보자고, 린."
우리는 나란히 손을 흔들며 길드 입구로 걸어가는 린을 배웅했다.

아저씨는 나와 함께 린의 등을 바라보면서 나지막한 목소리로 말을 걸어왔다.
"그나저나, 노르……. 너 말이다, 언제까지 이렇게 지낼 셈이냐?"
"이렇게 지내는 게, 뭔데?"
"뭐, 이런 얘기를 하는 게 몇 번째인지도 모를 지경이라 대강 짐작할 텐데 말이다……. 오늘은 건축 길드의 영감이 글쎄『그 녀석을 꼭 우리 쪽에서 영입하고 싶으니까 자네가 설득 좀 해주게』라며 신신부탁을 하더란 말이다. ……아주 단단히 눈에 들었군? 그 고집불통 영감이 사람을 극구 칭찬하는 꼴은 본 적도 없다니까? 말을 좀 들어보니까 대우도 끝내주게 좋더라. 고블린 퇴치 갖고는 비교가 안 돼. 그곳은 왕도에서도 손꼽히는 우량 상회를 잔뜩 거느리고 있기도 하고, 그 영감 밑으로 가면 평생 먹고살 걱정은 없다. 내가 보증해줄게. 그러니까 너도 나이깨나 먹었겠다, 이제는 슬슬 가정을 꾸릴 마음가짐을 말이다—."
"아무리 되풀이해도 내 마음은 바뀌지 않을 텐데."
"그야 알기야 알지. 하지만 말이야……."

아저씨의 평소와 같은 긴 이야기가 시작될 것 같았기에 나는 서둘러 말을 끊은 뒤 길드에서 나가고자 했지만.

문득 길드의 입구로 기세 좋게 들어오는 인물을 발견했다.

저 사람은 분명—.

"……린, 여기 있었나. 그러면 노르 공도 여기에 있나."

"……오라버니?"

그래, 저 사람은 린의 오빠다.

자기 오빠와 길드 입구에서 엇갈리는 형태로 얼굴을 마주하게 된 린도 조금은 놀라는 모습이었다.

린의 오빠는 나를 발견한 뒤 똑바로 걸어온다.

나와 길드 마스터 아저씨는 얼굴을 마주 바라봤다.

"……이 녀석아, 오늘 도대체 무슨 일이냐? 린네부르크 님뿐 아니라 레인 님까지 네게 볼일이 있는 것 같은데……. 정말 뭐 이상한 사고 치고 온 것은 아니겠지?"

"아니, 나는 아무것도 안 했는데……. 분명."

……안 했다. 아마도.

아저씨한테는 내가 왕도에 막 와서 상식도 잘 몰랐던 시절에 이래저래 폐를 끼치거나 신세를 졌던 전적이 있어 그다지 강하게는 말을 못 하지만…….

우리가 조금 당황하던 때 린의 오빠는 똑바로 내게 다가와서— 무척 딱딱하게 굳은 표정으로 이렇게 말했다.

"노르 공. 갑자기 이런 이야기를 하여 미안하지만……. 내일 아침에 린과 함께 산악 지대의 도시에 가줄 순 없겠나. 마차와, 호위를 한 명 붙여주지. 미안하게도 당장 상세한 사정을 알려줄 수는 없지만— 협력해주게."

21 산간 도시로 마차 여행

다음 날 아침.

우리는 흔들리는 마차에 몸을 실었다.

그 후 린의 오빠에게 「여비와 보수는 넉넉히 지불하지. 부탁하네. 지금 의지할 수 있는 사람이 진정 귀하밖에 없군」이라며 거듭 부탁을 받게 되었다. 사정은 잘 모르겠는데 뭐라더라, 일손이 부족한 터라 나 이외에는 당장 동원할 수 있는 적임자가 없다던가.

다른 사람이 넘치도록 많을 것 같지만……. 마침 한가한 사람이 나였다는 뜻일까.

확실히 미궁 앞 공사 현장은 당분간 멈출 듯싶고, 『하구수 청소』 의뢰를 받아 청소해야 할 옆도랑도 흑색의 검을 받아서 쓴 덕에 예상 이상의 빠른 일정으로 깔끔해졌다.

더구나 오늘 아침에는 굉장히 일이 잘돼서 열흘짜리 의뢰 구역을 한 번에 청소하고 왔다.

당분간 청소를 할 필요는 없겠지.

그렇게 생각하면 시기를 정말 잘 맞춘 듯싶기도 하다.

우리는 마차로 왕도 북서쪽― 산악 지대의 도시 토로스로 향한 뒤 그곳에서 잠시 머무를 예정이라고 한다. 그 후 특별히 눈에 띄는 이변이 없다면 그대로 산을 넘어서 이웃 나라『신성 미슬라 교국』에 향하라는 말을 들었다. 마차에 같이 탄 이네스가 이런저런 필요한 서한을 가지고 있다.

내가 부탁받은 의뢰의 내용은 단지 린을 따라다니는 것.

린의 오빠가 말했었다.

『—아무런 일도 없다면 그냥 여행이나 마찬가지이지만.』

기묘한 당부이군…….

내가 무엇인가를 할 필요는 없고, 아무런 일도 없다면 정말 단순한 여행이 될 것 같다.

정말이지 별난 의뢰였는데 나는 아무튼 괜찮겠다 싶어서 승낙했다.

"오라버니가 자꾸 억지를 부렸죠, 죄송합니다……. 행선지에서 정말 아무런 일도 안 일어나면 좋겠네요."

"괜찮아, 아무렇지도 않아. 의뢰비도 받았고 말이지."

이번 출행은 모험가 길드를 통해 의뢰받은 형태로 처리되었다.

길드의 마스터와도 같은 자리에서 상의한 뒤 좋은 방법이라기에 결정 내렸다.

지금 내 모험가 랭크는『F』인지라 왕도 바깥의 소재 채집이나 토벌 의뢰의 수주는 불가능하지만, 단순한 시중들기나 짐꾼 노릇이면 딱히 문제없다고 했다.

즉 이번에 나는 린의 시중을 드는 길동무이자 심부름꾼의 취급이다.

모험가로서는 별로 쓸모가 없는 나도 무거운 짐을 들거나 운반하는 역할은 자신이 있는지라 그럼 점에서는 분명 적임자인지도 모르겠다.

린의 오빠분은 보수를 달라는 대로 주겠다고 말했지만, 적정 임금을 잘 몰랐던 터라 모험가 길드 아저씨에게 맡겼다. 아저씨는 「긴 여행이 되겠지만 상당히 좋은 조건으로 받은 의뢰니까 안심하고 다녀와라」라고 말해주었는데— 솔직히 금액을 들어봐도 느낌이 잘 오질 않았다.

린도 「같이 가주시면 기쁠 거예요」라며 부탁한 데다가 나는 어제 고블린 퇴치 때 제법 신세를 졌다. 린의 부탁이기도 한지라 달리 거절할 이유가 없었다.

그렇다 해도 이번에 내가 이 의뢰를 받은 진정한 이유는 다른 데 있다.

린에게도 아저씨에게도 아직 말하지 않았다.

딱히 비밀로 할 만한 이유는 아니지만…… 설마 의뢰를 받은 가장 큰 동기가— 마차라는 물건에 타본 경험이 없기 때문에 타고 싶었을 뿐— 이러한 말은 좀처럼 꺼내기가 어렵잖은가.

아무튼 솔직하게 말하면 마차 탑승이 나에게는 최고의 보수였다.

나는 왕도 말고는 다른 지역도 기껏해야 산을 내려올 때 지나쳤던 마을밖에 본 적이 없다.

다른 도시도 보고 싶다.

그리고 이번에는 운이 좋다면 다른 나라에도 갈 수 있다잖은가.
그곳에도 모쪼록 꼭 가보고 싶다.

나는 좌우간 많은 장소를 여행하며 다니고 싶은 마음이다.
사실은 정식 모험가가 되어서 자력으로 여행 다니고 싶지만…….
그날은 아직 한참 나중에야 올 테지.
하지만 누군가의 시중꾼 노릇이더라도 견문을 넓힐 수 있다면 더할 나위가 없다.

그런고로 이번 여행은 나에게 있어 꿩 먹고 알 먹기 같은 의뢰였다.
출발 전 식량과 짐 싣기를 마친 뒤 나는 할 일이 전부 다 끝났지만, 아무 아쉬움도 없이 느긋한 기분으로 마차 여행을 만끽했다.
우리가 탄 마차는 상당히 호화로운 구조다.
부드러운 좌석은 앉은 느낌이 무척 편안하고, 튼튼한 지붕이 달려 있을 뿐 아니라 얇지만 제대로 된 벽도 세워져 있다.
좌우에 달린 큰 문을 열어서 탑승하는 방식인데, 그런데도 내부는 비좁은 느낌이 없고 왼쪽과 오른쪽과 앞뒤를 마음껏 내다볼 수 있는 커다란 창문을 설치해 놓았을 뿐 아니라 더구나 열고 닫기까지 가능하다고 한다.
원한다면 바람을 받으며 달릴 수 있다기에 린에게 앞쪽과 뒤쪽 창문을 열어달라고 부탁한 뒤 우리는 지금 시원한 바람을 쐬며 느긋하게 마차 여행을 즐기고 있다.

창문 너머로 보이는 풍경은 한가롭다.

주위 일대에 밀밭이 펼쳐져 있고, 곧 수확의 시기를 맞이하려는 참이다.

그러고 보니 이 주변은 전에 살았던 산에서 내려올 때 지나온 길과 가까운데, 그 무렵에는 막 심은 밀이 아직은 파릇파릇했다.

계절이 바뀌었을 뿐인데 몰라보겠다.

지금은 눈에 보이는 전부가 황금색의 평원이라는 표현에 딱 들어맞는다.

잠시 풍경만 봐도 이 토지가 비옥하며 이 나라가 풍요롭다는 사실이 실감됐다.

나도 『모험가』가 되어 모험을 하면 이러한 풍경을…… 아니, 이 이상으로 굉장한 풍경을 다른 곳에서도 잔뜩 보게 되려나.

—꼭, 보고 싶구나.

마차에서 몸을 내밀고 있는 나는 남들이 보면 들떠서 촐싹거리는 모양새로 보일지도 모르겠다.

실제 맞기는 하다.

다만 마부용 좌석에 앉은 인물은 복잡한 표정을 짓고 있었다.

호위병으로 온 이네스다.

마차에는 이네스와 나와 린, 세 사람이 타 있다.

"노르 공— 덜컥 끌어들이게 되어 정말 미안하군."

눈이 마주치자 갑자기 사과를 한다.

그냥 여행인데 말이 거창하다는 생각도 들지만, 저 여성은 책임감이 무척 강하다.

이런 태도로 다른 사람을 대하는 것이 본인에게는 당연한 듯하다.

하지만 오늘 이네스는 안색이 꽤 나쁜 것 같았다. 마차는 사람에 따라서는『멀미』를 한다던데.

"……몸 상태가 안 좋은 건가?"

"아니, 잠시 고민을 했을 뿐이다……. 미안하군. 이제부터 귀하는 내가 책임을 지고 지켜주겠다. 너무 걱정하지는 말아주게."

아니, 나 자신은 별로 걱정을 하지 않는달까……. 굳이 말하자면 이네스의 지금 상태가 걱정된다. 아까부터 뭔가 골똘히 상념에 잠긴 표정을 짓고 있기도 했고. 게다가 이네스는 나까지 호위 대상으로 간주하는 말을 했지만, 주된 임무는 린의 호위일 테지.

마차를 끄는 말고삐도 이네스가 쥐고 있다. 소수 인원으로 하는 여행이라서 역할 분담이 겹쳐지는 탓이었다.

어딘가 몸 상태도 나빠 보이는지라 이 이상 부담을 지우고 싶지는 않다.

"아니, 가능한 한 자기 몸은 자기가 지키자는 생각이군……. 도망치는 재주에는 자신이 있어서 말이지."

나는 고블린을 쓰러뜨리는 데 간신히 성공한 참이기도 하고 실력에는 별 자신이 없지만, 도망치거나 숨는 재주는 꽤 괜찮은 편이다.

산에서 늑대 무리에게 포위당하더라도 상처 없이 도주가 가능한 수준으로는 도망치는 재주에 자신이 있다.

"아니— 내게는 【방패】가 있으니까 말이지. 주위에 있는 사람을 지키는 것이 나의 임무다."

"……방패, 말인가?"

저 말을 듣고 나는 앞좌석에 앉은 이네스의 차림을 차근차근 바라봤다.

이네스는 얼마 전 만났을 때와 마찬가지로 메이드 같은 옷 위에 은색의 갑옷을 착용하고 있다.

하지만 지금 주위에는 방패라고 할 만한 물건은 안 보인다.

"……아무것도 가지고 있지 않은 듯 보인다만?"

그러고 보니까 무기 종류도 안 보이는군.

"없어도 괜찮거든, 내 경우는. 오히려 없어야 여러모로 더 편리하지."

"그런가."

일단 대답했는데 솔직히 말뜻은 잘 모르겠다.

의아해하는 나의 표정을 알아차렸는지 이네스는 살짝 웃었다.

"그렇군— 실제로 써서 보여주도록 할까……. 【신순(디바인 실드)】."

이네스가 한쪽 손을 허공에 뻗자 갑자기 공중에서 반짝거리는 거대한 빛의 장벽이 나타났다.

어쩌면 단순한 빛이라 보일 수 있겠지만, 저곳에 분명하게 『벽』이 있는 듯 느껴진다.

달리는 마차 전방에서 와 닿는 바람이 완전히 사라졌으니까.

"굉장하군……. 요컨대 이게 네 『방패』인가?"

"그래, 유사시에는 이 빛의 방패 뒤쪽에 몸을 숨겨다오. 어지간한 무기나 마법은 막아 내니까."

"그렇군, 사양하지 않겠어."

겨우 세 명이서 여행을 하는 처지인지라 조금은 불안감도 있었지만, 이네스가 함께라면 분명 안심일 테지.

린의 말에 따르면 이네스는 린의 집 연병장에서 나를 훈련시켜줬던 창을 든 남자— 누구였더라…… 알버…… 아니, 길……?

……그래, 생각났다.

그 램버트와 비슷한 수준의 실력자라고 한다.

린이 가르쳐준 이야기에 따르면 램버트는 놀랍게도 용을 혼자서 토벌 가능한 경지의 강자였다.

고블린 한 마리 상대에 악전고투했던 나와는 아예 격이 다르다.

그렇다면 이네스도 상당한 강자가 분명했다.

그럼 이네스의 말을 감사히 받아들여서 마음껏 의지하도록 하자.

그렇게 나는 안심한 채 여행객 기분으로 마차에서 보이는 광대한 밀밭 풍경을 즐길 수 있었는데 문득 바라보던 광대한 밀밭의 풍경에서 불현듯 위화감이 느껴졌고, 곧장 주위를 쭉 둘러볼 수 있는 마부석으로 몸을 내밀어 눈에 힘을 주었다.

"저게, 뭐지?"

잘 보면 멀리 밀밭에 기묘하게 길 비슷한 자국이 만들어져 있다.

가끔 강풍으로 작물이 쓰러져서 피해가 발생한다는 이야기는 들은 적 있는데 뭔가 느낌이 이상하게 달랐다.

마치 잘 밟아 디뎌서 만든 외길과 같은 모양새였다.
"뭔가? 노르 공……. 무슨 일 있나?"
내 목소리에 이네스도 밀밭을 둘러봤지만, 발견하지 못하는 것 같다.
하지만 밭의 상당히 안쪽 깊숙한 곳이라서 잘은 안 보이지만, 분명 무엇인가가 움직이는 것 같아 보였다.
저것은, 뭐지?

"무슨 일 있으신가요……?"
우리의 대화를 듣고 있었는지 린도 마차 안에서 몸을 내밀어 밀밭을 쭉 둘러봤다.
"저쪽, 확실히 무엇인가 있군요."
린의 눈에는 무엇인가가 보였나 보다.
그러다가 갑자기 놀란 표정으로 바뀌었다.
"—앗!! 【은폐 제거】!"
린이 어떠한 스킬을 사용했다.
그러자 시야의 저 너머에서 투명한 베일이 벗겨지는 모양새로 무엇인가가 모습을 나타낸다.

그곳에는 절버덕, 절버덕, 느릿느릿한 발걸음으로 걷는 거대한 까만색 개구리 같은 생물과 또한 옆쪽에는 조그만 소년이 한 명 서 있었다.
밀밭 안쪽에서 불쑥 나타난 소년은 주위를 둘러보는 게 뭔가 놀라는 모습이었다.

그러던 중 징그럽게 생긴 개구리와 소년의 시선이 마주쳤다.

위험하다, 생각하기에 앞서 내 다리가 먼저 움직였다.

"잠깐, 저것은—!!"
뒤쪽에서 이네스의 목소리가 들린다.
하지만 나는 이미 그때【신체 강화】를 써서 개구리와 소년이 보인 곳을 향하여 전력으로 달려 나가고 있었다.

22 흑사룡(黑死竜)

왕녀가 【은폐 제거】를 쓰자 불쑥 나타난 생물을 목격하고 나는 숨을 죽였다.

"저것은…… 설마, 흑사룡……?!"

저것은 마치 거대한 흑색의 개구리 같은 모습이지만, 사나운 성격을 가진 어엿한 용종.

『흑사룡』이다.

흑사룡은 철보다 단단한 발톱으로 사냥감을 찢어발기고 튼튼한 송곳니로 바위조차도 씹어 부수며 오직 본능에 따라 움직이는 것은 무엇이든 다 먹어 치운다고 한다.

가장 무시무시한 것은 목구멍 안쪽 주머니에 비축했다가 열독을 뱉어 내는 브레스.

저것의 브레스에 휩쓸린 생물의 몸은 예외 없이 눈 깜짝할 새에 타올라 문드러져서 새카만 시체가 된다.

그렇듯 흉악한 열독 브레스를 가진 까닭에 『검은[黑] 죽음[死]을 가져다주는』 존재로서 『흑사룡』이라 불리며 이 대륙에 서식하는 마물 중에서도 가장 흉악한 생물 중 하나로 손꼽힌다.

용종인지라 뛰어난 전투 능력은 물론이거니와 광범위 지역에 피해를 초래하는 열독 브레스의 위험성 때문에 『특A급』의 위기종으로 분류되는 마물. 게다가 2차적인 피해도 심대하다. 흑사룡이 내뱉은 열독은 땅에 스며들어서 주변 일대를 쭉 까맣게 태우기에 불모지가 되어버린 장소는 미처 다 헤아릴 수가 없다.

다만 어째서 저것이 이렇게 사람들 사는 지역과 가까운 곳에 나타났을까.
『흑사룡』은 보통 독기를 띤 늪지대의 안쪽 깊숙한 곳에서만 서식하는 터라 조우하는 경우는 거의 없다고 알려져 있다.

—설마 저 아이는.
저 외모의 특징은.
이야기만 들었을 뿐이지만 틀림없겠다.

"……마족(魔族)이, 어째서 여기에 있지."

200년 이상 이전에 신성 미슬라 교국과 큰 전쟁을 일으켰고, 대패한 뒤 나라를 잃어버려서 전 세계에 흩어져 박해를 받는 아인종—『마족』.

저들은 인간과 거의 비슷한 외모를 가졌지만, 결정적인 차이가 있다.
마수와 자유롭게 마음을 주고받을 수 있다는 특수 능력을 모두가 선천적으로 갖게 된다고 한다.

저들은 태생부터 마물과 가까운 존재라는 말을 듣는다.

실상 흉포한 마수를 수족처럼 조종해서 많은 도시를 위기에 빠뜨렸다는 기록이 남아 있다.

다만 실제로 본 사람은 거의 없었다.

『마족』은 죄다 사냥당했기에 거의 멸망했다고 말이 나돌 뿐이다.

나 또한 실물을 보는 것은 처음이었다.

그렇다 해도 완전히 멸망한 것은 아니다.

지난 대전 때 생존자가 복수를 위해 어딘가에서 숨을 죽이고 있다는 말도 가끔은 들리니까.

발견하는 대로 토벌할 것이 장려되며, 만약 생포해서 마족을 눈엣가시로 여기는 신성 미슬라 교국에 넘겨주면 막대한 보상금을 받을 수 있다고 한다.

그 때문에 과거에는 『마족 사냥』을 주된 목표로 하는 모험가까지 있었다던가.

"설마 저 흑사룡은, 마족에게 조종을 받아 여기까지 온 것인가……?!"

저 아이가 마족인 시점에서 대강 짐작은 했다.

아마도 흑사룡은 저 마족 아이가 이곳에 데려왔을 테지.

그런데 어째서 이런 장소에 『흑사룡』을?

저것을 이대로 방치하면 근방의 도시는 괴멸한다.

하지만— 손쓸 도리가 없었다.

이 적은 인원으로 저것을 상대한들 아무것도 할 수가 없다.

열독 브레스를 뒤집어쓰면 어떤 강건한 인물이어도 즉각 목숨을 잃어버린다.

아무 대책도 없이 스스로 접근한다면 자멸하러 가는 것과 마찬가지였다.

—그런데도.

그런데도, 저 남자는—!!

"—선생님!!"

"린네부르크 님, 안 됩니다."

저 남자를 쫓아 왕녀가 뛰쳐나가려고 했을 때 나는 즉시【신순】을 쓴『빛의 방패』로 앞길을 막아 무작정 멈춰 세웠다.

자신의 행동에서 모순과 갈등을 느낀다.

본래 동행자를 지키는 것은 나의 임무.

나는 방금 전 저 남자를 이『방패』로 지켜주겠다고 말한 참이다.

하지만 누구보다도 먼저, 지금의 나는 린네부르크 님을 우선해서 지켜드려야 한다.

그것이 나의 가장 우선되는 사명.

저 남자는 포기할 수밖에 없다.

그렇게 자기 자신을 타일렀다.

혼자 뛰쳐나갔던 저 남자, 노르는 지금 흑사룡의 발톱을 한 손으로 검을 휘둘러 튕겨 냈다.

도저히 믿기지 않는 광경이었다.

자신의 스승이자 양부이기도 한【순성(盾聖)】—【불사】의 단다르크가 과거에 저 검을 손에 들었을 때는 전력을 쥐어짜서 두 손으로 한 번 휘두르는 것이 한계였다는『흑색의 검』을 저 남자는 한쪽 손으로 가볍게 휘두르고 있다.

그리고 저 검을 휘둘러서 제대로 가격당하면 어떤 무기도 부러뜨린다는 용종의 발톱을 아주 수월하게 정면에서 냅다 쳐내기까지 한다.

광견 길버트의 입에서「헛웃음이 나오는 강자」라는 말을 이끌어 냈고『미노타우로스』를 고작 혼자서 물리쳤던 실력은 진짜다.

나의 눈으로 봐도 저 남자는 의심할 여지가 없는 강자였다.

그러나, 그것만으로는— 안 된단 말이다.

흑사룡의 진정한 위협은 저 거체에서 휘둘러지는 발톱과 송곳니가 아니다.

저 마물을 목격했을 때 당장 돌아서서 도망쳐야 했다.

지금 전력으로 우리에게는 맞설 수단이 없다.

지금이라도 왕도로 돌아가서 본대에 협력 요청을— 아니, 안 된다.

지금【왕도 육병단】의 모든 병력은 출병 중이다.

그 때문에 내가 혼자서 이 임무를 하달받지 않았던가.

나는 왕자에게 『밀명』을 받았다.

『이제부터 왕도는 과거 전례가 없는 위기에 처할 것이다. 혹여나 왕도 **괴멸**의 소식이 전해지거든 그때는 린을 데리고 곧장 노르 공과 함께 「신성 미슬라 교국」으로 망명하라』라고.

왕녀에게 자세한 상황을 설명하는 것은 금지되었다.

사실대로 말하면 저 녀석은 나라에 남겠다고 고집을 부릴 테니까, 라는 이유 때문에.

그 판단에 이의는 없다. 다만 갈등은 있었다.

전우가, 부하가 죽을 각오로 싸우고 있는 동안에 자신만이 도망쳐야 하는 명령이라니—.

왕도에 남기고 온 동료들을 떠올리면 죄책감이 느껴졌다.

—아니, 엄연한 임무잖은가.

왕녀를 보호하며 안전한 장소까지 모시고 가는 임무다.

나 또한 왕녀를 보호하기 위하여 이 몸의 전부를 바칠 각오로 지금껏 살아왔다.

나라를 위해 목숨을 바친다는 점에서는 나도 똑같다.

그런 생각으로 이곳까지 마차를 몰아 달려왔다.

하지만 예상 밖의 사태가 발생했다.
앞길에 『흑사룡』이 나타났다.
아마도 저 마족의 유도에 따라 배치되었겠지.
혹시나 적은 왕녀의 이 같은 도주 경로를 미리 예측했나?
아니, 설마 알지는 못했겠지.
다만 어차피 이 길을 나아가서 망명할 수는 없겠다. 서둘러 되돌아가 다른 길을 찾아야 했다.

이곳은 이미 산악 도시와 가까운 지점이었다.
『흑사룡』은 사람들 사는 곳에 출현했다면 최소한 도시 한두 개는 소멸을 각오해야 하는 수준의 위협이다. 저 마물을 방치하면 근방의 도시에는 다대한 피해가 발생할 것이다.
하지만 나는 수많은 사람의 목숨이 사라질 것을 알면서도 도망쳐야만 한다.
이 적은 인원으로 아무리 힘을 내봤자 이렇다 할 대처가 불가능하니까.

나는 왕국 최강의 【방패】라고 불리는 인물인데도 지금 가능한 것은 단 하나.
전력 후퇴뿐.

그런데도—!

"저 남자는 대체 무슨 생각을 하는 것인가—!!"

무의식중에 남자를 책망하는 말이 나왔다.

저 남자가 마차에서 내리자 왕녀도 뒤를 따라가려 했었고, 내가 간신히 안 늦게 막아서 다행이었으나 마차에서 무척 멀어져버렸다.

지금 태세를 다시 갖춰서 도망치려고 해도 당장에 출발하기는 도저히 어려웠다.

저 남자가 뛰쳐나감으로써 후퇴 시기를 완전히 놓쳤다.

저 남자는 분명 아무런 생각도 없이 다짜고짜 뛰쳐나갔을 것이다.

게다가 짐작하건대 저 마족 소년를 **구출**하기 위함이— 목적이다.

—어리석은 남자다.

다른 생각은 들지 않았다.

분명 저 남자는 알지 못한다.

저 검은 용은 마족 소년이 데려왔다는 사실을.

눈앞에서 살해당할 것 같은 아이를 보았기에 구하러 간다?

그런 단순한 사고로, 아니, 사고할 틈조차 없을 만큼 순간적인 판단으로 구하러 뛰쳐나갔을 테지.

물론 동기는 이해할 수 있다.

하지만 이 같은 위협의 원흉이 된 자를 스스로의 목숨마저 내던지면서 구하러 간다?

그 행위는 어떻게 생각해도 모순되어 있었다.

—만약 몰랐다면 나 또한 구하러 갔을 테지만.

다음에 솟구치는 것은 이러한 감정이었다.

자신의 몸을 내던져서라도 약한 사람들을 지킨다. —그것이 우리 【전사】직의 책무이다.

나 또한 눈앞에 무서워 떠는 사람이 있다면 지켜주고 싶다는 생각을 한다.

그런 모습을 동경하여 이 같은 직업을 가졌고, 줄곧 지키기 위한 훈련을 해왔으니까.

다만 동화 속 등장인물도 아닌 인간에게 가능한 범위에는 뻔한 한계가 있다.

몸을 내던져 누군가를 지킨 결과로 오히려 누군가를 위험에 노출시키는 경우도 많다.

누군가를 보호할 때는 냉정하게 먼저 지켜야 할 대상을 저울질해야 할 때가 있는 법이었다.

그때가 바로 지금이다.

그런데도.

—도대체 뭔가, 저 남자는.

나는 깨달았을 때 강하게 입술을 깨물고 있었다.

린네부르크 님을 스스럼없이 「린」이라고 부르는 저 남자.

왕녀가 위기에 처했을 때 달려와서 생명을 구해주었고, 왕이 애용했던 『흑색의 검』을 넘겨받은 남자.

—나는 저 남자의 이름을 훨씬 예전부터 알고 있었다.

나를 길러준 부모이자 존경하는 스승이기도 한 【순성】 단다르크가 거듭 이름을 들려주었다.

훈련 중에도, 토벌 원정 중에도, 어떠한 곤경에 처했을 때 양부(아버지)는 사사건건 저 남자의 이름을 꺼냈다.

『이런 때 녀석이…… 노르가 있어주었다면』이라고.

이것이 오직 내 앞에서만 새어 나오는 양부의 입버릇 같은 말이었다.

그 말을 들을 때마다 나는 도대체 누구 이야기인지를 물었다.

양부는 웃으면서 방금 전 발언은 잊어달라 말할 뿐 결코 대답해주지 않았지만.

그래도 양부는 거듭거듭 같은 사람의 이름을 언급했었다.

그 남자의 이름이 언급될 때마다 짜증을 느끼고는 했다.

이곳에는 내가 있는데 왜 구태여 다른 자식의 이야기를 늘어놓냐고.

자신의 마음속에 끓어오르는 감정이 무척 이상했다.

다른 사람들의 말에 의하면 나는 누구든 사람에게 별 관심을 갖지 않는다고 한다.

분명 거리를 두기 위하여 나부터 자기 자신을 통제하고자 노력을 했다.

경험상 나는 다른 사람에게서 멀리 떨어져 있어야 하는 존재라고 그렇게 생각했기 때문인지도 모르겠다.

어릴 적 모험가였던 아버지와 어머니가 실종된 후 고아가 된 나는 왕도의 고아원에 맡겨졌다.

그곳에서 잠시 생활하던 중 나는 자신에게 신기한 힘이 주어졌음을 깨달았다.

살짝 의식하면 눈앞에 희미하게 빛의 막이 생긴다.

그것이 무엇인지도 모른 채 나는 단순히 예쁘다는 이유로 함께 놀았던 아이에게 보여주었고— 그리고 뜻하지 않게 그 아이의 팔을 **베어서 땅에 떨궜다**.

이후부터 나는 주위의 사람들에게 공포의 대상이 됐다.

그것이 역사상 드물게 나타나는【은총】임이 알려진 뒤 온갖 떠받듦을 받았지만— 주위 사람들의 시선은 여전히 달라지지 않았다.

가까이 하면 위험해지는 인물로 인식된 탓이 아니었을까.

하긴 무리는 아니라고 생각한다.

실제로 나의【은총】은 사용할 때 자칫 실수하면 주위의 전부를 멸할 수 있다는—【마성】오켄의 말에 납득한 뒤 나는 자신이 갑작스럽게 얻은 힘의 사용법을 공부하며 줄곧 다른 사람과 관련되기를 피해왔다.

그렇게 사람들과 거리를 두는 것이 당연해지고, 점점 누구든 다른 사람의 언동에 감정이 흔들리지도 않게 되었다.

……그랬는데도.

어째서 이렇게나 자신은 고작 이름밖에 알지 못하는 남자에게 질투가 뒤섞인 감정을 느끼는지 못 견디게 이상했었다.

그리고 그 남자가 눈앞에 나타났을 때 나는 더더욱 당황했다.

내가 목숨을 걸고 섬겨왔던 린네부르크 님을 스스럼없이 애칭으로 부르질 않나— 내가 임무로서 오래도록 지켜왔던 왕녀의 옆자리에 당연하다는 듯 서 있는 남자.

그자가 하필 「노르」임을 알고는 모든 것을 빼앗긴 기분이었다.

마차 안에서 굳이 지켜줄 필요가 없는 남자에게 「지켜주겠다」라는 이상한 말을 꺼냈던 까닭도 이 같은 괴팍한 경쟁심이 있기 때문이었겠지.

사실은 저 남자가 뛰쳐나가는 순간 서둘러 막아 세우자면 나는 충분히 막을 수 있었다.

그러나 나는 가만있었다.

저 남자가 의붓아버지 단다르크가 말했던 「노르」임을 알고 있었기 때문이었다.

나는 일순간 어떤 생각을 떠올리고 말았다.

어쩌면, 저 남자라면.

왕에게 인정받았고 왕녀에게도 인정받았으며 길버트에게도, 의붓 아버지 단다르크에게도, 【육성】 전원에게도 인정받았다는 저 남자라면.

—재앙과 다를 바 없는 저 존재를 어떻게든 무찔러주지 않겠는가, 라고.

나는 기대하고 말았다.

질투인지 선망인지 종잡을 수 없는 감정이 끓어올랐기에 나는 저 남자의 행동을 허용했다.

……분명 저 남자는 어리석다.

잘 알지도 못한 채 사지로 나아갔으니까.

그러나 저 남자를 어리석다 말하겠다면— 오히려 훨씬 더 어리석은 사람이 나 자신일 테지.

뻔히 잘 알면서도 저 남자를 사지로 보냈으니까.

"—린네부르크 님, 열독이 쏟아질 겁니다. 대비해주십시오."

남자가 대치하고 있는 흑사룡의 턱이 커다랗게 벌어지는 것을 확인했다.

목구멍 안쪽 깊숙한 곳에 보이는 저것은 칠흑색 독기의 소용돌이.

가장 무시무시한 공격이 지금 이곳에 날아온다.

“선생님……!”

“포기하십시오. 이미, 저 남자는 죽은 셈입니다.”

칠흑색 덩어리 같은 열독의 브레스가 흑사룡에게서 쏟아졌다.

곧장 남자에게 직격한 뒤 폭발하듯 사방팔방 흩어진다.

주위 일대가 눈 깜짝할 새에 농밀한 검은 안개로 뒤덮였다.

“옵니다. ―린네부르크 님, 제 뒤쪽에 계십시오―!”

곧바로 나는 【신순】을 발동하여 흑사룡과의 사이에 온 힘을 쏟아부은 빛의 방패를 만들어 냈다.

빛의 방패가 무수히 거듭 겹쳐지며 빛의 성벽으로 화한다.

다만 이대로는 열독을 완전하게 다 막지 못한다.

틈을 지나서 새어 들어오는 열독을 왕녀가 【승려】 계통의 스킬 【정화】(퓨리파이)로 중화했다.

그렇게 해서 간신히 우리와 마차를 끄는 말까지 지킬 수 있었다.

그러나 잠시 버텼을 뿐. 이것이 우리의 힘을 다 쏟아 낸 저항이다.

“선생님……!”

“포기하십시오, 이미 죽었을 겁니다.”

"하, 하지만—!"

"안 됩니다! 지금은 본인이 살아남을 방법만을 생각해주십시오—!"

나는 왕녀를 꾸중하듯 타일러 가며 입술을 깨물었다.

이 사태는 예측할 수 있었다.

저 남자가 혼자 뛰쳐나갔던 그때부터.

그래서 더욱 큰 분노를 느낀다.

앞뒤 가리지 않고 뛰쳐나갔던 저 남자에게.

또한 가능했는데도 곧바로 멈춰 세우지 않았던 자기 자신에게.

그 결과로 왕녀의 생명까지 위험에 노출되었다.

결국 아무도 지키지 못하게 된다.

—나는 호위 실격이군.

흑사룡이 뱉어 낸 열독은 한층 더 농밀한 덩어리로 바뀌어 간다.

저 남자는 정말 확실하게 죽었다.

흑사룡의 열독은 한 호흡만 들이마셔도 치명적인 독.

고위【승려】라도 치료는 불가능에 가깝다.

설령【유성】세인이 이곳에 있었더라도 살릴 가능성은 거의 전무하다고 말했겠지.

이토록 짙은 열독인 데야. 몇 초도 살아 있지 못했을 것이다.

"선생님……!"

왕녀는 한결같이 남자의 안부를 염려하고 있다.

그래도 이미 죽었을 테지.

아닌 게 아니라 자신들까지 위험하다.

지금은 오직 왕녀라도 끝까지 지켜야 하는 임무를 되새기며— 문득 시커먼 안개 안쪽에서 뭔가 소리가 났다.

"……뭐지……?"

아마도 그 남자가 흑사룡과 싸우고 있는 소리겠다.

최후의 힘을 쥐어짜서 저항하는 것인가.

소리는 한동안 멎지 않았다.

가끔 무엇인가 터지고 깨지는 것 같은 소리가 난다.

"……무슨 소리지……?"

거의 못 들어본 소리인지라 나도 왕녀도 의문을 느꼈다.

불현듯 주위 평원에 강한 바람이 불어왔다.

농밀하게 끼어 있었던 열독이 일순간 걷힌다.

검은 안개의 안쪽에서 흑사룡이 발톱 내리찍는 광경이 보였다.

또한 그 발톱을 한 손으로 검을 휘둘러 쳐내는 남자의 모습도.

차마 믿기지 않았지만, 놀랍게도 남자는 흑사룡의 앞에 아직껏 서 있었다.

온몸의 모든 부위로 다량의 피를 쏟아 내면서.

"……선생님."

이미 죽음이 목전이다.

누구든 한눈에 알아볼 만한 증상이었다.

그런데도 용을 조용히 주시하며 앞에 버티고 선다.

자욱한 열독이 조금씩 걷히는 동안 쭉 뒤쪽에 주저앉은 마족 소년을 지키려 하며 남자는 오로지 손에 든 검으로 흑사룡의 발톱을 튕겨 내고 있었다.

그 모습을 본 왕녀도 나도 말을 잃었다.

아울러 이해했다.

기묘한 소리— 그것은 흑사룡의 발톱이 하나씩 **깨져 나가는** 소리였음을.

나는 더 이상은 어리석다는 말을 할 수 없었다.

왜냐면 저 광경은 내가 줄곧 동경하고 추구했던 모습.

자기 안위를 돌아보지 않고 위험에 뛰어들어서 스스로의 목숨을 대가로 내놓더라도 누군가를 끝까지 지켜 내는— 자신이 쭉 상상했던 이상적인 『방패』의 모습이 저곳에 있었으니까.

23 저주받은 아이

소년이 사람을 죽이는 것은 오늘이 처음이었다.

"……잘할, 수 있을까……."

소년은 두려웠다.

이 세상의 누구에게도 미움을 받는 『마족』의 저주받은 피가 흐르는 존재이면서도 소년은 피를 보는 것이 무서웠다.

소년이 피를 본다는 것.

그것은 달리 표현하면 자신의 피를 보는 셈이었으니까.

태어난 후 줄곧 주먹질에 발길질이나 당할 뿐 『인간』과 같은 대우는 받지 못했다.

입 열어 말하면 얻어맞는다.

눈이 마주치면 구타당한다.

아무런 말을 안 하고 가만히만 있어도 걷어차이는 것이 일상이나 다름없었다.

그런 처사에 불만을 느낀 적은 없었다.

소년을 태어났을 때부터 그런 존재였기 때문이었다.

다만 가끔은 이상하다고 생각했다.
어째서 자신은 이렇게나 모진 대우를 받아야 할까.
의문을 느낀 적은 있었다.
하지만 절대 입 밖에 꺼내지는 않았다.
한 번인가 괜히 말을 꺼냈다가 얼굴 모양이 바뀔 지경으로 지독하게 얻어맞은 데다가 식사도 사흘 동안 물만 마시게 되었기 때문이다.

소년은 어른들에게 잔인한 짓을 잔뜩 당했다.
그래도 갚아주거나 엉뚱한 다른 사람에게 분풀이하자는 생각은 하지 않았다.
소년은 학대당하는 아픔을 알기 때문이었다.

그것은 소년에게 특별히 배려심이 있어서 상대의 마음을 헤아릴 줄 아는 까닭은 아니었다.
이유가 근본적으로 다르다.
소년은 눈앞에 있는 상대의 생각을 감각적으로「**느낄**」수 있다.
자신의 앞에 서 있는 사람이 지금 어떤 마음인지도 느낀다.
일단 집중하면 상대의 마음속을 손바닥 보듯 들여다볼 수 있다.

이 같은 사실이 알려진 뒤…… 소년은 한층 더 학대당했다.

—상대의 머릿속 생각을 훔쳐본다고? 소름 끼친다.

자신의 마음이 들통나버린다.

알려져버린다.

비밀이 새어버린다.

그러니까 너는 소름이 끼친다, 끔찍하다, 불쾌하다.

—사람의 모습과 닮았을 뿐 너무나 징그러운 생물.

이러니까『마족』은……. 험담뿐.

기피당하고 격리당하고 눈만 마주쳐도 호되게 구타당하는 횟수가 점점 늘어났다.

그렇게 소년은 미움받았고 사사건건 구타당했다.

때로는 이유를 붙여서 때리고, 욕하고.

때로는 이유도 없이 걷어차고, 짓밟고.

그것이 당연했다.

거듭거듭, 일상적으로 걷어차이고 두들겨 맞고.

아픔의 감각은 마비되면서도 몸속 깊숙이 스며들었다.

그러니까 소년은 다른 사람에게 똑같이 하려는 생각을 아예 떠올리지도 않았다.

자신이 얻어맞기도 싫은데 상대에게 똑같은 아픔을 겪게 하다니.

상대를「느낄」수 있는 아이에게 그런 행동은 이중의 고통에 불과했다.

그러니까 소년은 다른 사람을 다치게 하지 않았다.

아무리 심하게 얻어맞아도 자신이 때리는 것보다는 낫다.
그런 생각으로 살아왔기 때문이었다.

—하지만, 오늘은 자신이 폭력을 써야 한다.
그냥 다치게 만드는 것이 아니라 죽여야 한다.
안 그러면 더욱 잔인한 짓을 당할 테니까.
자신뿐 아니라 다른 노예 아이들까지, 모두.

—그러니까 **제대로 다 죽여야만** 한다.

"시키는 대로 잘 따른다면 맛있는 식사를 먹게 해주마."
그렇게 그 남자가 말했기 때문이다.
그러니까 죽여야만 한다.
한 명도 남기지 않고. 어른도 아이도. 전부 다.
다 죽이면 더는 이유도 없이 얻어맞지 않아도 된다.
그리고 매일 맛있는 식사를 먹을 수 있다.
그 남자는 분명하게 약속해줬기 때문이다.

그 남자는 자신을 때린다. 모두를 때린다.
하지만 지금까지 약속을 안 지킨 적은 없었다.
약속을 어기면 얻어맞았다.
약속을 지키면 칭찬받았다.
그러니까 죽인다. 약속했으니까.

그 남자의 마음속은 전혀 읽을 수 없었다.
방비를 위한 신기한 도구, 마도구를 쓰는 것 같았다.
그런 경우는 자주 있었다.
그래도 남자는 약속해줬다.

게다가 오늘은 이런 자신도 누군가에게 도움이 될 수 있었다.
그렇게 생각하면 자랑스럽다.
자신은 오늘 죽을지도 모르지만.
그래도 어딘가의 나라에 도움이 된다고 했다.
무척 자랑스러운 일.

—그렇게 생각하거라.

저러한 말을 들으며 출발했었다.
자신을, 자신들을, 태어났을 때부터 싫어하고 학대했던 사람들의 집단.
그래도 자신이 태어나 자란 장소.
도움이 될 수 있다면— 어쩌면 혹시 잘하는 행동일지도 모른다.

이제부터 사람이 잔뜩 죽을 것이다.
아니, 자신이 죽일 것이다.
이 추악한 마물, 흑사룡을 조종해서 이곳에 데려온 것은 자신이니까.
『마족』에게는 본래 선천적으로 이러한 힘이 주어졌다고 한다.

마물과 의식을 동조시켜서 뜻하는 대로 조종할 수 있는 저주받은 힘.
우연히 만난 나이가 훨씬 많았던 마족에게 배운 내용이다.
아주 옛날에는 단순히 가축을 다루는 데만 사용한 능력이라고 배웠다.
그 능력을 마물에게도 쓰기 시작했고, 전쟁에 써서 수많은 사람을 죽였다.
그래서 다들 미워한다고.
어쩔 수 없는 대가라고.

—태어날 때부터 마물과 뜻을 통하는 괴물.
저주받은 생물.
항상 비아냥을 들으며 자라왔다.
그런 자신도 다른 사람에게 도움이 될 수 있다.
『마족』이어도 다른 존재에게 도움이 되었다고 칭찬을 듣고 싶었다.

그러니까 덜덜 떨면서도 오늘은 꼭 해내겠다고 결심했다.
무서워도, 싫어도, 끝까지 해낸다.
이것이 내가 할 수 있는 유일한 보탬이니까.
다만 소년이 결의를 다지던 순간, 갑자기 몸에 두르고 나온【은폐】가 해제됐다.

"……앗……?"
마도구로 강화까지 했을【은폐】가 몹시 허망하게 해제됐다는 사실에 놀라 소년은 무심코 소리 높였다.

그 순간, 아차…… 후회했다.

흑사룡의 눈이 번뜩이며 소년을 노려봤다.

지금 자신은 실수를 저질렀다.

집중이 풀어져버렸다.

그 때문에 흑사룡을 다루는 정신 조작술이 풀어져버렸다.

지금 흑사룡은 자신을 오직 사냥감으로 볼 뿐이다.

이 생물은 이미 사람을 죽인 경험이— 또한 죽여서 고기를 먹은 경험이 있다.

그런 상태에서 소년의 곁에 데리고 왔기 때문이다.

다시 한번 정신 조작을 시도할 여유는 도저히 없다.

—이대로 자신은 죽는다.

흑사룡이 입을 커다랗게 벌리며 거대한 발톱을 높이 휘둘러 올리는 것이 보였다.

아, 저 발톱에 찢겨져서 죽게 되겠구나.

그렇게 각오했던 순간, 소년은 마음속 깊이 생각했다.

—그래, 여기서 죽는 게 차라리 다행이야, 라고.

이곳에서 죽는다면 자신은 누군가를 다치게 하지 않아도 된다.

자신은 다른 사람에게 가할 고통까지 느끼지 않아도 된다.

한편, 자신의 생각에서 죄책감을 느꼈다.

자신의 실패 때문에 누군가 다른 아이가 대신 지독하게 구타당할지도 모른다.

그래도 나는 자신이 편해진다는 마음으로 기뻐하고 있다.

—미안해요.

누구에게 하는 말일까, 소년은 무작정 사죄했다.

나는 언제나 언제나 나쁜 아이였어—.

못된 아이에게 벌이 주어진다.

그렇게 쭉 배워왔는데도—.

—마지막까지 아무 도움도 못 되어서 미안해요.

그래, 그러니까 이것은 벌이겠구나.

아무 도움도 못 되는 자신에게.

태어났을 때부터 저주받은 힘을 간직한 자신에게.

그리고 다른 사람의 안위보다 본인 생각만 하며 기뻐했던 자신에게.

마땅히 내려지는 벌이다.

저주받은 아이 주제에 이 세계에 존재했던 것 자체가 잘못이었다.

맹렬한 흑사룡의 발톱이 내리 휘둘러지는 순간— 소년은 기도하고 있었다.

마족에게 신은 없다. —신앙을 가지는 것도 허락되지 않는다.
그래도 죽어서 다시 태어난다면 다름 삶을 살아갈 수 있다던데.
어딘가에서 언뜻 들었던 저 사고방식을 소년은 조금이나마 믿고 있었다.

그러니까 딱히 누군가 대상도 없이 한마음으로 기도했다.
만약에 다시 태어날 수 있다면 다음 삶에서는 너무 심하게 얻어맞지는 않게 해주세요.
또한 조금은 다른 사람의 도움이 될 수 있게 해주세요.
그것이 소년이 원하는 대부분이었다.

마지막, 하나만 더, 혹시 소원이 이루어진다면— 가능하면 맛있는 식사, 음식을 한 번이라도 괜찮으니까 먹어보고 싶어요.

그것이 죽음을 눈앞에 둔 소년의 모든 소원이었다.
소년은 눈을 꾹 감고 곧 다가올 순간을 기다렸다.

그런데— 와야 할 순간이 오지 않았다.
흑사룡의 발톱은 소년을 베어 가르지 않았다.
왜냐하면—.

"패리."
갑작스럽게 나타난 낯선 인간.

한 남자가 흑색의 검을 한 손에 들어서— 소년에게 죽음을 가져다 주었어야 했을 흑사룡의 발톱을 하늘 높이 튕겨서 되밀었으니까.

24 나는 개구리를 패리한다

나는 눈앞의 검은 개구리가 내리친 거대한 발톱을 튕겨 내면서 의외라는 생각을 했다.

이 개구리, 별로 부담이 안 되는군. —묘하게도.

아니, 공격을 튕길 때마다 흑색의 검을 쥔 손에 격렬한 충격이 전해지기는 하고, 한 번, 한 번의 공격은 제법 강렬하지만……. 그래도 튕겨서 쳐내는 게 별로 고생스럽다고 할 정도는 아니었다.

어제 싸웠던 고블린과 비교하면 대강 비슷하거나 조금 더 힘이 약한 수준이었다. 움직임도 둔하고.

그렇다면 이 개구리는 마물이라기에는 상당히 약한 부류에 들어갈 테지.

아니군……. 「최약의 마물」이라 불리는 고블린보다도 힘이 오히려 더 약하잖은가. 어쩌면 마물조차 아닐지도 모른다.

—그렇다면, 어떻게든 될 것 같은데.

제대로 된 공격 수단이 없는 나 혼자서 토벌하기는 어렵지만, 린과 이네스가 따라와주기를 기다리기만 하면 분명히 쓰러뜨릴 수 있다.

좋아, 잠깐 시간이나 끌어볼까—. 나도 체력만큼은 적잖이 자신이 있다.

그런 생각으로 내가 검을 겨누었을 때 눈앞의 개구리가 불쑥 몸을 커다랗게 팽창시켰다.

뭔가 이상하다, 느낌이 온 순간 개구리의 입이 커다랗게 벌어지더니 목구멍 안쪽에 뭔가 거뭇한 게 소용돌이치는 광경이 보였다.

내가 의문을 떠올릴 틈조차 없이 개구리는 제 몸에서 거뭇한 안개 덩어리를 세차게 뱉어 냈다.

피하려고 하면 피할 순 있었다.

그러나 내가 피하면 뒤쪽에 있는 소년에게 무조건 맞는다.

나는 제자리에서 움직이지 않은 채 정면에서 검은 안개를 모조리 온몸으로 뒤집어쓰며 버텼다.

조금 입속에도 들어와버렸다.

그러자 직후, 내 입에서 대량의 피가 쏟아져 나왔다.

"이것은, 혹시 독인가―?"

온몸이 강렬하게 아프고 현기증이 난다.

당하고 나서 알았다. 이것은 독이다. 게다가 무척 강렬한 맹독.

그리고 그때 뒤늦게 깨달았다.

내가 뛰쳐나가던 때 이네스가 무언가 말을 건넸었다.

분명 당부의 말― 이 개구리는 독을 가진 「독개구리」니까 경고해 주려던 말이었을 것이다.

한 번, 한 번의 공격이 별 대단하지 않은 이유도 납득이 간다.

이 생물 최대의 무기는 언뜻 보기에 강력할 것 같은 송곳니나 발톱이 아니었다.

배 속에 담아 놓은 강력한 독소.

이것이 이 생물 최대의 공격이었구나.

그와 동시에— 온몸으로 피를 분출하면서 나는 생각했다.

—뭐, 이 정도라면 역시 어떻게든 될 것 같은데.

과거에 내가 산에서 혼자 생활하던 시절의 이야기.

나는 생전의 어머니에게 「절대 먹어서는 안 된다」라고 주의 들었던 버섯을 실수로 입속에 넣어버린 경험이 있었다.

—이름하여 『용멸(竜滅) 버섯』.

용조차 죽인다고 전해 내려올 만큼 강렬한 독을 가진 버섯이다.

그때 내가 어쩌다가 저런 버섯을 캐서 집에 가져왔는지는 잘 모르겠다.

그날 수확이 무척 많았기에 들떠서 위험한 버섯이 섞여 있었는데도 깨닫지 못했던 것이 아닌가 싶다. 아무튼 간에 나는 그 버섯을 냄비에 넣고 푹 끓여서 저녁 식사로 먹었다.

그 후 잠시 시간이 지나자 배가 몹시 아팠고, 나는 대량의 피를 토했다.

그제야 뒤늦게 먹어서는 안 되는 버섯을 먹었다고 깨달았지만, 이미 손쓸 도리가 없었다.

먹고 난 후 많은 시간이 지난 까닭에 토하고 싶어도 토해지지가 않는다.

독이 온몸을 돌아 배었는지 몸도 움직여지지 않았다.

나는 오로지 자신의 배에 막 습득했던【로우 힐】을 거듭 사용했다.

달리 마땅한 방법이 떠오르지 않아서였다.

그러자 살짝이나마 배가 치유되어 가는 감각이 느껴졌고— 다만 긴장을 풀면 나는 또 금세 토혈했다. 한순간도 긴장을 풀지 못하는 상태.

방심하면 온몸의 모든 구멍으로 피가 쏟아져 나왔기에 나는 죽음을 각오한 채【로우 힐】을 스스로에게 거듭 사용했다.

그렇게 낮도 밤도 없이 쭉 고통에 시달리며 가끔씩 물만 겨우 마시고 또 피를 흘리며 바닥을 굴러다니는 매일매일.

몇 번을 죽을까 생각하면서도 나는 오기를 부려서 살아 버텼다.

어떻게든【로우 힐】을 거듭 사용하면 몸이 조금은 움직여졌다.

그러니까 대단히 고통스러웠지만, 일과도 빼먹지 않고 수행했다.

매일 하기로 결심했으니까 한다.

그것도 오기였다. 별로 팔에 힘이 안 들어갔다.

그럼에도 피를 토하며 목검을 쭉 휘둘렀다.

—나는 이대로 덜컥 죽을지도 모른다.

그렇게 생각하면서.

하지만 대략 일주일쯤 더 지난 어느 날 아침, 나는 이변을 깨달았다.
—배가 전혀 아프지 않다.
토혈은 완전히 멎었다.
그리고 놀랄 만큼 신체가 가볍다. 뭐, 물론 가벼울 테지.
일주일이나 제대로 먹질 않았으니까.

나는 영양가 있는 식사를 먹기 위하여 곧장 사냥에 나섰다.
야생 멧돼지라면 지금 몸 상태로도 잡을 수 있고, 배도 고팠고, 고기를 먹고 싶었다.
그런 생각으로 숲에 들어섰지만, 이번에도 큰 실수를 저질러버렸다.
큼지막한 독뱀에게 물려버렸으니까.
나는 죽음을 각오했다.
어떻게든 독뱀만큼은 물리쳤지만, 나는 이제 가만히 죽음을 기다려야겠다는 생각으로 눈을 감은 채 숲속에서 드러누웠다.
그런데 참 이상하게도— 아무리 시간이 지나도 독이 효과를 발휘하는 느낌은 오지 않았다.
몸 아무 데도 전혀 아파지지 않는다.
나는 신기하게 생각하면서도 일어난 뒤 방금 마주쳤던 뱀을 집으로 갖고 돌아가서 요리하고 먹었다.
그 뱀은 독이 있기 때문에 먹지 못한다는 말을 들었지만— 정말 배고파서 어쩔 수 없었다.
달리 먹을 음식이 없었고.
아마도 그 뱀의 독은 나에게 효과가 없는 것 같기도 했고, 분명히 별로 대단한 독은 아니었을 것이다. 어쩌면 독이 아예 없었는지도 모르겠다. 그렇다면 먹어도 괜찮을 테지.

아직 아이였던 나는 별생각 않고 편하게 생각해버렸다.

그런데— 나는 뱀을 먹어보고 충격 받았다.

……엄청나게 맛있었으니까.

산꿩의 고기보다 훨씬 농후한 육즙이 나와 맛깔스러웠고 지금껏 먹은 어떠한 버섯보다도 감칠맛이 깊었으며 몸 전체에 쭉 퍼져 스며드는 달콤함이 느껴졌다.

무엇보다 자양 효과가 있었는지 내 몸은 놀랍도록 빨리 회복되었다.

그 뱀을 정신없이 다 먹어 치운 뒤 나는 또 곧바로 같은 뱀을 찾아 나섰다.

한 번만 먹어봐도 중독될 만한 맛이었다.

그만큼 맛있으니까.

그렇게 나는 겨우겨우 또 같은 뱀을 찾아냈지만—.

다시 똑같은 뱀을 살펴보면서 의문을 느꼈다.

역시 저 녀석은 어머니에게 「아무리 배고파도 먹으면 안 된다」라고 배웠던 포이즌 스파이크라는 뱀이었으니까.

나는 이상하다고 생각했다.

지금껏 나는 어머니에게 배운 내용을 거의 다 지켜왔다.

그 지식이 전부 옳았기 때문이었다.

그런데 눈앞에 있는 포이즌 스파이크를 분명 먹었는데 나는 아무렇지도 않았다.

—어째서지?

의문스럽게 생각하던 중 방심한 탓에 또 뱀에게 물렸고 그때 깨달았다.

역시 이 뱀한테 독이 없는 게 아니었다. —지금의 내게 「통하지 않을」 뿐이라고.

아마도 원리는 잘 모르겠는데 이전에 먹은 『용멸 버섯』 덕택에 얼마간 독 내성이 생겼나 보다.

도무지 아무 쓸모가 없다고 생각했던 【로우 힐】도 쓸모가 있던 셈이었다.

조금이나마 독을 무효화하는 효과가 있는지도 모르겠다.

그 사실을 깨달았을 때 나는 환희했다.

어쩌면 새로운 【스킬】을 얻는 방법으로 활용할 수 있을 듯했기에.

그 뒤로 나는 독이 있다고 배운 산속의 동물이며 식물을 닥치는 대로 먹어서 시험해봤다.

가끔 생각보다 더 독성이 강한 부류가 있어서 격렬하게 피를 토하게 된 낭패도 겪었지만, 대부분은 【로우 힐】로 대처가 가능했고 전부 다 『용멸 버섯』과 비교하면 별로 대단할 게 없었다.

결국에 기대했던 【스킬】은 전혀 획득하지 못했지만.

—그 대신 나는 중대한 발견을 했다.

독을 가진 동식물은 「대부분 맛있다」라는 사실을.

가끔 예외는 있을지언정 대개 보양이 되는 느낌이었다.

아마 독이 있어서 자신은 잡아먹히지 않는다는 생각에 영양분을 잔뜩 비축했을 테지.

그러니까 나는 이후부터 독을 가졌다는 말을 들어본 동식물을 기껍게 먹고는 했다.

독만 잘 처리하면 식자재로 상당히 좋은 부류였다.

처리가 잘 안되더라도 내게는 독을 살짝이나마 무효화하는【로우힐】이 있으니까 문제없었다. 좀 앓다가 잠깐 참기만 하면 독 내성이 올라가기도 하고.

그런 경위가 있어서 나는 독을 먹는 데 제법 익숙했다.

자랑은 아니지만 지금의 나는 독에는 꽤 강하다.

나의 몇 안 되는 강점 중 하나라고 자부한다.

지금 눈앞에 있는 저 개구리가 뱉어 낸 거뭇한 안개 덩어리— 이것도 상당히 강렬한 독이었다.

몸소 휩쓸려 보면 곧바로 안다.『용멸 버섯』에 필적할 만한 강력한 독성이 있다.

하지만— 뭐, 별것 아니라는 뜻이었다. 지금의 나는 견딜 수 있다.

사실은『용멸 버섯』도 무척 맛있었다.

나는 그 이후로 몇 번이나 냄비 요리에 넣어 맛봤다.

그때마다 살짝 피를 토했지만, 뭐, 그게 전부다.

결국 괜찮다, 확인까지 잘 끝났는데 맛있는 음식의 매력에는 저항할 수 없는 법이다.

그러니까 이 개구리의 독쯤이야 내게는 효과가 없다.

나는 독 안개에 당한 뒤【로우 힐】로 곧장 해독해서 무효화시켰다.

처음 잠깐은 해독이 조금 지체돼서 피가 다소 뿜어져 나왔지만, 이런 정도라면 경험상 문제없었다.

금세 상처 난 자리가 아물 테니까 다치지도 않은 셈이다.

검은 안개는 주위로 쭉 흩어져버렸지만, 아마도 나의【로우 힐】을 통한 무효화가 아주 늦지는 않은 듯 나의 바로 등 뒤에 있는 소년도 무사했다.

—다행이다.

그렇게 생각하며 나는 개구리가 내리 휘두른 발톱을 또 쳐냈다.

개구리의 발톱은 척 봐도 두껍고 튼튼했지만, 내가 들고 있는 흑색의 검이 단단함에서는 더욱 대단하다.

개구리의 거대한 발톱은 쳐낼 때마다 쩍쩍 부서졌다.

—정말 굉장한 검이군.

무겁지만 끝내주게 튼튼하다.

외양이 허름했던지라 가치는 별 기대를 하지 않았었는데 정말로 좋은 물건을 받았다는 생각이 든다.

나는 린의 아버지에게 감사하며 개구리의 날카로운 발톱을 하나, 또 하나 부서뜨렸다.

어느덧 발톱이 다 사라져버린 개구리는 큰 입을 벌려서 날카로운 송곳니로 나를 깨물고자 덤벼들었는데 결국 똑같은 짓이다.

공격당할 때마다 튕겨 내기에 송곳니도 남김없이 부서져 간다.
그건 그렇고 정말 사나운 개구리군.
모든 발톱과 송곳니를 없애도 여전히 덤벼들려고 한다.
하지만 이미 눈에 띄게 약해졌다. 독을 내뱉을 때도 체력을 소모했을 테지.
이대로 두면 알아서 혼자 나자빠질지도 모르겠다.
그렇게 생각했던 순간— 또 개구리의 몸이 커다랗게 부풀었다.
무엇을 할 심산인지는 뻔하다.
큰 입을 벌려서 재차 독 덩어리를 뱉을 셈이다.
게다가 처음 부풀었을 때보다 훨씬 더 큼지막하다.
다음은 이 개구리의 생사를 건 일격.
이전보다도 강렬한 독 덩어리가 쏟아질 것 같았다.

—하지만 나 역시 똑같은 수법에 두 번 당하지는 않는다.
나는 개구리의 움직임을 주시하며 단단히 검을 들어 올렸다.
그리고 독개구리가 더욱 커다랗게 부풀어서 큰 입을 벌리고 독 안개를 내뱉고자 하는 순간을 가늠해서—.
"패리."
나는 개구리의 아래턱을 있는 힘껏 올려붙였다.
바로 아래에서 턱을 가격당한 개구리의 큰 입이 세차게 다물어지자 막 뱉어 내고자 했던 대량의 독 덩어리와 압축된 공기가 빠져나갈 곳을 잃은 채 녀석의 몸속으로 모조리 역류한다.
그렇게 녀석의 몸이 폭발적으로 팽창하고—.

개구리는 등부터 터져 나가며 고기 조각이 되어 주위로 산산이 날아갔다.

"—심하군, 으음."

사람을 덮치려고 한 개구리라지만, 너무나도 무참한 방식의 죽음이었다.

아무튼 독과 함께 주위로 흩어져 나간 개구리의 고기 조각을 본 나는 어떠한 생각을 떠올렸다.

그리고 일단 생각을 하기 시작하자 자꾸만 알고 싶어졌다.

어쩌면 이 개구리는—.

—상당히 맛있지 않을까, 하고.

25 마족 아이

내가 이리저리 날아간 개구리의 고기 조각에서 간신히 의식을 떼어 내고 돌아봤더니 방금 전 소년은 진흙투성이 차림으로 지면에 주저앉아 있었다.

—다행이다, 어찌어찌 무사히 버텨주었구나.

"괜찮나?"

"……응……."

내가 말을 붙이자 소년은 천천히 일어났다.

왠지 안색이 조금 안 좋아 보인다.

어쩌면 방금 전 개구리의 독을 살짝 마셨는지도 모르겠군.

하지만 서 있지 못할 증세는 아닌 것을 보아서 썩 위험한 상태도 아닌 듯하다.

나중에 린에게 치료를 부탁하면 괜찮을 테지.

저 아이는 뭐든 다 할 줄 아니까.

"그나저나 정말 위험한 상황이었군, 저런 녀석과 맞닥뜨리다니……. 혼자 여기까지 온 건가?"

소년은 내 말에 살짝 움찔하며 어깨를 떨었다.

"……아, 아니야……. 저것은…… 내가 데려온 거야……!"

"데려왔다?"

이 아이가, 저 흉포한 개구리를?

"그 말은 정말인가……? 왜 저런 녀석을……?"

소년은 또 움찔하며 어깨를 떨었다.

"……야, 약속했으니까……! 저기 도시까지 데려간다고. 데려가라고, 약속을 했으니까……!"

"저기 도시까지…… 약속? ……설마."

이 소년은 다른 누군가에게 부탁받아 도시까지 개구리를 데려가는 도중이었던 것인가.

꽤 어려 보이는데 배달을 가던 도중이었다는 뜻이겠다.

그런데 왜 하필 독개구리를?

그 거대한 개구리를 왜 굳이 도시에—?

—그랬군. 나는 대강 짐작이 갔다.

독을 가진 생물은 「대체로 맛있다」— 나의 경험에 따른 이 경향과 맞물린다면, 즉 엄청난 독을 가진 개구리 고기는 독만 잘 처리할 수 있다는 전제하에 상당히 맛있는 부류에 들어갈 것이다.

—틀림없다.

세상 물정을 잘 모르는 나조차 아는 지식이다. 세간에서는 분명히 잘 알려져 있겠지.

독을 잘 제거하는 기술도 분명 큰 도시에는 당연히 있을 법했다.

……이런, 큰일이 났군. 요컨대 저 개구리는.

"—식자재였단, 말인가."

그렇게 생각하면 전부 앞뒤가 맞는다.

거대한 몸체, 한 마리여도 고기의 양은 상당할 터이나 식용 고기를 신선한 상태에서 운송하자면 산 채로 옮기는 것이 가장 바람직하다.

처음, 눈에 안 보이게 걸어 놓았던【은폐】도 주위에 끼칠 위험이나 고기 도둑 방지를 고려한 방법이었겠지.

—그래, 그렇게 된 일이었던가.

그렇다면 나는 이 소년이 도시까지 납품했어야 하는 중요한 상품을 폭발시켜서 망쳐버렸다는 뜻이다.

정말 큰일이다. 미처 생각을 하지 못했다.

"미안하구나, 나는 터무니없는 실수를 저질렀군……. 중요한 운송품을 다 망쳐 놓았어. 정말 미안하다, 내 잘못이야."

나는 고기 조각을 바라보면서 소년에게 진심으로 사죄의 말을 건넸다.

사과해서 끝날 문제가 아니지만…….

"……엥??"

다만 소년은 눈이 휘둥그레지며 나를 바라보고 있다.

……뭐지. 내가 무슨 이상한 말을 했나.

"……설마, 딱히…… 상관없는 건가……? 저 녀석이 다 터져 나갔는데도."

내가 흠칫흠칫 개구리의 잔해를 가리키며 물어봤더니 소년은 잠시 망설이다가 고개를 끄덕끄덕 움직였다.

아마도 이 소년은 나를 용서해주려는 것 같다.

그러고 보니 소년은 무슨 이유인지 개구리에게 공격을 당할 분위기였지. 위험한 상황이었으니 어쩔 수 없었다고 넘어가주려는 것일까.

"하지만, 여기까지 어떻게 저런 흉포한 생물을 데려온 거야? 설마 붙잡아서 끌고 오지는 않았을 테고."

소년은 다시 움찔, 어깨를 떨었다가 겨우 쥐어짠 목소리로 답했다.

"……나, 나는 마물을 조종할 수 있어……. 그러니까, 능력을 써서 여기까지……!"

"마, 마물을 조종할 수…… 있다?!"

무의식중에, 나는 화들짝 놀라 몸이 쭉 젖혀졌다.

이 아이는「마물을 조종할 수 있다」라고 말했다.

이렇게 작은 아이가, 저 거대한 개구리를 조종할 수 있다고……?

그런 게 정말 가능한가……?

"굉장한 스킬이구나, 정말……. 세상에는 참 대단한 스킬도 있군."

게다가 이 어린 나이에 말이지. 어떻게 수련해야 그런 굉장한 스킬을 습득할 수 있을까.

"……엥……? 스킬……?"

"……아닌가?"

소년은 내 질문에 멈칫, 몸을 경직시켰다.

……아까부터 무엇을 두려워하는 것일까?

"아냐, 나는 태어났을 때부터…… 힘이 있었어……. 마족, 이니까."

"……태, 태어났을 때부터……?!"

나는 더욱 경악하며 저절로 몸이 쭉 젖혀졌다.

역시 세상은 넓다.

태어날 때부터 저런 엄청난 힘을 가진 인간이 존재할 줄이야.

역시나 내가 알지 못하는 지식이 이 세상에는 잔뜩 흘러넘친다는 생각이 든다.

이토록 흥미로운 인물과 불쑥 마주치다니. 도시 바깥에 나오기를 잘했다.

"태어나자마자 굉장한 능력을 쓸 수 있는 건가……. 멋있군, 정말 하늘이 내려준 재능이라는 말밖에 못 하겠어."

"……엥……??? 저, 저기…… 나는『마족』이라서……! 마족은, 다들 똑같이 할 수 있는데……!"

소년은 무슨 이유인지 꽤나 허둥거렸다.

그런 태도에서 나는 소년이 하려는 말을 대강 짐작했다.

"그래…… 즉『먀족』은 같은 능력을 가진 사람들이 있는 부족이고, 그곳에서는 평범하다는 말이군? ……굉장하구나, 먀족 사람들. 나도 비슷한 능력이 있으면 좋겠다고 얼마나 아쉬워했는지……."

과거에 산에서 생활할 때 가축 돌보기는 비록 즐거워도 꽤 힘든 작업이었다.

가축들은 낮 동안 날씨가 좋은 날이면 방목할 수 있지만, 밤에는 야생 짐승에게 습격당할 우려가 있어 축사에 다시 데려다 놓아야 할뿐더러 비가 내릴 것 같으면 미리미리 이동시켜야 한다. 이래저래 조심할 게 많고 관리가 꽤 힘들다.

밭일에 도움을 받고 싶어도 오래도록 같이 지냈던 가축이라면 모를까, 새로 기르게 된 녀석은 좀처럼 말을 들어주지 않는다.

그런 때 동물들과 이야기를 할 수 있다면 훨씬 편할 텐데— 등등 옛날에는 자주 망상을 했다.

설마 동물과 대화 가능한 인물이 실제 있다고는 생각도 못 해봤지만……. 세상은 정말로 넓다.

……아니, 넓은 듯하면서 좁은지도 모르겠구나.

내가 왕도의 바깥으로 조금 나왔을 뿐인데 이런 미지의 존재와 만나지 않았는가.

가까운 곳에서도 모험의 참된 즐거움을 흔하게 발견할 수 있다는 뜻이 아니려나.

나는 잠시간 감개에 잠겨 있었지만.

"……엥……."

소년은 커다랗게 눈을 뜨고서 놀란 표정으로 나를 보고 있었다.

……또 뭔가 이상한 말을 했을까. 아주 진지하게 한 말이었지만.

"저, 저기, 내가…… 마족이, 무섭지 않아? 나를…… 싫어하지, 않아……?"

"……아니. 무서워할 이유는 전혀 없다만……?? 싫다……? 갑자기 무슨 뜻으로 하는 말이지……?"

아까부터 이 소년과 전혀 이야기가 안 맞아떨어지는 느낌이 든다.

솔직히 하는 말들이 절반은 도통 알 수가 없다.

이런 어린아이를 무서워할 이유가 대체 어디에 무엇이 있단 말인가.

게다가 처음 만난 사이인데 싫어하냐는 말은 왜 나오나 알 수가 없다.

린도 꽤 별난 아이라서 이야기가 잘 통하지 않았지만……. 이 아이도 무척이나 별난 아이군.

"……이 힘을, 무서워하는 사람도…… 싫어하는 사람도, 있으니까."

나의 의아하다는 표정을 보고 깨달았는지 소년이 짧게 설명해줬다.

"그렇군, 그런 뜻이었나—. 세상에는 다양한 사람들이 있으니까 말이지."

나는 달리 대답할 말이 없었다. 이른바 동물 혐오자라는 녀석들이려나?

드문드문 있다는 말은 들었는데 아직껏 나는 만난 적 없었다.

"아무튼 굳이 신경 쓸 일은 아니지 않나? 누가 뭐라든 간에 무척이나 도움이 되는 능력이니까……. 어떻게 생각해봐도."

"……도움이, 된다—?"

"그래. 가축 돌보는 일에, 집 나간 고양이를 찾을 때라든가 어디에든 말이지. 동물들과 같이 밭일을 할 때도 좋을 테고, 그리고 새도 말을 들어준다면 편지 배달? 흠. ……괜찮은데, 무척 편리하겠어."

내가 떠오르는 대로 이것저것 이야기를 늘어놓자 무슨 이유인지 소년은 뚝뚝 흐느끼기 시작했다.

"……나도 ……나 같은 녀석도…… 누군가에게 도움이…… 될 수 있을까……?"

소년은 내 얼굴을 쳐다보면서 방울방울 눈물 흘리며 울기만 했다.

이 소년, 최근에 뭔가 괴로운 일을 겪었던 걸까.

어쩌면 이 아이는 마족이라는 부족 안에서는 별로 우수하지 않아서…… 어떤 사연이라도 있었던 걸까.

다만 세상은 이토록 넓지 않은가. 자기들끼리 내부의 평가 따위야 의외로 별 쓸모가 없는 법이다.

그건 그렇고 이 소년, 「도움이 될 수 있어……?」라는 의문.

도대체 어떤 사연일까. 이 아이는 자기 자신을 너무 과소평가하는군.

이토록 터무니없는 재능을 갖고 있는데도.

"……당연하겠지? 너처럼 굉장한 재능을 가진 아이가 괜히 비굴하게 쩔쩔맬 필요는 없다고 생각하는데. 아무 재능도 없는 나 같은 사람도 이렇게 어찌어찌 살아가고 있으니까. ……필요 없다면 내가 가져가고 싶은 심정이다만?"

"……저, 정말……? 나도, 누군가에게 필요한…… 사람이 될 수…… 있을까……?"

그때부터 소년은 나를 마주 보면서 말없이 줄곧 울기만 했다.

……이 아이는 어째서 이런 생각을 갖게 되었을까?

정말 부러울 만큼 뛰어난 재능을 갖고 있는데도.

축복받은 재능을 가졌는데도 정작 본인이 깨닫지 못한다는 것도 불행의 근원이다.

어쩌면 지금껏 상황이 조금 안 좋았더라도 이 아이라면 분명히 금세 누구에게든 필요한 사람이 될 때가 온다.

틀림없이 다가올 미래라는 것은 누구라도, 나라도 알 수 있겠다.

이 아이는 지나가던 사람이 저지른 큰 실수를 바로 용서해주는 따뜻한 마음을 가진 소년이니까—.

그러니까 나는 소년이 울음을 멈출 때까지 기다렸다가 눈물이 멎는 것을 확인한 뒤 머리에 손을 얹어서 분명하게 들을 수 있도록 말해줬다.

"그럼, 당연하지. 나 같은 사람보다야 훨씬 더— 네가 원하기만 하면, 얼마든지 말이다."

26 왕녀의 소임

노르 선생님이 흑사룡을 끝내 무찌르는 광경까지 지켜본 뒤 나는 이네스와 협력해서 정화 마술을 병용하는 바람 마술로 열독을 제거했고— 잠시 후 겨우 주위를 둘러볼 수 있는 여유가 생겼다.

그때까지 우리는 마차를 끄는 말을 지키며 제자리에서 전혀 움직이지 못하는 처지였지만— 저 멀리 선생님이 싸우는 광경은 처음부터 끝까지 목격할 수 있었다.

그것은 굉장하다는 말로 표현할 수밖에 없는 전투였다.

흑사룡이 날뛴 자리의 대지는 깨져버리고, 고속으로 미친 듯 휘둘러 대는 발톱은 튕겨 나갈 때마다 땅울림 같은 굉음과 함께 부서져 흩날렸다.

저게 사람과 용의 싸움이라니, 차마 믿기지가 않았다.

한 발짝도 움직이지 않고 정면으로 맞서는 일대일 대결— 그리고 최후까지 서서 버티는 자가 오히려 사람이라니. 게다가 등 뒤의 소년을 지켜야 하는 불리한 상황에서.

이런 이야기를 해 봤자 도대체 누가 믿어줄까?

놀랍게도 선생님은 전투 후 구출한 소년을 데리고 아무런 일도 없었다는 듯 태연한 발걸음으로 우리가 있는 곳까지 걸어왔다.

"선생님! 무사하십니까?"

"그래, 멀쩡해."

"하, 하지만 온몸에 피가."

가까이 가서 살펴보면 과다 출혈로 죽지 않은 게 이상할 만큼 엄청난 양의 피가—.

이런 상태로 멀쩡할 리 없었다. 당장 치료를 시작해야겠다.

"아, 피가 좀 묻었지? 괜찮아, 별거 아니야. 가만 놔두면 나을 테니까— 음, 이미 나았군."

"그, 그럴 리가— 선생님, 당장 치료를— 아앗—?"

나는 치료를 위해 가까이 달려가서 선생님의 몸에 손을 가져다 댔다.

그런데…… 출혈 부위를 찾아봤지만 어디에도 없다.

"정말 나았네? 상처 하나도, 없어—."

"말했잖아? 괜찮다고."

정말 믿기지가 않는다.

아무래도 선생님은 출혈에 따른 몸 상태 악화도 느끼지 않는 것 같았다.

열독의 영향조차 전혀 신체에 남지 않은 듯하다.

도저히 믿기지가 않지만— 눈앞에 있는 분명한 사실이었다.

"시, 실례했습니다. —정말, 무사하셨군요."

"그래, 자랑은 아니지만— 내가 독에는 꽤 강하거든."

선생님은 태연하게 아무런 일도 아니라는 듯 말하고 웃었지만— 절대 간단하게 넘어갈 문제는 아니었다.

분명 지독한 열독이었다. 치사성의 맹독을 뛰어넘어서 대지마저 침식하는 궁극의 독기.

게다가 용종의 마력을 머금어서 저주에 가까워진 끔찍한 독.

거기에 직격을 당하고도 이토록 태연하다는 것은 도대체—.

—아니, 단 하나 짚이는 가능성이 있다.

선생님에게서 지금 피어오르는 신비롭고 청정한 기운. 나는 예전에 이와 비슷한 광경을 본 적이 있었다.

과거에【유성】세인 선생님이 훈련소 시절 나에게 보여주었던 것과 비슷한 성질의 기운— 요컨대, 설마.

—선생님도『성력(聖力)』을?

그것은 성자(聖者)라는 명칭으로 불릴 만큼 철저하게 수련된 몸과 마음에서 만들어지는 힘이며, 접촉하는 대상 전부를 정화하고 어떤 상처든 즉각 치유한다고 알려져 있다.

하지만 간단하게 습득 가능한【스킬】과는 달리 수많은 죽음을 극복해야 하는 상궤를 벗어난 수행의 끝에 다다를 수 있는 경지이자 역사를 쭉 훑어 올라가도 소수의 성인(聖人)밖에 도달할 수 없었던 극치 중의 극치.

성직자들 사이에서「살아 있는 전설」이라는 말까지 듣는 세인 선생님조차『성력』의 완전 습득에는 40년 이상의 세월을 소모했다고 한다.

그런 경지를 이 사람은 이미 터득했다고—?

게다가, 이 젊은 나이에……?

—아니지, 노르 선생님이라면 가능할 거야.
대체 이분은 얼마나 대단한 사람이기에—!

"린, 이 아이를 먼저 살펴봐줘. 조금 안색이 나쁜 것 같은데."
내가 놀라서 굳어 있는 동안에 선생님은 옆쪽에 선 아이의 어깨에 손을 얹었다.
이 아이는, 분명—.
"—괜찮아, 나도…… 아무렇지도 않아……."
"하지만 안색이 꽤 핼쑥해 보인다만?"
선생님의 말에 나는 화들짝 놀랐다. 이 아이의 특징.
선생님이 구출하러 갔던 시점에서는 거리가 멀어 알아볼 수 없었는데, 설마—.
"원래 얼굴이 이래……. 나는, 마족이니까."
"그런가."
역시나— 이 아이는『마족』이었다.
창백한 피부, 은빛이 섞인 연파랑 머리카락, 그리고 들여다보면 빨려 들어갈 것 같은 짙고도 어두운 색을 띤 눈동자—.
100년 전부터 신성 미슬라 교국과 적대하여『신의 원수』로 지정되었고, 마물을 조종하는 능력 때문에 전 세계에서 경계당하는 종족.
이미 생존자가 거의 없다는 말은 들어봤지만…….
"…그 아이는 역시, 마족 아이, 입니까."
"그래, 맞아. 잘 아는구나, 린."
"—네, 지식만큼은 갖고 있었으니까요."

선생님도 잘 알고 계시는 듯했다.

그렇다면 뻔히 다 알면서 구하러 갔다?

"선생님은, 그 아이를— 저기…… 이제부터 어떻게 하실 생각이십니까?"

"같이 마차에 태워주고 싶은데— 안 되려나?"

나는 조금 놀랐다.

『마족』은 수많은 나라에서 『토벌』이 장려되는 위험한 종족이다.

이곳에서 구해줬어도 조만간 또—.

"……괜찮으시겠어요? 그 아이는 마족이고…… 데리고 있던 마물이, 지금 막 난동을 부린 참인데—."

"그거야 맞는 말이기는 한데 우리는 딱히 아무런 피해도 안 받았잖아? 주변 밀밭을 조금 망쳐버린 것은 유감이지만……. 오히려 내가 이 아이의 일을 빼앗아버린 셈이고. 어떻게든 도와주고 싶은 마음에 들어."

"일이요……? 그 아이는, 대체 무엇을 했던 건가요?"

"아까 전 독개구리를 도시에 데려가는 도중이었다더라."

"흑사룡을, 저 도시까지……?!"

노르 선생님은 고블린 엠퍼러를 「고블린」이라고 불렀듯 흑사룡을 「독개구리」라고 불렀다.

선생님만 한 경지의 강자라면 흑사룡도 독개구리(포이즌 토드)도 별반 차이가 없을지도 모르겠지만…….

보통 흑사룡이 도시 안쪽에 나타나면 물론 그곳에 살던 사람들은 무사하지 못할 것이다.

—그렇지만, 이 소년도 분명 무사하지는 못했을 것이다. 이 소년은 대체……?

"아, 맞아, 누군가와 약속을 해서 맡게 된 일이라고 말했지? 누구에게 부탁받았던 거야?"

노르 선생님의 예리한 질문에 마족 소년은 고개 숙인 채 머리를 흔들었다.

"……몰라. ……가르쳐주지, 않았으니까."

짧게 대답한 뒤 입을 다문 소년에게 이네스가 앞에 나서서 말을 걸었다.

"이런 상황에 숨기려 하면 네게도 좋지 않다. 솔직히 말해준다면 우리에게 큰 도움이 될 것이다."

소년은 이네스의 조금 강한 말투에 움찔 어깨를 떨었다가 상대의 안색을 살피듯이 답했다.

"……정말로, 몰라……. 우리는 전부 몰라도 되게 자라야 했으니까."

이 아이의 두려움에 찬 눈빛과 태도.

혹시나 하는 생각은 했었지만……. 역시 틀림없는 것 같았다.

—이 아이는 「노예」다.

노예 제도는 클레이스 왕국에서는 금지되어 있고 시민들 사이에서 화제가 되는 경우도 적지만, 다른 나라에서는 당연하게 존재한다고 한다.

게다가 이 아이는 아마 『마족』이라는 불우한 처지를 이용당한 소모품 취급의 소년병일 것이다.

"그럼 어딘가 돌아갈 집은 있나? 혼자서는 돌아갈 수 없나?"

"……그것도, 잘 몰라……. 도중까지, 눈가리개를 하고 끌려왔으니까……."

"요컨대 돌아가고 싶어도 돌아갈 수 없단 말인가."

이네스의 말에 마족 소년은 고개를 끄덕거렸다.

"사정이 많이 딱한데— 안 될까? 가능하면 이 아이를 안전한 곳에 데려다주고 싶다만."

그 말까지 듣고 나는 간신히 선생님의 의도를 이해할 수 있었다.

선생님은 이 가엾은 소년이 『마족』인 줄 알면서도 구해주고자 하셨다.

적성 종족으로 지정되어 있는 『마족』을 도와주면 온갖 부류가 적으로 돌아서게 될 것을 알면서도 이 아이를 구해주고자 했다.

—자신의 작은 그릇이 부끄러울 따름이다.

이러고도 용케 왕족임을 자처할 수 있구나.

나는 상대가 『마족』이라는 이유 하나로 무척 두려워했다.

곧잘 지식만 앞서고는 했던 나에게 아버지는 「풍설에 현혹되지 말고 우선은 스스로의 눈을 믿어라」라고 사사건건마다 충고해주셨는데도.

나는 다시금 소년의 얼굴을 바라본다.

역시 이 소년에 이야기로 들었던 『사악한 종족』이라는 생각은 결코 들지 않았다.

내 눈에 보이는 것은 단지 갈 곳을 잃어버린 한 명의 수척한 소년이다.

아마 식사도 제대로 못 하는 생활을 했을 것이다.

이런 가엾은 소년 한 명도 구해주지 못하면서 어떻게 모험가의 왕을 자처하는 일족이라고 말할 수 있을까.

"이런, 이름도 안 물어봤군?"

선생님은 부들거리는 소년에게 말을 붙였다.

소년은 얼굴을 들어 혼잣말하듯 말했다.

"……로로."

"로로인가……. 짧고 좋은 이름이군. 외우기 쉬워서 좋아."

선생님은 농담하듯 실없이 말하며 웃었다.

"이네스……. 저도 부탁할게요. 이 아이를, 로로를 같이 태워주면 안 될까요?"

"……린네부르크 님. 마음은 이해할 수 있습니다만……. 하지만 지금은."

이네스도 망설이는 것 같았다.

이네스의 임무는 나의 안전을 지키는 것.

당연히 알고 있다. 하지만—.

"아직 마차에 빈 공간도 있고……. 태워주면 안 되나? 어렵다면 내가 내리도록 하지."

노르 선생님의 말에 이네스는 복잡한 표정을 지었다.

“분명 마차의 공간에 여유는 있다. ─게다가 비록 『마족』이라지만, 이 아이와 같은 고아는 보호받을 자격이 있다고 생각한다. 다만 현 상황에서 이 아이를 우리가 같이 데려가는 것은 어려울 테지. 애당초 신성 미슬라 교국에는 『마족』이 출입할 수 없다. 유감이지만…… 아마 도중에 어딘가 도시에 내려주더라도 이 소년이 살아가기는 어려울 테지. ……오히려 사람들 눈이 안 닿는 이곳에서 헤어지는 편이 더 좋다.”

이네스의 말은 합리적이었다.

이 소년은 보통 포로로 붙잡히는 존재다.

게다가 역시 종족이 『마족』이라는 큰 문제가 있다.

미슬라 교국은 마족과 전쟁을 한 기억이 있어 『마족』이라는 종족 전체를 『신의 원수』라며 보상금까지 걸어 토벌하고 있다.

이 아이를 일행으로 받아서 미슬라 교국에 데려간다면 최악의 경우 우리한테까지 죄를 물어서 경비병이 밀려들 가능성도 있었다.

그곳까지 이 아이를 데려갈 수는 없겠다. 하지만─.

“이상하네에……. 저 녀석, 한참 전에 죽고도 남았을 시간인데 말이야.”

그런 때였다.

갑자기 우리 뒤쪽에 검은 연기와 같은 뭔가가 떠다니더니 기묘한 복장을 입은 남자가 나타난 것은.

27 검은 붕대의 남자

"이상하네에……. 저 녀석, 한참 전에 죽고도 남았을 시간인데 말이야."

불쑥 우리들 앞에 나타난 자는 기묘하다는 말밖에 나오지 않는 차림의 남자였다.

거대한 십자 모양의 검 비슷한 물건을 등에 멨고, 얼굴에는 거무스름한 붕대를 빙글빙글 둘러 놓았다.

게다가 상반신은 알몸이며 허리 주변에서는 크고 작은 갖가지 단도(나이프)가 짤랑짤랑 흔들리고 있다.

정말 이상하게 생긴 남자였다.

"게다가 저 뼈와 고기의 잔해……. 설마 저게 약속한 『배송물』이었다는 말은 아니겠지이……?"

남자는 혼자 말하더니 우리가 있는 방향을 돌아봤다.

말투로 짐작하면 저 개구리를 말하는 것 같았다.

"……혹시 배달을 시킨 의뢰자인가?"

"아니. 나는 의뢰인이 아니야……. 그냥 **일꾼**이지. ……너는 뭐냐……? 저것의 열독에 당한 것 같아 보인다만……. 왜 살아 있냐아? ……설마, 네가 저것을 해치웠나아?"

남자는 내 얼굴을 쳐다보며 물었다.

로로의 의뢰인은 아니라는데 동업자는 맞는가 보다.

“그래, 확실히 내가 한 짓이야. 중요한 배송물인 줄도 모르고 터뜨려버렸지……. 미안하군.”

“……왜 나한테 사과하냐아……?”

“……배송물이라고 말을 들었는데, 괜찮은 건가?”

“아하, 딱히 난 그쪽 **의뢰**에는 관련이 없어서 말야아. 어디의 누군가가 받았어야 할『배송물』이 박살 났어도 알 바 아니지. 내가 볼 일이 있는 것은 저 녀석뿐이다.”

기묘한 남자는 나의 뒤쪽에 있는 로로를 가리켰다.

“로로에게 볼일이 있나?”

“그래. 나는 저 녀석을 **갖고 돌아가기** 위해서 온 거야. 다른 문제는 아무래도 좋아.”

“그렇다면 로로를 마중하러 나와준 건가?”

“……으음, 뭐, 비슷하군. 저 녀석을 데려가려고 왔으니까……. 돈이 꽤 된다더라아.”

“돈?”

남자의 분위기가 살짝 이상하다고 생각한 순간, 불현듯 남자의 모습이 사라졌다.

위험을 느낀 나는 즉각 손에 든 검을 꽉 쥐어서 세게 휘둘렀다.

“패리.”

순간, 주위에 큰 불꽃이 흩날렸다.

남자는 등에 메고 있었던 거대한 은색의 십자 모양 검을 로로에게 뽑아 휘둘렀었다.

나는 타격의 순간까지 남자의 움직임을 거의 볼 수 없었다.

"갑자기 무슨 짓이지."

"너…… 방해하냐아……? ……이봐, 저거…… 나한테 넘겨주면 안 되나아……?"

"……로로를 말하는 건가?"

"이름은 모르지만……. 네 뒤쪽에 있는 저거 말이야. 돈이 되거든— 저 녀석 시체가."

"시체는 또 무슨 소리지……? 마중을 나온 게 아니었나……?"

"뭐, 딱히 살았든 죽었든 상관없는데 말이다아. 그런데 저거, 살려 두면 의뢰인(돈줄)이 화낼 것 같다아……? 딱히 산 채로 돌아가서 놈들이 죽이게 둬도 괜찮지만……. 번거롭잖아? 이런 게 직업상의 배려다아."

"말의 의미를 전혀 모르겠다만."

"그냥 몰라도 된다. 설명해 봤자 무의미하고— 말이지."

남자의 목소리와 모습이 다시, 사라졌다.

"패리."

내가 등 뒤쪽에 강렬한 위화감을 느껴서 몸을 돌리며 검을 휘두르자 격렬한 불꽃이 흩날리며 남자가 든 은색의 십자검이 두 동강이 나서 부러졌다. 하늘로 날아오른 검 끝을 쳐다보다가 남자는 내 얼굴을 노려봤다.

"……뭐냐아, 너는……? ……너, 역시 좀 이상한데에……?"

남자는 그렇게 말한 뒤 수중에 남은 은색의 검을 집어 던지더니 또 사라졌다.

아찔한 순간, 사각에서 불쑥 나타나— 알아차렸을 때는 두 손에 하나씩 금색의 단도를 들고 달려드는 와중이었다.

"패리."

정말 숨 쉴 틈도 없군.

"역시 방해된다아— 너."

남자의 위압감이 급격히 고조되었다.

—그렇게 생각했던 순간.

"린네부르크 님, 제 뒤로 오십시오—!"

린과 이네스가 무엇인가를 느끼고 대비하려던 때에— 무시무시한 귀울림.

"—먼저 네 목부터 떨궈주마아."

갑자기 지면이 함몰되는가 싶더니 남자의 모습이 사라지고— 깨달았을 때는 내 눈앞에 있었다.

남자가 지면을 세게 내디딘 충격으로 린과 이네스가 날려 가버렸다.

나 또한 균형을 잃을 뻔하면서도 남자가 내 목에 박아 넣으려고 하는 단도를 목표로 있는 힘껏 검을 휘둘렀다.

"패리."

남자가 쥔 단도에 흑색의 검이 부딪치자 단도는 산산조각 부서졌다.

하지만 나는 검을 쥔 손에 강렬한 위화감을 느꼈다.

—묵직하다.

일순간, 칼자루를 쥔 손에 전해지는 무시무시한 무게감.

검을 쥔 팔이 비명을 지르는 듯 삐걱거렸다.

—뭐지, 이것은. 외형만 봐선 상상도 못 하는 묵직함이다.

이 묵직함은 며칠 전 소와 마찬가지— 아니, 더욱 예리하고 무거운 일격.

저 가느다란 몸으로, 게다가 저 작은 단도로. 이런 공격을 펼칠 수 있단 말인가.

나는 무의식중에 감탄하며 이후의 단도 공격도 어찌어찌 튕겨 냈다. 하지만 일련의 연격 이후에 남자는 재차 단도를 바꿔 쥐더니 또 다음, 또다시 다음 공격으로 이어 나간다.

눈에는 잘 보이지도 않고 터무니없는 속도로 펼쳐지는 연격—.

나는 또다시 눈을 의심했다. 이 남자…… 힘이 강할 뿐 아니라 무섭도록 빠르다.

전후좌우, 이곳저곳 몸을 움직이면서 온갖 방향으로 거듭 공격한다.

지금은 거의 감에 의지해서 들이닥치는 방향을 판단하고 어찌어찌 로로를 지키고는 있지만……. 상대의 움직임이 너무 빨라서 솔직히 전혀 따라갈 수 있을 것 같지가 않다.

이대로 가면, 당한다—.

내가 조바심을 느끼기 시작할 때 남자가 갑자기 멈춰 서더니 검은 붕대에서 엿보이는 날카로운 눈으로 내 얼굴을 빤히 쳐다봤다.

"……이상한데에……? ……너 ……왜 죽지를 않냐아……?"

"왜 안 죽어주냐는 질문은 나도 대답하기가 어렵다만……."

남자는 이상하다는 듯 고개를 갸웃거리며 내 얼굴을 쳐다봤지만, 금세 지면으로 시선을 떨어뜨렸다.

"……아, 젠장……. 겨우 몇 번 쳤다고 내 수집품(컬렉션)이 거의 다 사라져버렸다아……? 이 녀석들 모은다고 꽤 고생했는데 말이다아."

남자는 유감이라는 듯 허리춤에 손을 가져다 대고, 지면에 떨어져 있는 대량의 나이프 파편을 쳐다봤다.

대강 보니까 남자가 허리에 매달아 놨던 나이프는 고작 두세 자루가 있을 뿐 이제는 거의 남지가 않았다. 칼집만 남은 채 정작 알맹이는 부서져버린 것 같았다.

—살았군.

아마도 갑자기 공격을 멈춘 이유는 상대의 무기가 거의 다 사라졌기 때문인 듯하다.

다행이다, 안도하는 반면…… 지면에 흩어져 있는 금속 파편을 섭섭하게 쳐다보고 있는 남자의 모습 때문에 조금 미안한 마음도 든다.

"……네 소지품을 부순 것은 확실히 미안하지만……. 그래도 이유를 따지자면 갑자기 공격을 한 사람의 잘못이 크지 않겠나……?"

"아니, 딱히 널 탓하지는 않는다……. 그나저나, 『성은(미스릴)』은 어쨌든 간에 『왕류금속(오리하르콘)』과 『고룡아(古竜牙)(드래곤 터스크)』는 보통 부서지는 물건이 아닌데 말이다아……?"

"……그런 건가?"

"그래……. 보통은 안 부서진다고. 그건 그렇고 너……. 역시 좀 이상하다아……? 이런 상황에서 적(타인)을 걱정할 녀석이라 보이지는 않는데……. 아니, 더 이상한 것은 그 **검**인가. ……이상한 녀석이 이상한 검을 쓴다아……? 뭐, 됐다. 오늘은 얌전히 **이쪽**으로 해치울까."

남자는 아까 전 부러졌던 은색의 검을 주워 들어서 공중으로 드높이 집어 던졌다.

"뭐지?"

남자는 곧이어 하늘로 손을 뻗었다.

그러자 은색의 십자검이 공중에 떠오른 채 빙글빙글 회전하다가— 점점 더 벼락처럼 빛을 띠면서 격렬하게 떨리고 열기를 지닌 것처럼 새빨갛게 빛나기 시작했다.

뭐가 어떻게 되려는가 알 수 없어서 내가 멍하니 바라보던 중 붉게 빛나는 덩어리는 무수히 많은 조그마한 낱알로 나뉘어서 폭발하듯 넓게 하늘에 흩어졌다.

또한 저 무수히 많은 조그마한 낱알은 순식간에 은색 십자형의 **단도**로 모습을 바꿔서 하늘 전체를 뒤덮었다.

그 숫자는— 대략 수천.

은색으로 빛나는 흉기의 떼가 마치 비구름처럼 하늘을 떠다니고 있었다.

"……아, 말해 두겠는데……. 이것들은 부숴도 신경 쓰지 마라

아? 얼마든지 내키는 대로 부숴도 된다. 나도 내키는 대로 연성(생산)하면 된단 말이지이—?”

남자가 웃으며 하늘에 뻗어 들었던 손을 내리자 회전하는 은색의 칼이 새 떼처럼 뻗어 나가다가 일제히 우리에게 들이닥치는 광경이 보였다.

28【사망자】자두

나와 린네부르크 왕녀는 불쑥 나타난 웬 남자에 날려 가버린 뒤 무시무시한 공방을 주고받은 두 사람에게서 거리를 벌리고 잠시 추이를 지켜보고 있었다

"저자는— 설마."

"네, 아마도……【사망자】예요."

나의 의문에 린네부르크 왕녀도 동의했다.

저자는—【사망자】자두.

다수의 이름을 가지고 있는 **전직** S랭크 모험가.

"어째서 자두가 이런 곳까지……."

저자는 상업 자치구 사렌차 출신의 모험가였다.

본래 유복한 상인의 아들이었다는, 그냥 고아였다는 말도 있으나 저자의 신상을 자세하게 아는 사람은 거의 없었다.

열다섯 살에 모험가 직업을 가진 자두는 순식간에 두각을 나타냈다.

저자의 평가와 명성은 눈 깜짝할 새에 상승했다.

몇 년도 지나기 전에 저자는 글자 그대로 **어떤 의뢰**든 혼자서 달성하는 실력 확실한 모험가로 알려지게 되었다.

수많은 모험가가 갈망하는 【용살(竜殺)(드래곤 슬레이어)】 칭호도 저자에게는 가장 초기에 이룩했던 위업에 불과했다. 저자는 보통이라면 말도 안 되는 속도로 갖은 명성과 신뢰를 획득하며 눈 깜짝할 새에 최고위의 계급(클래스)까지 치고 올라갔다.

통상, 한 인간이 평생을 쏟아도 손이 닿지 못하는 경지— S랭크.

저자는 저곳까지 올라가는 데 불과 수년, 약관 20세에 저곳까지 다다랐다.

저자는 젊은 나이에 극한의 경지를 이루었다. 무력도. 명성도. 부도.

희대의 천재이자 영웅. 모두가 저자를 칭송했다.

실제 저자는 모든 분야에서 평범한 사람과 동떨어진 존재였다.

저자는 온갖 마법, 검술을 뜻하는 대로 구사할 뿐 아니라 지식 습득에도 뛰어났고, 더욱이 전설 속에서 추앙받는 드워프에게 필적하다는 말까지 들릴 수준의 『연금술』까지 수련하는 등 온갖 방면에서 나란히 설 자가 없다는 평가와 지위를 획득했다.

그렇다, 저자는 좌우간에 강하고 뛰어났다. —아니, **과하게 뛰어났다**.

썩 명성에 얽매이지 않는 본인과 달리 누구든 저자를 칭찬하고, 부러워하고, 떠받들고— 모두가 저자의 존재 자체에 열광했다.

상업 자치구 사렌차의 젊은 영웅— S랭크 모험가, 자두.

명성이 더욱 팽창하며 얼굴을 한 번 보지도 못한 사람조차 극구 칭찬을 하게 되었고, 그 무렵에는 더 이상 저자의 모험가다운 『자질』을 의심하는 인물 따위 단 한 명도 없었다.

모두가 저자를 동경했고 숭상하는 지경에 이르렀다. 저자의 실력은 떠받들기에 부끄럽지 않은 경지였으니까.

하지만, 어느 날—.

유명한 상인 집안이 가족들 모두 행방불명되는 괴사건이 발생했다.

저자의 소행이었다.

저자가 한 상인 집안의 아이, 양자, 직원을 포함해서 서른여섯 명을 몰살했던 까닭은 **오직 의뢰를 받았기 때문**이라는 단순한 이유에서였다.

돈을 잘 쳐주겠다는 말을 들었기에, 저질렀다.

의뢰는 정말 간단했고 실제 괜찮은 돈벌이였다.

저자는 무척 기뻐하며 말했다.

그때 와서야 사람들은 깨달았다.

저자에게는 평범한 사람이 다들 가지고 있는 『선악』의 개념이 거의 없었다는 것을.

—의뢰에 **귀천은 없다**.

모험가들 사이에서 어떤 의뢰든 가려서 받지 말라는 뜻으로 쓰이는 말이지만, 저자는 격언을 철저하게 따라서 어떤 의뢰든 아무 망설임도 없이 수락했다.

글자 그대로 귀천의 구분 없이 의뢰를 받아들였다.

돈벌이만 잘되면 무슨 짓이든 저질렀다.

보수만 잘 지불하면 갓난아이를 살해하는 만행도 마다하지 않았다.

보통 모험가 길드라면 수락하지 않고 통과시키지 않았을 비합법 의뢰.

어떤 의뢰든 저자는 전혀 분별없이 해치워버렸다.

—얄궂게도 사건에 의해 자두의『이름』은 더욱 널리 알려졌다.

결코 공공연하게 언급할 수 없는 떳떳하지 못한 의뢰도 포함하여 의뢰 달성률 100퍼센트의 존재로서.

금액에 따라 어떠한 의뢰도 달성하는 당대 최강의 모험가.

은밀한 소문과 함께, 저자의 명성은 두려움이라는 감정과 함께 더욱더 부풀어서 커져만 갔다.

어떠한 인물에게는 더욱 매력적이라 보였을 테지.

그리고 저자는 그런 기대에도 **차별 없이** 부응했다.

그러나 영웅 취급은 온데간데없이 온갖 인물들, 조직이 저자를 두려워하며 이야기조차 꺼내기를 피하게 되어 갔다.

물론 저자의 자질을 의문시하는 목소리도 커졌다.

그러나, 그럼에도 저자는 여전히 S랭크 모험가였다.

불과 몇 년 동안에 길드에 쌓은 공헌은 차마 다 헤아릴 수가 없었기 때문이다.

저자는 너무나 많은 위업을 과하도록 거듭 세웠다.

저자를 제외하면 모험가 길드의 지난 몇 년간 공적은 말을 못 꺼내는 지경이었다.

온 대륙의 모험가 길드 협회원이 모여서 협의한 결과, 사건을 묵살하기로 결정이 났다.

마침 편리하게도 살해당한 상인 집안의 부정에 관한 증거가 차례차례 발견되면서 「조금 문제는 있었지만 자두는 결과적으로 올바른 일을 했다」라는 날조가 이루어졌고, 저자는 결국 모험가 자격을 박탈당하지 않았다.

물론 이러한 처사에 위화감을 느낀 사람도 다수 있었다.

점점 저자가 S랭크 모험가의 신분을 쭉 유지한다는 것을 의문시하는 목소리도 커지기 시작했다.

—그런 때였다. 또 하나의 결정적인 사건이 발생한다.

저자는 어느 날 『국가를 하나』 소멸시켰다.

고작 혼자서 한 국가의 군대 전부를 상대한 끝에 승리해서 의뢰자(클라이언트)가 원하는 대로, 의뢰받은 대로— 한 소국의 왕족 전원을 몰살했다. 의뢰에 따라, 한 사람 남김없이 벽에 검으로 박아 꽂아서.

그 작은 나라에, 본인은 아무 감정도 갖지 않았다고 했다.

공감도, 증오도, 아무것도 없었다. 아무것도 느끼지 않으며 한 나라를 괴멸시켰다.

—그런 의뢰였으니까. 수익이 좋은 의뢰를 받았으니까.

그렇게 마치 개미집을 하나 무너뜨리듯이.

아무 망설임도 없이 하나의 국가를 멸망시키기까지 했다.

—의뢰에 귀천은 없다.

모험가들이 곧잘 언급하는 말처럼 저자의 앞에서는 모든 것이 평등했다.

윤리도. 상식도. 온갖 무력도. 국가의 존엄도. 역사도.

저자의 앞에서는 모든 것이 무(無)와 다름없었다.

저자는 마치 고블린 소굴을 부수는 것 같은 가벼움으로 하나의 나라를 붕괴시켰다.

이 같은 사실이 널리 알려졌던 다음 날.

자두는 즉각 모험가 자격을 박탈당했다.

웬만한 소행은 쭉 방관을 고수했던 모험가 길드 협회도 더 이상은 잠자코 넘어갈 수 없었다.

곧바로 저자의 목에는 막대한 보상금이 걸렸고, 온 대륙의 길드에 『토벌 의뢰』가 떨어졌다.

저자는 『최강의 모험가』에서 하룻밤 새에 『최악의 현상 수배범』이 되었다.

보상금을 목적으로 하는 쟁쟁한 모험가들이 부대를 꾸려 토벌에 나섰지만, 이후 자두는 한동안 자취를 감췄고 소식도 일단 두절되었다.

다만 자두에게는 그를 두려워한 각국 요인들이 막대한 현상금을 걸어 놓았고, 상금 액수는 점점 더 커지기만 했다. 자두의 『부재』 자체가 공포를 줄곧 들쑤셨기에 현상금은 날마다 불어났고, 일확천금을 노리는 모험가의 수 또한 날마다 불어났다.

그렇게 저자의 현상금이 상궤를 벗어난 금액에 다다랐을 무렵, 결국 종적을 쫓을 수 있는 단서가 발견되었다.

모험가들은 용감히 파티를 결성했고, 역사상 유례가 없는 대규모 토벌대가 조직되었다.

용 퇴치의 몇 배에 달하는 규모, 군대에 필적하는 군세가 한데 뭉쳐서 자두에게 도전했다.

승산은 분명 있으리라.

모험가들은 고작 한 사람을 패퇴시키기 위해 일천을 넘는 군세를 편성한 뒤 자두가 발견되었다는 장소로 향했다.

하지만 다음 날, 저자를 토벌하고자 출발했던 쟁쟁한 모험가들이 전원 시체로 발견됐다.

그 결과를 들은 모험가 길드는 골머리를 앓았다.

—전직 S랭크 모험가, 현상 수배범 『자두』는 사실상 토벌 불가능.

분명 결론은 나왔다.

그러나 저자에게 걸린 현상금은 그냥 방대한 액수를 훌쩍 뛰어넘었다. 추후 저 돈을 목적으로 토벌에 나설 모험가가 끊이지 않을 것이다. 분명히 무의미한 희생이 잇따를 테지.

그러면 또 공포가 팽창해서 『불가능한 의뢰』의 상금이 불어난다.

끝없는 되풀이의 연속. 죽은 사람만 만들어 내는 불모의 순환이

거듭된다.

그렇게 판단했던 모험가 길드는 하나의 합리적인 답을 내놓았다.

—자두는 무사히 **토벌되었다**고.

자두는 토벌 원정에서『사망한 것』으로 처리되었다.

—토벌은 사실상 불가능했으니까.

더 이상 무의미하게 죽는 사람이 발생하지 않도록.

더 이상 무의미하게 공포가 퍼져 나가지 않도록.

결국 현상 수배범『자두』는 용감한 모험가들의 손에 의하여 **토벌되었다**고 공식 선전이 이루어졌다.

토벌자의 이름은 발표되지 않았고, 자두에게 걸렸던 상금은 토벌자가 수령하지 않았다는 이유로 의뢰자들에게 반환됐다.

그 이후 자두의 생존을 아는 소수들 사이에서, 자두는【사망자】라고 불렸다.

사망자로 만들었지만 아직껏 분명 어딘가에서 숨어 있을『괴물』의 다른 이름.

저자는 죽었다는 거짓말로 외면할 수밖에 없는 존재였다.

왜냐하면 살아 있음을 알려 봤자 어떠한 좋은 결과도 만들어 내지 않으니까.

피해를 최소한으로 저지하기 위해서는 차라리 **건드리지 않는** 것이 최선이라고 모험가 길드 협회의 상층부는 판단했다.

실제 이 방안은 효과를 거두었다.

다행히 지위와 명성에는 무관심했던 저자(자두)는 이후로 쭉 **공공연한 곳**에 모습을 나타내지 않았다.

그는 완전히 사망자 취급을 받아 사실을 아는 일부분을 제외하고 잊힌 존재가 되었다.

물론 저자는 멀쩡하게 살아 있었다.

아직껏 누군가에게 고용되어 『의뢰』를 계속하고 있다는 것이 확인되었다.

이따금 자두의 『의뢰』 결과로 짐작되는 시체가 발견될 때가 있다.

저자가 관련되었다고 짐작되는 시체에는 항상 특징적인 십자 형상의 성은 단검이 박혀 있었다.

나는 그것을 왕도 내 경비대의 업무를 돕던 시절에 조사 자료로 본 적이 있다.

—【은십자(실버 크로스)】라고 불리는 자두의 존재를 증명하는 무기.

대륙의 모험가 길드가 도저히 속수무책인지라 결국 외면할 수밖에 없었던 위협의 상징이자 단 하나로 동시에 수십의 철검을 부러뜨릴 수 있고 수백의 생명을 빼앗는다는 자두 본인의 손에서 【연성】되는 치명적인 흉기.

그것이— 지금 눈앞의 하늘에 수천 개 날아다니고 있었다.

"—이럴 수가."

역시 저자는 자두가 맞다. 저 풍모. 저 무기.

무엇보다— 저 강함. 틀림없었다. 저자는 전직 S랭크 모험가, 자두.

—저런 괴물과 제대로 맞싸워서 이길 가망은 없었다.

내가 갈팡질팡하는 사이에 은빛 십자가는 마치 새 떼처럼 공중을 달려 다니다가 이윽고 일제히 한 남자를 표적으로 내리쏟아졌다. 동시에.

"—【뇌람(雷嵐)(선더 스톰)】."

자두의 입에서 불길한 영창이 새어 나오자 하늘을 검은 번개 구름이 뒤덮었다.

주위에 섬광이 내리달리고 대지가 헤집어지며 탄 냄새가 가득 차올랐다.

"—선생님."

"기다려주십시오, 위험합니다."

나는 저 남자의 곁에 다가가려고 하는 린네부르크 님을 간곡하게 만류했다.

저 남자는 자두와 맞서면서도 아직껏 서 있다.

마족 소년을 지키고자 무시무시한 기세로 검을 휘둘러서 검 한 자루로 은빛 십자가 떼를 막아 내고 있다.

—저 남자도 도저히 인간 같지가 않았다.

그러나 조만간 한계가 온다.

저 남자는 지금 소년을 등에 두고 지키면서 싸우고 있다.

그런 상태에서는 보통 제대로 싸우지도 못한다.

저 비정상자(자두)는 불리함을 감당한 채 맞서 싸울 수 있는 상대가 아니라는 말이다.

……적어도, 저 남자 혼자여서는.

"—큭."

무의식중에 한 발짝, 다리를 내디딜 뻔했다. 다만 견딘다.

내가 나서면 그나마 승산이 있을지도 모른다. 하지만—.

지금 나는 지켜야 할 대상을 절대로 잘못 판단하면 안 된다.

나의 사명은 린네부르크 님을 무사히 신성 미슬라 교국까지 모시고 가서 망명시키는 것.

이런 상황이기에 더더욱 나는 냉정하게 우선순위를 판단할 필요가 있다.

그러니까 나는.

내가 지금 선택해야 할 행동은—.

"—린네부르크 님, 저의 단독 가세를 아무쪼록 허가해주시면 안 되겠습니까?"

나의 임무는 린네부르크 님을 어떻게든 지켜 내는 것.

이후, 목숨과 바꿔서라도 끝까지 지키는 것.

그러나, 임무를 위해서는 분명…… 저 남자가 필요하다.

추후 저 남자의 상식을 벗어난 힘이 필요해질 때가 분명히 온다.

그러니까— 나는 저 남자가 **죽게 놓아둬서는 안 된다**.

지금 클레이스(우리들) 왕국은 절대로 저 남자를 잃어서는 안 된다.

저 인물의 장래 우리들에게 꼭 필요한 존재이다.

그런 사고와 논리가 형태를 갖추기 전에 말이 나왔다.

"—네, 물론이에요. 부탁드릴게요."

"이해해주셔서 감사합니다."

나는 왕녀의 대답을 기다리지도 않은 채 다시 한 발자국 다리를 내뻗었고— 목소리가 귀에 들렸을 때에는 이미 전력으로 달려 나가고 있었다.

29 은빛의 칼

"패리."

내가 매섭게 날아내리는 은색 십자검 떼를 검으로 힘껏 후려치자 일제히 눈부신 불꽃이 되어 흩날렸다.

몇몇 은빛의 단검은 흑색의 검에 부서져서 금속 파편이 됐다.

무시무시한 속도로 닥쳐드는 단검도 검에 맞기만 하면 얼마간의 수는 때려서 떨어뜨릴 수 있다.

그러나 한 번 휘둘러서 때릴 수 있는 양에는 한계가 있는 데다가 생각 외로 잘 맞질 않았다.

저 섬찟한 남자가 은색 단검을 멀리서 조종하는 것 같았다.

미처 쳐내지 못한 단검은 폭풍처럼 나와 로로에게 들이닥친다.

로로를 지키려니까 나는 온몸에 은빛의 칼이 꽂혔고 핏방울이 튀어 올랐다.

다행히 나는【로우 힐】로 얼마간 상처를 아물게 할 수 있어서 대미지 자체는 별로 심각하지 않다.

다만, 이대로 가면—.

"……전혀 움직일 수가 없구나."

난처했다. 아무것도 못 한다.

저 수상쩍은 안면 붕대남은 어느 틈인가 먼 곳으로 물러나서 손댈 수 없는 장소에 있었다.

붕대 남자에게 가까이 가서 더 이상 은빛의 검을 못 던지게 막고 싶어도 이곳에서 내가 한 발자국만 움직이면 로로가 위험하다.

붕대 남자는 아마도 로로가 목적일 테니까 내가 여기에서 로로를 지켜야 하는데 단지 제자리를 쭉 버티는 것 이외에는 사용 가능한 수단이 없다.

—조금, 위험한데.

잇따라 들이닥치는 은빛의 칼 떼를 쳐내는 것이 고작이니— 아니, 속도에서 이미 뒤처졌다.

몸을 자꾸자꾸 베이고 있다.

"【신순】."

그때 엷은 **빛의 장막**과 비슷한 것이 멀리서 은빛의 칼을 조종하고 있는 붕대남과 가까운 곳에 나타났다.

그 빛은 지면을 베어 가르며 붕대 남자에게 똑바로 뻗어 나갔다.

붕대 남자는 즉각 몸을 내던지며 빛을 피하는 듯 보였지만, 일순간 하늘에 날아다니는 은빛 단검 떼의 기세가 둔해졌다.

다만 그것도 아주 잠시뿐. 다시 은빛의 칼날 폭풍은 궤도를 바꿔 하늘을 향해 드높이 날아올랐다가 몇몇의 떼로 분산되어 의사를 가진 생물처럼 사방팔방 흩어졌다.

위험하다. 다시 칼날이 날아든다. 이번에는 이전처럼 한 방향에서 오는 공격이 아니었다.

온갖 방향에서 동시에 온다.

—나의 검 한 자루로 도저히 다 막을 수 없다.

내가 당황하는 사이에도 붕대남이 조종하는 은빛의 칼은 더욱 기세가 거세지며 일제히 내리퍼붓고 있다.

—안 된다. 이번에는 진짜 확실하게 당한다.

그렇게 생각하면서 검을 겨누었을 때 갑자기 나의 눈앞에 방금 전 목격한 빛의 장막이 나타났다.

내가 놀라는 동안에도 벽처럼 시야를 뒤덮은 빛이 막 들이닥치는 칼날을 차단했고, 은색 칼날은 투명한 벽에 부딪치는 모양새로 잇따라 튕겨 나간다.

나는 어찌 된 영문인지 알 수 없어서 잠시간 멍하니 앞쪽 광경을 쳐다보기만 했다.

이것은—.

"—미안하다, 합류가 늦어졌군."

깨달았을 때는 이네스가 내 바로 옆쪽에 서 있었다. 그제야 나는 가슴을 살짝 쓸어내렸다.

"와주었구나, 이네스……. 덕분에 살았어."

이네스는 말없이 전후좌우로 은빛 칼날을 튕겨 내는 빛의 벽을 만들어 내며 붕대남을 향해 팔을 휘둘렀다.

그러자 이네스의 손에서 『빛의 장막』이 붕대남이 있는 방향으로 달려 나갔다.

저것은 이곳까지 오는 도중에 마차에서 이네스가 보여주었던 빛의『방패』다.
그게 지금은 한 줄기 빛의 칼날처럼 하늘과 지면을 수직으로 베어 버리려 한다.
저『방패』는 이런 방법으로도 쓸 수 있구나.
하지만 붕대 남자는 민첩했다. 방패가 아니라 검에 가까운 이네스의 날카로운 공격을 별 어려움 없이 회피하고 있다.
하지만—.
"【신순】."
이네스의 공격도 무시무시했다.
은색 칼날을 튕겨 내면서 이네스는 붕대남을 향하여 빛의 검 비슷한 장막을 거듭거듭 내리찍었다.
순식간에 지면이 잘려 나가고 깨져 나간다.
정말 놀라운 광경이어서 나는 잠시간 감탄하며 시선을 빼앗기다가 조금 안 좋은 예감을 받았다.
확실히 이네스의 공격은 날카롭다. 다만— 안 맞는다.
무시무시한 공격인데도 붕대남에게 맞을 낌새가 전혀 없었다.
이네스가 날리는 빛줄기에는 알기 쉬운 전조가 있었다.
잘 살펴보지 않으면 못 알아차릴 만큼 아주 미세한 전조이지만, 제대로 보기만 하면 어디에서 날아드는지 금세 알아낼 수 있다.
저 날쌘 안면 붕대남에게는 거의 피하라고 가르쳐주는 셈이었다.
이네스가 만들어 내는 빛의『방패』도 방벽처럼 은색 칼날을 막아 줄 수는 있지만, 나처럼 때려 부수기는 어려운 듯했다.
이대로 가면 제자리에서 벗어나지 못하는 신세는 이전까지와 별

다를 게 없었다.

"……노르 공. 보는 바대로 나의 『방패』는 저자에게 적중시키기가 어려울 듯하군. 미안하지만 그대는 뭔가 공격할 방법이 없겠나……?"

"그렇군."

이네스도 나와 똑같은 생각을 한 것 같았다.

은빛 칼날을 막는 『방패』로 우리를 지켜주며 뭔가 방법이 없겠냐는 이네스의 질문에…… 나는 뭐라 대답할 수 있을까. 잠시 방패에 보호받으며 나는 조금은 침착하게 주위를 둘러보고 생각했다.

—공중을 재빠르게 종횡무진 날아다니는 칼날의 무리.

마치 수많은 새 떼처럼 이리저리 날아다니는 저것을 내 손에 들린 검으로 전부 때려서 부수기는 힘들 것이다.

저렇게 한꺼번에 잔뜩 내리퍼붓는 흉기를 앞에 두고 내가 무엇을 할 수 있는가 물어봐도 딱히 아무것도 못 할 것 같기는 한데……. 그러나 곰곰이 잘 생각해보면 저 칼날 하나하나는 결코 큰 위협이 아니라는 생각도 조금은 든다.

분명 상당히 빠른 속도로 하늘을 날아다니고 있지만, 나는 저것보다 더 빨리 움직이는 새를 알고 있을 뿐 아니라 그 녀석을 고향의 산에서 돌을 던져 추락시켰던 경험도 있다. 나의 【투석】이라면 겨냥해서 맞히지 못할 빠르기가 딱히 아니겠다.

주위에 돌은 안 보인다만, 방금 전 폭발했던 거대 개구리의 송곳니와 발톱의 파편이라면 잔뜩 흩어져 있다. 오호라, 이 방법이라면—.

나는 지면에 굴러다니고 있는 개구리의 송곳니 파편을 하나 주워 들어서 이네스에게 보여줬다.

"이것을 던져서 부술 수 있을 것 같아."

"……맞긴 하겠나?"

이네스의 의문에 나는 또다시 하늘로 고개를 들어 은색 칼날의 무리를 바라봤다.

"그래, 아마도 맞긴 할 거야."

확증은 없지만 자신은 있다.

돌을 던져서 새를 잡는 재주는 꽤 괜찮았다. 나의 몇 안 되는 특기 기술이다.

조금 표적은 작지만, 저런 물체라면 대강 맞힐 수 있을 듯하다.

다만 이번에는 던지는 게 돌이 아니라 개구리의 송곳니와 발톱이지만.

신체 일부를 집어 던지려니까 개구리한테 조금 미안한 마음도 들긴 하는데…… 급한 상황이니까.

가능한 한 유효하게 활용해주도록 하자.

"—그럼 그것을 던질 때만 방패를 해제하지. 내가 동작을 보고 맞춰줄 테니 내키는 대로 던져주게나."

"그래, 알았어."

나는 흑색의 검을 지면에 박아 세우고 몸을 구부려서 두 손에 최대한 가득 개구리의 발톱과 송곳니를 꽉 움켜쥐었다.

이것을 작은 표적에 확실하게 맞힐 수 있다는 생각까지는 안 한다.

하지만— 다행히도 던질 물건은 지면에 잔뜩 있었다.

최소한 탄알이 바닥날 걱정은 없을 테지.

“그러면— 간다.”

나는 개구리의 파편을 꽉 움켜쥔 손에 힘껏 압력을 가했다.

그러자 손안에서 딱딱한 물체 부서지는 소리가 들렸다.

생각보다 더 딱딱하다. —재차 전력으로 꽉 부르쥐자 손안에 있는 개구리의 파편은 산산조각으로 부서져서 작은 뼛조각이 되었다.

—좋아, 마음에 든다.

이렇게 작은 파편을 한꺼번에 던지면 겨냥이 좀 엉성해도 대강 적중한다.

이네스가 지켜주는 덕분에 나는 돌…… 아니지, 개구리의 송곳니와 발톱을 던지는 데 집중할 수 있다.

나는 손안에서 독개구리의 송곳니가 더욱 자잘하게 부서지는 소리를 들으면서 전력으로 파편을 부르쥐었다. 곧이어 온몸에 최대한의【신체 강화】를 발동하고 힘을 넣어서【도둑 걸음】과 함께 내가 유일하게 가지고 있는【사냥꾼】의【스킬】을 발동—.

“—【투석】.”

나는 있는 힘껏 팔을 쭉 휘둘러서 지금 막 들이닥치는 은색의 칼날 무리에 개구리의 파편을 집어 던졌다.

—곧바로, 폭음.

주위에 호쾌하게 터져 나가는 소리가 울려 퍼진다. 내가 집어 던졌던 파편은 빙빙 날아다니는 은빛의 칼날 떼를 직격하여 상당한 숫자를 격추시켰다.

딱히 겨냥에 신경 쓰지는 않았는데 대강 잘 맞아줘서 다행이었다.

개구리의 송곳니와 발톱은 아마 상당히 단단한 듯 일순간에 은빛 칼날을 잘게 금속 조각으로 바꿔 놓았다.

생물처럼 이리저리 잘 돌아다니는 칼날도 부숴버리면 아마 힘을 잃는 듯하다.

작은 파편이 되어 땅에 추락한 은색 단검은 다시 날아오르지 못했다.

개구리에게는 미안하지만 마침 잘됐군.

돌을 던지는 것보다 훨씬 효과가 좋은 느낌이었다.

"그러면 다음— 간다."

그렇게 나는 이네스에게 말을 건넨 뒤 반대쪽 손에 쥔 개구리의 파편을 쥐어 으스러뜨렸다가 전력으로 집어 던졌다.

"—【투석】."

재차 내 손에서 날아간 무수히 많은 개구리의 송곳니 파편은 날아다니는 은빛 단검으로 곧장 향하여 산산조각 때려 부수고 격추시켰다.

조금 겨냥에 신경을 쓴 덕에 첫 번째보다 많은 숫자를 떨어뜨리는 것 같다.

—좋아, 이렇게 가자. 이런 느낌이면 가능하다.

확신을 얻은 나는 또다시 지면에서 개구리의 파편을 주워 들고 있는 힘껏 바스러뜨렸다.

역시나 단단해서 손에 다소나마 피가 배어난다. —하지만 이런 정도야 이제 와서 별것도 아니었다.

나는 개구리의 송곳니와 발톱을 손안에서 꽉 쥐어다가 잘게 부수며 막 날아드는 은빛 칼날의 무리를 잘 겨냥하고 있는 힘껏 내던졌다.

"【투석】."

방금 전보다 훨씬 많은 숫자의 은빛 단검이 폭발하며 하늘 이리저리 흩어진다.

점점 더 움직이는 표적을 노리는 데도 익숙해지며 아까보다 잘 맞히게 됐다.

그리고 또 다음 송곳니와 발톱 파편을 꽉 부르쥔다.

"—【투석】."

나는 다시, 또다시, 의식을 집중시키며 주워 든 파편을 던지는 빈도를 점점 더 늘려 나간다.

그리고 몇 번째부터인가 나는 이네스에게 신호 보내는 것도 그만뒀다.

이네스는 나의 동작에 맞춰 빛의 방패를 제때제때 없애주니까 구태여 말할 필요도 없었다.

그런 생각으로 나는 지면에서 주워 든 송곳니와 발톱을 던지는 데 집중하기로 했다.

이네스 덕에 나는 저 날아다니는 은색 칼날을 격추시키는 데만 의식을 쏟을 수 있다.

나는 이네스에게 감사하며 던지는 동작을 계속 가속시켰다.

“【투석】.”

내가 한 줌의 파편을 내던질 때마다 격한 불꽃과 함께 무수히 많은 은빛 단검이 깨져 나간다.

그렇게 거듭 반복하니까 주위가 불꽃에 비쳐서 무척 밝아졌다.

―조금은 눈이 이상해지는 것 같다.

그래도, 그럼에도 똑똑히 보지 않으면 맞힐 수 없다.

살짝 아파지는 눈에 【로우 힐】을 계속 걸어주면서 나는 전력으로 파편을 던지고 또 던진다.

“【투석】.”

주워 던지기를 반복할 때마다 재미날 만큼 은색의 단검 무리가 깨져 흩날린다.

스스로도 점점 명중률이 올라가는 것을 알 수 있었다.

한 번 던질 때마다 호쾌한 파열음과 함께 은빛 단검이 잔뜩 터져 나가고, 칼날 떼는 잇따라 백은의 낱알이 되어 빛을 반사하면서 지면에 떨어져 쌓인다. 마치 주위 일대에 은색의 눈이 내리는 것 같았다.

독개구리가 뱉은 안개로 까매졌던 평원을 내리쌓이는 은빛 파편이 점점 하얗게 물들이고 있다.

“―조금만, 더.”

정신없이 던지고 또 던지다가 문득 깨달았을 때는 하늘을 나는 은빛의 단검 숫자가 꽤나 줄어들어 있었다.

이런 상황이면 나머지는 검을 휘둘러 때려 부숴도 충분하지 않을까.

그렇게 생각했던 순간― 먼 곳에 있던 붕대남의 모습이 사라졌다.

불길한 예감을 받은 나는 즉각 지면에 박아 놓았던 흑색의 검을 뽑은 뒤 이네스의 앞에 서서— 있는 힘껏 검을 휘둘렀다.

"패리."

그 순간 커다랗게 불꽃이 흩날렸다. 한참 먼 곳에 있었던 붕대 남자가 이미 눈앞까지 접근을 한 참이었다.

"—위험하잖나. 뭔가 싫었군."

아까처럼 연속으로 공격해 들어올까 생각했지만, 붕대남은 공격의 손을 멈추고 조용하게 서서 어째서인지 내 얼굴을 빤히 쳐다보기만 했다.

"—내가 할 말이다아, 그 대사. 어째서 이 공격을 막을 수 있나아, 너는. ……**이것**도, 네가 한 짓인가?"

붕대남은 주위에 흩어져 있는 은색의 금속 파편을 바라봤다.

"그래…… 대강 비슷하게 빨리 날아다니는 새라면 잡아본 경험이 있었으니까. 물론 이렇게나 많이 떨어뜨려보지는 못했지만."

"나도, 이렇게나 잔뜩 격추당할 줄은 생각을 못 했다아. 네 덕분에 숫자가 팍팍 줄었잖냐아……?"

"부순 건 미안한데……. 갑자기 다른 사람한테 날린 게 잘못이겠지?"

"—뭐, 맞는 말이군. 아까 말했듯이 딱히 원망할 생각은 없다. 하지만."

다시 붕대남의 모습이 사라졌다.

"패리."

즉각 휘둘렀던 검에서 불꽃이 흩날렸다. 이번에는 로로를 직접 노려서 단도를 휘둘렀군.

"—그만큼 벌어야겠지이?"

또 붕대 남자가 사라졌다. 하지만 아주 잠깐이나마 모습을 따라잡을 수 있었다.

붕대 남자의 움직임에 맞춰 나는 검을 전력으로 휘두른다.

그때마다 큰 불꽃이 주위에 춤추듯 흩날렸다.

—이 붕대남, 정말 방심할 수가 없고 재빠른 녀석이군. 힘도 상당히 세다.

차림새는 조금 이상한데 터무니없이 강하군.

왕도를 조금 벗어났을 뿐인데 거듭 놀라게 된다. 세상에는 이런 인간이 있었구나.

고블린보다 더 빠른 데다가 처음 싸웠던 거대한 소보다 훨씬 더 공격이 묵직한지라 나는 도저히 저 녀석이 자신과 같은 인간이라는 생각이 들지 않는다.

아니, 나에게는 마물과 다름없겠군. 까딱 방심했다가는 언제 당할지 모른다.

무의식중에 식은땀이 흘렀다. 다만—.

한 번이나마, 나는 고블린이라는 진짜 마물의 위협을 체험했다.

이자가 고블린보다 더 강하더라도 이런 정도의 차이라면 별로 다르지는 않다.

—어찌어찌 버틸 수 있다.

그렇게 자신을 다잡으며 나는 검을 강하게 쥐었다.

처음에는 눈에 잘 보이지도 않는 속도의 공격에 등줄기가 얼어붙었지만—.

점점 이 속도에도 익숙해지고 있다.

"패리."

나는 묵직하고 빠른 붕대남의 공격을 잘 보고 가늠하며 흑색의 검으로 있는 힘껏 내리찍었다.

역시 이 검은 튼튼하다.

상대가 손에 든 단도도 무척 딱딱하다는 느낌을 받는다만, 아무래도 이 검이 더 단단한 듯하다.

—붕대 남자가 좌우의 손에 든 튼튼한 단검 중 한 자루가 밑동부터 부러졌다.

그러자 붕대 남자는 거리를 벌린 뒤 부러진 단검을 바라보다가 이상하다는 듯 말을 꺼냈다.

"……도대체 뭐냐아, 네 검은. 일단, 이 녀석도 분명히 최경 광물인데 말이다. 왜 이게 부러지나."

"……혹시 비싼 물건이었나?"

"뭐, 됐다. 이 녀석은 사려고 마음먹으면 살 수 있는 물건이니까. 돈만— 잔뜩 쌓아주면 된다아."

붕대남은 그렇게 말한 뒤 부러진 단검을 내게 집어 던지고 사라졌다.

"【뇌신(雷迅)】."

"패리."

붕대남은 눈에 제대로 보이지도 않는 속도로 집어 던졌던 단검보다 더욱 신속하게 움직여서 내 목에 단검을 박아 넣으려고 했다. 내가 어찌어찌 검을 제때 휘둘러서 붕대남의 공격을 튕겨 냈지만, 정말이지 한시도 마음을 못 놓을 녀석이군.

……하마터면 찔릴 뻔했다.

"……부탁이니까 대화 도중에 기습은 그만하지. 이번 공격은 진짜 죽는 줄 알았다고……?"

"아니, 죽일 작정으로 찔렀는데…… 진짜, 도대체 뭐냐아, 너는. 그건 그렇고, 역시 그 검은 좀 이상한데에……. 아니, 둘 다 이상한가아, 검도, 너도. ……애당초 어떻게 내 공격을 보고 나서 휘둘렀는데 막아 내는 거야아……?"

"뭐…… 어찌어찌……?"

"어찌어찌 갖고는 아무 설명이이, 안 되는 것 같은데에."

붕대남은 마지막 한 자루 남은 단검을 허리에 단 칼집에 집어넣으며 주위를 둘러봤다.

이네스는 움직이지 않고 아까부터 로로를 지키며 서 있었다.

하긴 공세에 나서 봐야 붕대남은 다 피해버릴 것 같다.

가능하면 더는 싸우고 싶지 않았다.

나는 기도하는 심정으로 눈앞에 있는 붕대남에게 말을 걸었다.

"더, 싸울 텐가……?"

"아니……. 이미 난 무기(장사 도구)가 거의 다 결딴났잖냐아……?『성은』도 저 지경까지 아예 박살이 나버리면 회수하는 게 귀찮고 말이지이…….

게다가 마법도 안 통하는데 이제는 두 손 들어야지이……. 거기 여자도 위험하고, 이거 오늘은 장사를 접는 게 좋겠구나아."

"……그럼 오늘은 이만 돌아가주겠나?"

"그래. 조만간 왕도에서 요란하게 **축제**가 열린다지만……. 그쪽은 단념하는 게 좋겠구운……?"

"—왕도에서? ……축제는 또 무슨 소리인가."

이네스가 묻자 붕대남은 검은 붕대의 안쪽으로 웃음을 내비쳤다.

"나도 자세하게 듣지는 못했지마안……. 꽤나 성대하다더군? ……가면, 즐거웠을 텐데에……. 하지만 빨리 돌아오라는 당부가 있었으니까아……? 이미 충분히 즐겼고……. 얌전히 돌아가도록 할까—. 또 보자고, 이상한 녀석."

그렇게 말한 뒤 붕대 남자는 우리에게 등을 돌렸다.

"……그래, 다시 만나지."

기묘한 남자가 이곳을 떠나겠다기에 안심한 내가 무심코 평범하게 인사말로 답하자 일단 등을 보이면서 떠나려 하던 붕대남은 움찔하며 멈춰 서더니 고개를 돌려 내 얼굴을 빤히 쳐다봤다.

"너— 역시 좀 정상이 아니지 않냐아?"

"……그런가? ……그럭저럭 멀쩡한 것 같다만."

붕대 남자는 분명 무섭지만, 얼굴 똑바로 쳐다보면서 정상이 아니지 않냐는 말을 들으면 조금 마음이 떨떠름하다.

……어떻게 생각해도 정상이 아닌 사람은 안면에 검은 붕대를 빙글빙글 두른 채 반나체로 다니는 저 남자(자네)라고 생각한다만.

"……아냐아. 지금껏 나는 머리가 이상한 녀석을 꽤 많이 봐왔는데— 그중에서도 너는 끝내주게 정신이 나간 놈이다아."

붕대 남자는 섬찟한 목소리로 말하며 즐겁게 웃었다.

그러고 나서 우리의 등 뒤에 있는 로로에게 말을 건넨다.

"……목숨을 건졌구나아, 마족. 아, 진짜 아깝구운—. 너를 갖고 돌아갔다면 큰돈을 받았을 텐데. 오늘 부순 무기(도구)라면 열 배로 되사도 잔돈이 남았을 테니까아……. 네 시체. 유감이다아. 하지만."

붕대 남자의 모습이 또 사라졌다.

온몸에 소름이 돋는 감각을 느꼈던 나는 손에 든 흑색의 검을 꽉 쥐고 전력을 다해 휘둘렀다.

"패리."

주위에 격한 불꽃이 흩날리며 붕대남의 마지막 단도가 산산조각 부서졌다.

동시에 남자의 부러진 단도가 내 목을 스치고 가는 것이 느껴졌다.

"—이런 녀석이 나타났는데에, 어쩔 수 없잖냐아?"

신음하듯 웃음소리를 남기며, 소름 끼치는 검은 붕대로 얼굴을 빙글빙글 두른 반나체의 남자는 나와 이네스가 지켜보는 가운데 검은 구름과 함께 사라져 갔다.

30 왕도로

선생님과 이네스가 저 남자와 무시무시한 격전을 펼치고, 결국 저 남자가 모습을 감춘 이후에도 나는 한동안 움직이지 못했다.

—완전히 차원이 다른 전투였다.

한 발짝이라도 걸음을 내디디면 눈 깜짝할 새에 베여서 나가떨어질 것 같은 공방을 앞에 둔 나는 한 걸음도 움직이지 못했다.

불쑥 나타난 저 남자가 다시 불쑥 모습을 감췄고, 나는 저 남자의 기척이 주위에서 완전히 사라졌음을 확인한 뒤 가슴을 쓸어내렸다. 아마도 저 남자는 완전히 로로만을 노리고 여기 찾아왔다가 포기하고 떠나간 것 같았다.

그러나 로로를 데리고 내 곁으로 다시 돌아온 두 사람에게서 남자가 말했다는 불온한 발언의 내용을 듣고 또다시 가슴속에 불안감이 솟아올랐다.

"—저 남자는 왕도에서, 이제 곧 무언가 사건이 일어난다고 했죠……? ……도대체, 무슨 일일까요."

"……알 수 없습니다. 다만 저 남자는 이제 곧 왕도에서 성대한 **축제**가 열린다고, 뭔가 의미심장한 발언을 남겼습니다."

이네스도 남자의 발언에서 뭔가 불온한 분위기를 느끼고 있는 것 같았다.

노르 선생님은 고민에 잠긴 우리에게 말을 건넸다.

"두 사람 다 신경 쓰이나? 그, 축제라는 것이."

"……네, 신경 쓰입니다……. 왕도에서 어떤 사건이 일어날까요."

"그런가— 그렇다면 차라리 왕도로 돌아가는 것은 어떨까? 아직 거리가 썩 멀어진 것은 아니지. 게다가 아마, 로로를 미슬라에 데려다줘도 별 도움은 안 된다니까, 왕도에 가면 문제도 적어지겠지? 그럼 돌아가는 것도 나쁘지 않을 듯한데."

선생님의 제안에 이네스는 당황하는 표정을 지었다.

"그러나, 노르 공, 그렇게 하면……."

이네스가 뭐라 대답하려던 때 마족 소년 로로가 갑자기 지면에 허물어지며 어깨를 부여잡고 오들오들 떨기 시작했다.

"무슨 일이야? 춥나? 로로……. 안색이 나쁘군."

노르 선생님의 물음에는 답하지 않고 로로가 몸을 떨었다.

"……다, 다들, 왕도에서 온 사람이었어……?!"

"그래, 맞아. 같이 떠나는 것은 안 된다니까 일단 왕도에 바래다주는 게 괜찮은 생각 같다만. 왕도에 가는 건 싫은가?"

"……아냐 ……아니야 ……안 돼, 돌아가면…… 안 된단 말이야."

"무슨 뜻이에요?"

"……들었어, 그 사람이 하는 말을……. 가장 큰 녀석이, 왕도에 간다고……. 그럼 도시는 완전히 끝장이라고…… 말하는 걸, 들었어……. 『흑사룡』과는 아예 비교도 안 되는 구경거리가 될 거라고."

"그게 무슨 소리지?"

우리 세 사람은 얼굴을 마주 바라봤다.

마족 소년 로로는 여전히 몸을 쭈그린 채 부들대고 있다.

"—이네스. 당장 왕도로 돌아가죠. 예상보다 급박한 상황 같아요. 선생님, 괜찮으실까요?"

"그래, 물론이야."

"……기다려주십시오. 동의할 수 없습니다. 저는, 레인 님께—."

"이네스, 더는 말하지 않아도 괜찮아요."

나는 이네스의 말을 가로막았다.

"—다 알고 있었어요. 만약 왕도에 무슨 일이 생기면 저를 데리고 미슬라로 망명해라(도망쳐라), 맞죠? 당신은 오라버니에게 명령을 받은 거예요. 그러니까 왕도에 돌아가지 못하고요."

"린네부르크 님……. 어째서, 아십니까……?"

"저는, 오라버니의 여동생이니까요. 어떤 생각을 갖고 행동하는지 대강은 짐작할 수 있어요. 미리 말하면 제가 망설이느라 도망치지 않을 거라는 생각이라도 했겠죠. ……이왕이면, 솔직히 다 얘기해주기를 바랐습니다만……. 그래도 오라버니는 생각 없이 지시를 내리는 사람이 아닙니다. 군소리 않고 따랐던 이유는…… 오라버니가 내린 지시라면 저도 괜찮다고 생각했을 테니까, 그래서예요. 분명 제가 미처 다 이해하지 못한 의도가 있었을 테니까요."

"……그러시다면, 이대로 미슬라에 이동하시지요. 그것이 가장 안전한 길입니다."

"하지만— 지금은 다릅니다. 저희는 이 소년과 방금 전 남자에게서 정보를 획득했습니다. 왕도에 위기가 다가들고 있다는 사실을 지금 당장 돌아가서 알려드려야 해요. 게다가…… 저만 살아서 도망친들 무엇이 달라질까요?"

"하오나……!"

"당신도, 나라를 잃은『마족』의 전말을 알고 있잖아요? 지금 도망칠 순 있어도— 분명 저 사람들과 똑같은 운명을 따르게 될 뿐. 도망치는 것은 올바른 선택이 아닐 거예요."

내 말에 이네스는 바닥에 웅크린 채 부들부들 떠는 마족 소년을 바라봤다.

"……알겠습니다. 왕도로 돌아가시죠. 하오나, 린네부르크 님. 절대 제 곁에서 떨어지지 말아주십시오."

"고마워요, 이네스."

"로로, 너는 어떻게 할래? 혹시 같이 가는 게 싫다면 이곳에서 헤어지는 게 차라리 괜찮다던데."

소년은 조금 망설이는 기색이었지만, 떨면서도 살짝 고개를 끄덕거렸다.

"……나도, 따라갈래."

그동안 보인 모습과는 다른 대답이어서 나는 조금 의외였다.

"……아무것도 못 할지도 모르겠지만…… 지금 왕도에 가 있는 사람들은, 분명 내 친구일 테니까."

"……그런가……? ……먀족, 사람들도, 이래저래 힘든 사연이 있군……?"

선생님은 몇 마디 대답한 뒤 무엇인가 고민하는 듯 침묵하며 방금 전 전투를 펼친 장소를 돌아다녔다.

그리고 선생님이 부순 성은 파편이 내리쌓인 흑사룡의 잔해를 서글피 바라보다가 곧 조용하게 고개를 흔들었다. 가끔은 분한 표정을 짓기도 한다.

……분명 선생님은 지금 이 소년의 내력을 생각하며 아픈 마음을 달래고 계실 것이다.

나는 처음에 로로의 사정을 전혀 알아주지 못한 채 오로지 자기 자신만을 걱정했었는데.

"……어서 출발하지. 급한 상황이니까."

"네."

우리 네 사람은 곧장 마차에 올라탔다.

마족 소년 로로의 말처럼 왕도에 가면 아마 큰 위험이 기다리고 있을 것이다.

스스로 위험에 뛰어든다는 불안감은 역시나 있다.

하지만— 혹시 이 사람이, 노르 선생님이 계시면.

흑사룡을, 또한 전설적인 존재라는【사망자】자두를 물리친 노르 선생님이 계셔주신다면.

이 앞에 어떠한 곤경이 기다리고 있더라도 쳐부숴줄지도 모른다.

그런 기대를 자꾸만 품게 된다.

그래, 지금의 내가 클레이스 왕국의 왕녀로서 수행해야 할 역할은 도망치는 것이 아니다.

나는 반드시 이 사람을— 영웅담에서 쏙 튀쳐나온 것처럼 대단한 이 인물을 왕도까지 모시고 돌아가야만 한다.

—설령 이 목숨과 바꿔서라도.

그것이 지금 내가 클레이스 왕국에 이바지할 수 있는 유일한 길이 아닐까.

"이네스, 가능한 한 서둘러주세요."

"네."

그렇게 우리는 마족 소년 로로를 태운 채 이제껏 온 길의 반대 방향으로 똑같이 마차를 달려 왕도로 나아갔다.

■작가 후기

나베시키입니다.

우선 이 도서를 구입해주신 분들께 진심으로 감사드립니다.

본작, 『나는 모든 것을【패리】한다 ~역착각의 세계 최강은 모험가가 되고 싶다~』는 「아무튼 간에 자신이 써서 즐겁고 상쾌한 이야기를 써보자」라는 동기로 「소설가가 되자」에서 반쯤 심심파적으로 연재를 개시했던 소설입니다. 그런데 감사하게도 연재 당초부터 대단히 큰 반향이 있었습니다.

그중에서 본작의 서적 출간 및 만화판 제작 등 여러 방면으로도 정말 믿기지 않을 만큼 많은 분들께 제안을 받게 되었기에 (제가 이러한 사태에 대응하는 데 익숙하지 않았던지라 많은 분들께 대단히 폐를 끼치지 않았을까 하여 민망합니다만……) 그때 연락을 주고받았던 편집자님들께서 무척 따뜻한 말씀을 많이 해주셨고, 『패리』라는 소설이 어디가 재미있는지를 가르쳐주시기도 하셨습니다.

들려주셨던 수많은 귀한 의견 덕분에 본작을 써 나가는 데에 큰 격려를 받은 심정이었습니다. 이 자리를 빌려 깊은 감사의 말씀을 올립니다.

또한 본작의 서적화을 진행하면서 정말 운 좋게도 카와구치 씨라는 훌륭한 일러스트레이터분과 인연이 닿아 그림을 그려주시게 되었습니다. 편집자님이 약간 질겁할 만큼 자질구레하게 내용을 쓴 「캐릭터 설정 시트」로부터 각 요소를 멋지게 골라내서 원작자가 상상했던 『최고』와 비교해도 대략 서른 배 정도 최고의 캐릭터 디자인을 만들어 보여주셨을 때는 캐릭터 러프가 표시된 액정 화면을 향해 손 모아 맞비비며 감사의 절을 올릴 수밖에 없었습니다.

물론 캐릭터 디자인뿐 아니라 일러스트에서도 『패리』의 세계관을 120퍼센트 이끌어 내주셨기에 감개무량합니다. 과장 안 하고 신의 솜씨라고 생각했습니다. 정말 감사합니다.

또한 본작의 서적화 과정에서 작품의 주춧돌을 함께 만들어주셨던 오토모 씨, 그리고 발간까지 함께해주셨던 후루사토 씨에게도 감사의 말씀 올립니다. 아울러 본작 『나는 모든 것을【패리】한다』를 「소설가가 되자」에서 가장 빨리 발견해주셨고, 그 후에도 줄곧 이래저래 망설이고 방황하는 제게 마지막까지 열렬히 말을 건네주셨던 이나가키 님께도 각별한 감사의 뜻을 전합니다.

그리고 누구보다도 본서를 선택해서 즐겨주셨던 분. 웹판을 읽은 이후에 서적판도 구입해주셨던 분. 또한 갱신이 약간 제멋대로인 경향이 있는 (그냥 무척이나 느린) 본작의 웹 연재를 항상 즐겁게 읽어주시는 분들. 정말로 감사드립니다. 즐겁게 읽어주시는 독자분들이 계시는 덕분에 저는 이 이야기를 계속 써 나갈 수 있습니다.

그 밖에도 영업과 홍보에 바삐 활동해주신 편집부의 여러분, 본서의 디자인을 담당해주신 아라키 님, CM에서 주인공 노르의 목소리를 담당해주신 나미카와 다이스케 님, 만화판 제작을 담당해주고 계시는 만화가 KRSG 선생님 등등……. 여기에는 미처 다 써넣을 수가 없습니다만, 많은 관계자분들 덕분에 본서가 세상에 나올 수 있었습니다.

더 이상『패리』가 저 한 사람의 작품이라는 생각이 들지 않는 까닭은 이미 많은 분들께서 본작의 캐릭터를 받아들여주셨다는 실감이 있기 때문인지도 모르겠습니다.

본서를 출간하는 데 있어 정말로 믿기지 않을 만큼 수많은 행운을 누렸기에 작가의 심정을 말씀드리자면 다소 하늘을 나는 기분도 드는 와중입니다만……. 침착하게 다시 생각하면 아직은 겨우 1권을 만들어 냈을 뿐. 아직도 이 이야기에서 묘사하고 싶은 장면과 사건, 인물 등등은 무척이나 많이 있습니다. (직접 쓴 사람이라서 좀 민망합니다만) 이후 캐릭터들의 변화와 성장도 기대됩니다.

앞으로도『나는 모든 것을【패리】한다』는 웹판과 서적판을 함께 열심히 즐거운 이야기의 다음 전개를 써 나가고 싶은 마음이오니 아무쪼록 기억해주시면 기쁘겠습니다. 특히 서적판의 2권은 1권보다 더 재밌어질 것을 약속드립니다.

『패리』는 1권보다 2권이, 2권보다 3권이, 3권보다 다음이…… 더 재미있어지는 이야기라고 생각하는지라 혹시 1권에서 재미를 느껴주셨다면 잠시나마 더 함께해주실 수 있기를 기쁜 마음으로 바라겠습니다.

레이와(令和) 2년 9월

나베시키

후기

카와구치

제작 개시 전—
캐릭터 설정표 보냈습니다~.
편집자님
감사합니다!
어디 보자…
딸깍

노르 씨, 의외로 듬직 하네요….
…….

네. 의외로 듬직 하지요….

캐릭터 디자인이 무척 즐거웠습니다.
무겁지만 못 휘두를 정도는 아니군
흑색의 검도 한쪽 손으로 들어 올리니까…
설마… 스킬 대신에 몸이 성장했다…?!!

나는 모든 것을【패리】한다 1
~역착각의 세계 최강은 모험가가 되고 싶다~

초판 1쇄 발행 2022년 4월 20일

지은이_ Nabeshiki
일러스트_ Kawaguchi
옮긴이_ 김성래

발행인_ 신현호
편집장_ 김승신
편집진행_ 권세라 · 최혁수 · 김경민 · 최정민
편집디자인_ 양우연
관리 · 영업_ 김민원

펴낸곳_ (주)디앤씨미디어
등록_ 2002년 4월 25일 제20-260호
주소_ 서울시 구로구 디지털로 26길 111 JnK디지털타워 503호
전화_ 02-333-2513(대표)
팩시밀리_ 02-333-2514
이메일_ lnovellove@naver.com
L노벨 공식 카페_ http://cafe.naver.com/lnovel11

Ore wa Subete wo "PARRY" suru
~Gyaku Kanchigai no Sekai Saikyo wa Bokensha ni Naritai~ Vol.1
By Nabeshiki, Kawaguchi

ISBN 979-11-278-6409-5 04830
ISBN 979-11-278-6408-8 (세트)

값 10,000원

L BOOKS
거미입니다만, 문제라도?
15
저자 바바 오키나
일러스트 키류 츠카사
L BOOKS